異境

Ikyo

堂場瞬一

Shunichi Doba

異境

Book Design : Man-may Yamada
Photo : Naoya HATAKEYAMA
Slow Glass / Tokyo #041(2006)

1

やってられないな、と甲斐明人《かいあきひと》は舌打ちをした。東京駅、九番線の東海道線ホーム。まさかこんなことが——横浜支局に飛ばされるとは。とはいっても、本社から横浜支局までは電車で三十分ほど。支局の中では一番本社に近い。サツ回り時代の夜回りでも、横浜よりも遠くへはしょっちゅう行っていた。

何本電車をやり過ごしただろう。乗ってしまえば、その瞬間に本社との関係は切れる。二度と戻れないのではないか、という恐怖が足をすくませていた。ベンチに腰を下ろし、だらしなく足を投げ出したまま、コートのポケットに手を突っこんだ姿勢で背中を丸める。師走《しわす》の風が頬《ほお》を叩《たた》き、思わず震えがきた。

「まだいたんだ」

顔を上げると、設楽真琴《したらまこと》が柔らかい笑みを浮かべて立っていた。手袋をした両手には缶コーヒー。コートの裾《すそ》が風で翻り、スカートから覗《のぞ》く形のいい脚が露《あらわ》になった。

「新幹線に乗るわけじゃないから。座れる電車を待ってるんだ」

「一本待てば座れるわよ、東海道線は」皮肉に笑い、一人分間隔を置いてベンチに腰を下ろす。「決心しきれなくてここで愚図愚図してるんだ。だらしないな」

「うるさい」

「はい、餞別《せんべつ》」

真琴が顔の前に缶コーヒーを差し出す。奪い取るように手にすると、素手では触れないほど熱かった。

思わず投げ上げ、コートの腿《もも》の所に落とす。

「何だよ、このしけた餞別は」

「何もないよりましでしょう？　他に誰か、見送りに来てくれてるの？」

「都落ちする人間を見送る奴なんていないよ。皆、鼻で笑ってるんじゃないか」

「甲斐って、案外いじけやすい人間なんだ。もっと図太いかと思ったけど」真琴がバッグから煙草《タバコ》を取り出して弄《もてあそ》ぶ。真琴は知り合って十五年以上になる同期だが、初めて会った時から一日二箱吸うヘビースモーカーであり、依然としてやめるつもりはないらしい。甲斐は三年前、ひどい気管支炎を患ったのを機に禁煙した。あの時は、咽頭癌《いんとうがん》ではないか、という恐怖もあった。

「ホームはとっくに全面禁煙になったんだぜ。煙草、いい加減にやめろよ」

「分かってるけどね」真琴が煙草をバッグに戻し、缶コーヒーを開けた。一口飲むと、ほっそりとした白い喉《のど》が露になる。「誰にだって悪癖はあるでしょう」

「上司に突っかかる癖とか」

「分かってるじゃない」真琴がにやりと笑った。邪悪な心根を感じさせる笑みであり、このせいでまだ結婚できないのではないか、と甲斐は疑っていた。「だけど甲斐も馬鹿よね。この年になったら、嫌なことだって腹の中に呑《の》みこんで笑うぐらいの芸がないと」

「そんな芸、何の役にも立たない」

「保身には役立つわよ。四十近くになったら、それが一番大事だし」

「ひどい言い方だな。管理職になるとそういう風に考えるようになるのか」

「かもね」

真琴は新聞の家庭欄を作る生活部のデスクだ。三十八歳でデスクに就くのは、全社的に見ても異例に早い出世である。しかし彼女は特にそれを自慢するわけでもなく、淡々と日々の仕事をこなしているようだ。もしかしたら、さらに上、部長の椅子《いす》を狙《ねら》っているのかもしれない。だとしたら、失点せず、上に命じられるままに動く時期も必要なのだろう。

それが普通の記者の感覚だ。俺がおかしいのだろう。まったく、この年になって社会部長と大喧嘩《おおげんか》など……今は記者も賢くなった。熱さがなくなり、記事にならない議論に夢中になって、最後は摑《つか》み合い、などという話はほとんど聞かない。

「ま、頑張るしかないわよね」

「何をどう頑張るんだよ」真琴の言い方にかちんときた。「部長と大喧嘩して支局に追い出されて……今さらどうしろって言うんだよ。後はどうせこのまま、地方支局をドサ回りだ。別にそれでも構わない。俺のことなんか、誰も気にしてないからな」

「あら、私が気にしてるかもしれないわよ」

真琴が体を斜めにして甲斐の顔を覗きこんだ。肩まである髪がはらりと落ちて、顔の左半分を隠す。何だか妙に艶《つや》っぽい仕草だった。「日報の女性記者の中で一番男前」と妙な褒められ方をされている女には相応《ふさわ》しくない。

「からかうなよ」

「でも実際、甲斐がいないとちょっと寂しいしね。横浜まで三十分？　近いけど、同じ空気を吸えるわけじゃないし」

「設楽……」

「ほら、しけた顔してるんじゃないの」真琴が甲斐の肩に手を置いた。同僚を励ます仕草としてはほんの少し柔らかく、ほんの少し手に力が入り過ぎていた。「さっさと立って、次の電車に乗る」

「そのままずっと先まで行っちまうか」甲斐はのろのろと立ち上がった。とっくに引っ越しも終え、今日は書類の処理で本社に顔を出しただけだ。やり残したことは何もない。

「どこまで？」

「さあね。小田原じゃ、まだ神奈川県か。熱海《あたみ》か、沼津ぐらいまで行ってみるか」

「それもありかな……甲斐が逃げたら、私はちょっと悲しいかもしれないけどね」真琴が寂しそうに笑った。


「何だ、ずいぶん遅かったな」支局長の牧《まき》の第一声は、皮肉っぽい言葉だった。「まあ、座ってくれ」

横浜支局は「日報横浜ビル」の二階にあり、支局長室はその一角を簡単なパーティションで囲う形で作られている。横に細長い部屋で、ドアを入るとすぐに執務用のデスクがあり、その右側に応接セットがあった。奥ははめ殺しの窓で、出窓には大きさの違うサボテンの鉢植えが五つ、置かれている。

牧が先にソファに座るのを待って、甲斐も腰を下ろした。支局全体はかなり古びている――東日本で二番目に古い支局と聞いていた――が、ソファは最近新調したようで、革の香りがまだ残っている。

「ま、よろしく頼むよ」

前置き抜きでいきなり切り出す。社会部を追い出された件について何か突っこまれると思っていた甲斐は拍子抜けした。

「はい」

「それでな、当面は遊軍でやってもらうことになるから。主な担当は選挙だな」牧が煙草を取り出し、親指の爪《つめ》にフィルターを叩きつけた。小柄でスリムな体型。髪はすっかり白くなっていたが、端正な顔つきを損なうものではなかった。やけに顔が黒いのはゴルフ焼けか。自分の城の中だというのに、ネクタイをきっちり喉元まで締め上げ、上着も着ていた。仕事場では——特に支局では——サンダルを履いている人間も多いのだが。

「分かりました」

「こんなことをあんたに言う必要はないと思うけど、うちは東日本で一番大きい支局だ。記者の数は二十五人。県警だけで四人、県政クラブに四人、市役所のクラブにも三人置いている」

説明を聞きながら、甲斐は頭の中で素早く計算していた。牧が挙げた主要三クラブに所属する以外の記者は十四人。残りが支局内の遊軍や、二人か三人しかいないミニ支局、管轄地域を一人でカバーする通信局勤務ということになるのだろう。いずれにせよ、俺は「余り者」ということだ。当てはめる場所がない。

「ま、ゆっくりやってくれればいい。若い連中の面倒は適当にみてやってくれ」

「つまり、仕事がないっていうことですよね」

「だから、選挙の準備がある。それ以外のことを捜すのが、まず最初にやるべき仕事だろうが」牧の目つきが急に鋭くなった。「誰もケツを持ってくれないんだぞ。こんなこと、あんたには言わなくても分かるはずだが」

「そうですね」

「どうせすぐ、どたばたに巻きこまれるさ」牧が怒りを引っこめた。「横浜は、社会部並みに忙しいからな。毎日夜中までばたばたしてる」

「それは慣れてます」

「家の方はもう落ち着いたんだな」

「ええ」引っ越しは、一週間前からだらだらと始めていた。もう社会部では仕事もなく、泊まり勤務のローテーションからも外されていたので、毎日さっさと切り上げて荷物を整理していたのだ。そして昨日、日曜日に引っ越し完了。部屋は、どうせ一人なのだからと、支局まで歩ける場所――地下鉄の日本大通り駅から徒歩五分の官庁街――に借りていた。横浜では一等地である。今日はそこから一度本社へ顔を出し、最後の荷物をまとめてから横浜に舞い戻って来た。真琴は東京駅で見送ってくれたが、何とも間の抜けた旅立ちである。

「だったら、今からスタートだ」牧が両手を叩き合わせた。「詳しいことはデスクの浜田《はまだ》と小松《こまつ》から聞いてくれ。小松は知ってるんじゃないか？」

「ええ」社会部の三年先輩だ。遊軍が長く、常に本社で座っていたような記憶がある。大事件があって社会部全体が沸騰するような騒ぎになっている時ですら、のんびりしていたような覚えもあった。

「じゃあ、後はよろしく頼むよ」牧が腿を叩く。話を打ち切る合図だ。

「分かりました」立ち上がり、軽く一礼する。第一印象は……よくないだろうな。こっちは社会部を追い出された男。対して牧は、地方部の主流を歩き、次の次辺りの地方部長も噂《うわさ》されているエリートである。まあ、いい。普段は支局長と仕事をするわけではないのだから。機嫌を損ねないよう、慎重に振る舞えばいいのだ。それができる自信もなかったが。

大部屋に戻り、雑然とした空気を呼吸する。支局勤務は、最初の赴任地である金沢以来、十数年ぶりだ。記者の数は多くても、午後のこの時間はほとんどが取材に走り回っているから、人気《ひとけ》はない。肝心のデスク二人もいなかった。遅い昼飯に出かけているのかもしれない。

庶務を担当している女性から、自分のデスクを教えてもらった。幹部が座る島の中ほど。一番奥の机は支局長用で、隣で向かい合っているのが二人のデスク用だろう。甲斐の席はその横だった。ということは、ここで仕事をしている限り、いつもデスクの視界の中に入ることになる。監視ということか、と皮肉に考えたが、年次からいってこの席が妥当なのだとすぐに気づく。

皮肉っぽくなるなよ。自分に言い聞かせ、荷物を下ろした。といっても、荷物らしい荷物は会社から支給されたパソコンぐらい。社会部時代の取材資料は、全《すべ》てマンションの方に置いてきた。あれが横浜で役に立つとは思えない。パソコンをネットにつなぎ、取り敢《あ》えずメールの設定を終えて着信をチェックする。何もなし。本社を離れてしまうと、途端に連絡もなくなるものか、とまた皮肉に考えてしまう。

「お疲れ様です」

声をかけられ、顔を上げる。見知らぬ若い男が、笑みを浮かべながら立っていた。長身で痩《や》せ型。長い顔の下の方を、無精髭《ぶしょうひげ》が黴《かび》のように覆っている。右耳の下の大きな黒子《ほくろ》がやけに目立った。ベージュのステンカラーコートを脱ぐと、薄いグレイのスーツが姿を現す。ネクタイは濃い紫の無地。

「どうも、二階《にかい》です。二階康平《こうへい》です」

「ああ」誰だったか……こっちへ来る前に支局員の名簿には一応目を通しておいたのだが、その名前に覚えはない。覚える気がなかったのだから当然だが。

「甲斐さんですよね？　今日からだったんですか」

「ああ、今来たばかりだ。デスクもいないから、挨拶《あいさつ》も終わっていない」

「この時間なら二人とも飯でしょう」二階が隣の席に腰を下ろす。「だったらこっちも飯にしませんか？　今日は朝飯を抜いたんで、腹が減って」

「いいよ」

「よし、じゃあ行きましょう」相変わらず顔に笑みを貼《は》りつけたまま、脱いだばかりのコートを着こんだ。

「美味《うま》い店を紹介しますよ」

「横浜だと、やっぱり中華なのか？」

「それはいつでも食べられますから。洋食なんかどうです？　横浜は洋食屋も充実してるんですよ」

「揚げ物じゃなければいいよ」

「ダイエットですか？」二階が首を傾《かし》げ、甲斐の腹の辺りに視線を据えた。「別に太ってないでしょう」

「揚げ物は胃に合わなくてね」甲斐は胃の辺りを平手で擦《さす》った。「まあ、洋食で結構だよ。おつき合いしましょう」

「甲斐さんの奢《おご》りでいいですか？」

冗談なのか？　まじまじと二階の顔を見詰めたが、本音は読み取れなかった。一つだけ分かったのは、この男が妙に人懐こく、遠慮を知らないということだけである。


入社二年目。県警記者クラブのサブキャップ。二階の自己紹介はそれで終わった。横浜支局では、自然な配置だろう。他の支局よりも圧倒的に事件取材が多い横浜支局には、毎年新人記者が二人送られてくる。一年目は所轄署を中心に取材しながら、県警本部でも顔つなぎをする。一年間はそうやって雑巾《ぞうきん》がけのような取材を続け、二年目以降に市役所や県庁の担当に移っていくのが普通だ。新人のまとめ役であるサブキャップを任せられているのは、それなりに事件取材に実績があるからだろう、と甲斐は判断した。軽い喋《しゃべ》り方を聞いている限り、シビアな事件取材が得意そうには見えなかったが。

支局の近くにある洋食屋は潰《つぶ》れかけたような一戸建てだったが、昼飯時をかなり過ぎているのに、客で賑《にぎ》わっていた。それだけで、味が確かなのが知れる。金属製の皿に、手が切れそうなほど磨きこまれたナイフ。甲斐が頼んだハンバーグは、奥の方で苦味を感じさせるこってりしたドミグラスソースが特徴的だった。確かに悪くない。飯の盛りも良かった——少し食べ過ぎという感じはしたが。

「美味いでしょう」二階がにやにやしながら訊《たず》ねる。

「ああ」

「この店、支局でよく出前も取りますから」

「ずいぶんカロリーの高いものを食ってるんだな」

「皆若いですからね」そう言う二階も、旺盛《おうせい》な食欲を発揮している。甲斐よりもずいぶん速く食べ、皿を空にしていた。フォークを投げ出すと、紙ナプキンで乱暴に口を拭《ぬぐ》い、突然甲斐の顔を覗きこんだ。「甲斐さん、何でこっちに来たんですか」

甲斐はゆっくりとハンバーグを飲み下した。答えにくいことをはっきりと……図々しいのは新聞記者に必要な性格だが、内輪の人間に向かってそういう態度を発揮しなくても。もっとも、「内輪」だと思っているのは俺だけかもしれないが。

「いろいろあってね」

「社会部のデスクをぶっ飛ばしたって聞いてますよ」

「それ、そのまま書くなよ。誤報になるぜ……そんなこと、誰から聞いたんだ」

「ネタ元は言えませんよ——小松さんですけど」

「ああ」急に食欲をなくし、甲斐はナイフとフォークを置いた。「あの人の言うことを真に受けるなよ」

「信用してないんですか」

「そういうことを言えるほど、よくは知らないけどね」

「何だ」二階がコップに残った水をごくごくと飲んだ。「でも、無責任な話って、多いですよね」

「特に人事に関してはな。君が想像しているような派手な事件があったわけじゃないよ」

「だったらどうしたんですか」

案外しつこいな、と苦笑した。粘り強いのは悪いことではないが……人事の噂話が好きなだけで、肝心の取材では粘りがない記者も少なくない。ふと、煙草が吸いたいな、と思った。完全にやめたはずなのに、ニコチンの刺激が急に懐かしく思い出される。もしかしたら悪癖が復活してしまうかもしれない。気をつけないと……。

「馬の合わない人間がいたのは確かだよ。そういう人ともちゃんと仕事ができるのが大人なんだけど、俺は大人になりきれてないいんだろうな」

「ということは、やっぱりやっちゃったんですか」二階がボクシングの構えを見せた。

「だから、そういう暴力的なことはなかったんだよ。ただ、何回か命令を無視した」

問題は無視したその相手だ。社会部に何人もいるデスクの一人、織田《おりた》。この男とはとにかく馬が合わず、事あるごとに遣《や》り合っていた。それだけなら、血の気の多い記者ばかりの社会部にはよくある話で、周りの人間も特に警告を与えず、ただにやにやしながら二人のやり取りを見ているだけだった。命じられた仕事を無視したのも一度や二度ではない。もちろんそれが、社会部の本質的な仕事に何の影響もないと見越してのボイコットだった。

問題は、予想外の人事だった——織田の社会部長就任。本来は序列三番目だったのだが、三か月前に経済部長が急死し、それに伴って部長クラス、デスククラスが玉突き状態で次々に異動した、その結果、織田は上を何人か跳び越す形で社会部長に就任し、最初の仕事として、甲斐を追い出したのだった。

馬鹿馬鹿しい。気が合わない、命令を聞かない人間というだけで追い出すとは……いや、会社としてはそれが普通か。記者などいくらでもいる。不満分子を無理に抱えこむ必要はないのだ。その結果、他の部署が厄介ごとに巻きこまれるとしても。

甲斐としても、何も好き好んで上層部の命令に逆らったわけではない。単に織田という人間が気に食わなかっただけだ。他の部署にいれば、あるいは他の上司なら、こういうトラブルに巻きこまれなかっただろう。

「ま、上とは適当に仲良くしておけよ。教訓だ」

「社会部って、そんなに喧嘩ばかりしてるんですか？」

「そんなこと、ないって」甲斐は苦笑し、無意識のうちにワイシャツのポケットに指先を差し入れていた。そこにない煙草を求めて。「人間関係は、部署には関係ないと思うよ」

「でも、忙しそうじゃないですか。そういう職場って余裕がなくなって、人間関係がぎすぎすしそうですよね」

「気の持ちようだな」甲斐は財布を尻ポケットから抜いた。せっかく飯に誘ってくれたのだから、ここは奢ってやるか。「のんびりやればいいじゃないか」

「心配なんですよ、社会部希望なんで」

「ああ」甲斐は財布をテーブルに置いた。「もしお前さんが体力に自信があって、嫌なことを見ても感情を遮断することができて、磨《す》り減《へ》らない強い魂を持っているなら、いいと思うよ。十年いると、本当に居心地が良くなるから」

　言いながら、自分と織田の確執が始まったのは、俺が社会部に来てからほぼ十年目だったな、と思い出す。そう、今でも覚えている。三十八歳の誕生日の前日。当時取り組んでいた連載の担当デスクが織田で、甲斐が出した原稿にいきなりダメ出しをしたのだ。自分は特に美文家ではないと思っていたが、織田の台詞《せりふ》は甲斐の怒りを沸騰させた。「一年生でもこんな原稿、書かないぞ」

　甲斐は反射的に、禁句を吐いてしまった。「だったら自分で書いたらどうです？」

　これは記者としての責任放棄に他ならない。激しい口喧嘩が掴み合いに発展する直前、近くにいた記者たちが割って入って、その時は事なきを得た。

　それだけなら、よくある話だったかもしれない。気をつけていれば、一緒に仕事をしなくても済んだのに、相手が部長になるとそうもいかない。全面的に指揮下に入ることになるので、向こうも常に目を光らせるのだ。

そして、あの舌禍事件。織田が部長になってから最初の部会、終わった途端に甲斐は「あの人が部長になるようじゃおしまいだよな」と口走ってしまった。その声は少しだけ大き過ぎた。暴言は織田の耳に入るところとなり、後で呼び出されて厳しく詰問された。のらりくらりで逃げようとしたが、結局それもできず、またも捨て台詞を吐いてしまう。「そんなに俺が気に食わないなら、社会部から放《ほう》り出せばいいじゃないですか」そう言った途端、織田の目が嬉《うれ》しそうに輝いたのを覚えている。

まったく、ヘマをした。何か不祥事でもしでかして追い出されるなら、諦《あきら》めもつく。しかし部長の悪口を言って叩き出されるとは……本当に、これじゃ格好がつかない。仲間たちは皆、「あの人は部長になるようなタマじゃないよな」と同情してくれたが、甲斐を本気で助けようとする人間はいなかった。そんなものだ。誰だって、川に落ちた犬と一緒に水に濡《ぬ》れようとは思わない。

「でも、新聞社の華は社会部ですからね」

「たまげたな」テーブルに千円札を二枚叩きつけながら、甲斐は溜息《ためいき》を漏らした。「今時そんなことを考えてる人間がいるとは思わなかった。お前、周囲の状況が見えてないいんじゃないか?」

「いやいや、俺は冷静ですよ」二階がにやにやと笑った。「政治部や経済部は、面白くなさそうなんで」

「だいたい、このご時世で新聞社に入ってくるってことだけで、相当変わり者だぜ。昔と違って社会的な信用は落ちてきてる、広告費の落ちこみで給料だってこの先どうなるか分からない」

「そういうの、自分じゃどうしようもないことでしょう。俺はちゃんとやりますから……ちょっとすいません」

携帯が鳴り出したようだ。ワイシャツの胸ポケットから極薄の携帯を取り出し、耳に押し当てながら店を出て行く。それきり戻ってこなかった。何とも慌ただしい男だな。苦笑しながら甲斐は金を払って店を出た。礼を言うことなど考えてもいない様子で、二階はとうに姿を消していた。

「二階？　あいつは単なるお調子者だね」小松がさらりとした口調で言った。腹の辺りがはちきれそうな白いワイシャツの袖《そで》を肘《ひじ》のところまでめくり上げ、ネクタイはだらしなく緩めている。足元はサンダル。眼鏡《めがね》の奥の目はつまらなそうに濁っていた。

「確かにそんな感じでしたね」声を潜めて甲斐は同意した。支局の隅にある応接セット。小松から仕事の説明を受けている最中、二階の話題が出たのだ。

「仕事ができないわけじゃないよ。事件になるとそれなりに強い。だからサブキャップで県警に残してるんだしさ。でも独断専行の秘密主義だし、口先だけの時も少なくない。まあ、放っておけばいいよ」

「指導の必要はないですか」

「今さらそんなこと、したくないだろう」呆《あき》れたとでも言いたげに、小松がゆっくりと首を振った。「適当にやっておけよ。どうせ……」

「どうせ何ですか？」曖昧《あいまい》に口を濁した小松に対して、甲斐は思わず突っこんだ。

「いや、何でもない」小松が人差し指で眼鏡を押し上げた。「それより選挙の話なんだけどな……」

先ほど牧から言われていたことだ。支局における選挙の準備は、ひたすら面倒で地味な作業である。顔写真の準備、候補者の略歴の取材と整理。誰かがやらなければならないことで、しかも間違いは絶対に許されない。なおかつ開票当日は、当落判定の責任までかかってくる。どこの支局にも「選挙の神様」を自任する記者がいて、残票からあっという間に当落を読んでしまったりするのだが、甲斐は苦手な分野だ。

仕方ないか。こういう仕事は、きちんとやっていればとりあえず文句は言われない。他の記者に指示を出すことはあるかもしれないが、あまり深く係《かか》わりあわずともできるものだろう。要するに、どうでもいい仕事を押しつけてきたわけだ。もしかしたら、他の記者と積極的に交わらないよう、こういう仕事を押しつけてきたのかもしれない。俺は要注意人物というわけか。

「ま、あまり無理しないようにな」小松が書類をまとめてテーブルに打ちつけ、角を揃《そろ》える。そういうところは妙に几帳面《きちょうめん》なようだ。

「別に無理するつもりはありませんよ」白けた気分で甲斐は答えた。「若い記者を煽動《せんどう》するつもりはありませんから。ご心配なく」

「煽動って、お前……」小松が苦笑する。「何考えてるんだ?」

「いや、特には。何も考えてないから、社会部を追い出されたのかもしれませんけど」

「ここを追い出されたら、この先は行くところがないぞ」

「ご心配していただいて、どうも」

小さく頭を下げる。その動作が気に食わなかったようで、小松が軽く鼻を鳴らした。いかん、と甲斐は自分を戒める。同じことを繰り返してどうするんだ。小松の言う通りで、横浜支局で上層部と喧嘩して追い出されたら、もう行き先はない。辞めるしかないだろうし、そうなったら路頭に迷うことになる。四十近い男に、まともな再就職先があるとは思えない。社会部で専門分野を持っていたわけでもないし……そう考えると、かなり危ないところを綱渡りしているのだ、と意識する。

まあ、大丈夫だろう。この会社も、織田のように粘着質な人間ばかりではないはずだから。ゆっくり、じっくり支局に馴染《なじ》んでいくしかない。たぶん俺は、厄介者、不満分子と見られているだろう。そういう人間ではないということを、時間をかけて分かってもらえばいいのだ。おそらく、時間だけは豊富にあるだろうから。

「じゃ、さっそく頼むよ」小松が分厚いファイルフォルダを渡した。ぱらぱらとめくっていく。馴染みの候補者カード。Ａ４判の紙に、様々なデータが事細かに記載されている。氏名、生年月日、学歴などの基本的な個人データのほか、政治活動歴、現在の職業、肩書き、公認予定……中でも面倒なのは職業と肩書きだ。新聞に載せる立候補者柱の中で、代表的な職業・肩書きは六文字以内と決まっている。この字数に合わせ、かつ立候補予定者本人から文句が出ないようなものを選び、略するのにどれだけ気を遣うか……考えただけで頭がくらくらする。

「立候補予定者、何人ぐらいいるんですか」候補者カードは、まだ十枚ほどしか集まっていなかった。

「十八選挙区で七十人ぐらいかな」

甲斐は短く溜息をついた。作業はほとんどこれからということか。これを一人でやっていくとしたら、どれだけ時間がかかるだろう。もしも急激に政局が動いて解散ということになったら、間に合わないかもしれない。

「ほとんど手つかずじゃないですか」

甲斐の抗議は、小松の冷たい視線であっさり却下されてしまった。仕方ない。ファイルフォルダを持って自席に戻る。調査票の発送状況を確認して、電話攻勢に出ることにした。立候補予定者の事務所に電話をかけ、「候補者カードの記入はお済みでしょうか」と確認し、顔写真撮影のアポを取る。そんなことを繰り返しているうちに、夜十時近くになってしまった。この時間になると、支局内はそれなりにざわついている。夜回りに出かけている記者以外は上がって来て、ゲラが届くのを待っているのだ。

それにしても、誰も「手伝いますか」と声をかけてこないとは。もしかしたら「あいつには近づくな」という暗黙の了解が成立しているのかもしれない。まったく、冗談じゃない。あちこちで聞こえる談笑の声を無視して、甲斐は支局を出た。行き先は近くのコンビニエンスストア。煙草とライターを買い、三年ぶりに一服する。眩暈《めまい》が襲ってきて、一瞬うつむいて自分の頭を支えた。まったく情けない。煙草なんか吸ったって、ストレスは解消されないのだ。

「何してるんですか、甲斐さん」声をかけられ顔を上げると、二階が不審気な表情を浮かべて立っていた。

「ああ、いや」悪戯《いたずら》を見つかった子どものような気分になり、甲斐は煙草が十九本残ったパッケージを握り潰した。これで三百九十円ほどをどぶに捨てることになる……くしゃくしゃになったパッケージをゴミ箱に放り捨て、吸いかけの煙草はコンビニの前にある灰皿に落とした。火が消える音が、どこか間抜けに響く。

「煙草、吸ってましたっけ」かすかに非難するような口調。

「ちょっとね」

「初日でもうストレスですか？」

にやけ笑いが浮かぶ。こいつが嫌われている理由が分かった、と甲斐は思った。どんな真面目《まじめ》な話にも茶々を入れるタイプの人間がいるものだが、この男はまさにそうだろう。

「そういうわけじゃないけど」選挙の話をこの男にしても無駄だろうと思い、甲斐は言葉を濁した。「ところで、今日は何か原稿、出たのか」

「いやあ、そんな毎日毎日は無理ですよ」二階が頭を掻《か》いた。「それに横浜は、紙面がきついですから。三ページしかないところに、ネタは溢《あふ》れてるんだから」

「そうか」

二人はコンビニエンスストアの前で、突っ立ったまま話していた。ネクタイ姿の男が二人、こんな時間に飲み物も煙草もなくただ話をしている光景は異様だろうな、と甲斐は苦笑を漏らした。

「今、どんなネタを追いかけてるんだ？　参考までに教えてくれよ」

「いや、それは……」急に声のトーンを落とし、二階が視線を左右に散らした。「こんなところじゃ言えませんよ」

「それほどでかいネタってことか」

「どうですかね」にやにや笑いが復活する。顎《あご》を撫《な》でながら、どこか満足気な表情を甲斐に向けた。「それは記事になってみないと分からないけど」

「そうか、楽しみにしてるよ」独断専行の秘密主義。小松の評価は当たっているな、と甲斐は思った。これで、出てきた原稿が大したことがなければ「口ばっかり」という評価も的を射ていることになる。しかし実際に判断するのは原稿を見てからにしよう、と甲斐は思った。この時点で決めつけてしまったら、それこそ織田のようになってしまう。

「甲斐さん、何か仕事は押しつけられました？」

「選挙」

「ああ」二階が気のない返事をした。「誰かがやらなくちゃいけないことですよね。でも大変だ」

「手伝いが欲しいよ。ほとんど進んでないみたいじゃないか。いつ選挙があるか分からないんだから、こういうのは先に先にやっておかないと」

「そうですね」二階の口調から急に熱が消えた。「選挙は、俺もちょっと手伝ってたんですけど」

「そうか」

「いろいろあって、ああいう雑事には手が回らないんですよ」

「分かってる。県警担当は忙しいよな」少しだけかちんときたが、甲斐は怒りを呑みこんだ。無用な衝突は避けること。相手が入社二年目の若い記者でも同じことだ。穏便に、平和に。

「あ、でも、甲斐さんの手伝いならやりますよ」

「俺にくっついてると、ろくなことはないぜ。社会部を追い出された人間なんだから」

「そうだとしても、一方的な責任じゃないでしょう」急に二階が真顔になった。「好き嫌いで人事をやられたらたまらないですよね」

「人に好かれるのも才能のうちだぜ」

「必須の才能ってわけじゃないと思いますけどね」

そうかもしれない。こんな年下の記者に慰められるのも情けない話だが……甲斐は胸の奥に、かすかな灯《とも》が灯るのを感じた。少なくとも横浜では、孤独の檻《おり》に閉じこもる必要はなさそうだ。


資料整理、候補者カード記入の催促、写真撮影。甲斐にすれば雑務でしかない仕事で、あっという間に一週間が過ぎた。その間、一本も原稿を書いていないことに気づき、さすがに驚いた。遊軍なので自分のテーマで自由に取材して原稿を書いていいのだが、とにかく候補者取材をできるだけ済ませてしまいたいという気持ちが先に立ち、街をうろつく気にもなれない。デスクの二人も何も言わないし、甲斐も取材に出かけるのが面倒臭いとはっきり感じていた。ここのところずっと寒冷前線が居座り、支局の外へ出るのさえ億劫《おっくう》だった。横浜支局の取材の足は、基本的に自家用車。駐車場が支局から少し離れたところにあるのだが、そこまで歩いていくのが面倒だった。まったく、このまま朽ち果てるんじゃないか。

一本の電話がかかってきたのは、月曜日の朝、十時半だった。たまたま目の前の電話が鳴ったので、反射的に受話器を取り上げてしまう。

「はい、日報横浜支局」

「すいません、二階さんはいらっしゃいますか？」

若い女性の声。念のため支局の中を見回したが、当然彼の姿は見当たらない。この時間なら、県警記者クラブにいるはずだ。

「今、ちょっといませんね」

「そうですか……あの、会う約束をしていたんですけど」声に不安が滲《にじ》む。

「取材ですか？」

「そうです。今日の十時の約束だったんですけど」

「ああ、そうなんですか。それは申し訳ない」甲斐は傍らにあった電話番号簿を引き寄せた。各支局や通信部、記者クラブの番号の他に、個人の携帯電話の番号も記してある。「連絡を取って、折り返し電話させます。お名前は？」

「海藤《かいどう》です。海藤由里奈《ゆりな》」

「海藤さんですね……念のため、連絡先を教えて下さい」

０４５で始まる番号を書き取った。横浜市内。由里奈が説明をつけ加えた。

「聖怜《せいれい》高校です。緑区……横浜線の十日市場《とおかいちば》駅の近くです」

「先生ですか？」

電話の向こうで由里奈がくすりと笑ったようだった。

「生徒です」

「失礼……今の番号に電話させればいいですね」

「すいません、お願いします」

電話を切り、先に携帯にかけてみた。「電波の届かない場所に……」というメッセージが返ってくる。県警本部にいて、電源を切っているのかもしれない——重要な会見に出ているとか——と思い、記者クラブを呼び出してみた。キャップの若松《わかまつ》が電話に出る。

「二階ですか？　今日は見てないですね」答える口調は素っ気無かった。

「困ったな。取材先から電話がかかってるんだけど、奴、携帯にも出ないんだ」

「取材先って、どこですか？」

「聖怜高校の生徒だよ。何か知らないか？」

「ああ」若松が白けたような口調で言った。「あれかな、『現役登場』」

「何だい、それ」

「昨日の新聞に載ってますよ。六十行ぐらいの、学校紹介のコーナーです。奴が来週の当番だったんじゃないかな」

「約束の時間から随分経《た》ってるみたいだけど……どこへ行ったんだ、あいつは」

「さあ。監視してるわけじゃないんで」

「部下の動向ぐらい、摑んでおいてもらわないと困るよ」

「あんな奴の面倒、見切れませんよ」

「おいおい」

咎《とが》めたが、若松は既に電話を切っていた。そこまで嫌われているということか……啞然《あぜん》として受話器を戻し、どうしたものかと考えていると、デスクの浜田が声をかけてきた。

「どうかしたか？」

「二階が取材の約束をすっぽかしたみたいなんです」

「何だ、しょうがねえ奴だな。で、行方不明か」

「ええ」

「代われる取材か？」

「たぶん。『現役登場』だそうですけど」

「ああ、あれか。確かにあいつの順番だったな……甲斐、悪いけどちょっと代わりに取材してきてくれないか？　あんたなら、取材三十分、原稿五分だろう」浜田が新聞の山を探り、昨日の朝刊を掘り出した。ばさばさと音を立てて開きながら、問題の「現役登場」のコーナーを示す。生徒を一人登場させていろいろ語らせながら、学校も紹介しようという内容だ。日曜の朝らしく軽い記事である。昨日登場していたのは、インターハイの五千メートルで三位に入った男子生徒。大学では駅伝に挑戦したい、と語っていた。ということは、電話してきた海藤由里奈も、スポーツか何かで実績のある生徒なのかもしれない。

「構いませんけど、向こうの都合は分かりませんよ」

「だったら電話して」浜田が右手を耳のところに持っていった。

「海藤由里奈っていう子なんだけど、何者なんですかね」

「俺は知らんよ」浜田が両手を広げる。「取材は記者に任せてるからな。さ、頼むよ。代打ぐらい、きっちりこなしてくれ。送りバントみたいなものだけど」

　皮肉を聞き流して——結構努力が必要だった——甲斐は検索ページを開き、「海藤由里奈」の名前で検索を試みた。あった。今年の全国吹奏楽コンクールで銅賞。彼女は吹奏楽部の部長らしい。次いで記事データベースを呼び出し、吹奏楽コンクールの記事——日報の主催だった——と過去の「現役登場」の記事を呼び出す。記事の体裁を摑んでおいてから、由里奈が教えてくれた電話番号にかけた。職員室につながり、彼女を呼び出してもらうように頼むと、ずっと待機していたのか、すぐに出てきた。二階の都合が悪くなったと告げ、自分が代わりに取材に行っても構わないか、と確認する。由里奈はすぐに了承したが、時間を午後にずらして欲しいということだった。後輩たちの練習を観《み》に行くので、その時に取材してもらいたい、と。

了解して電話を切る。初仕事が、どうでもいいような企画ものか。苦笑しながらも、二階のことが気になった。確かにいい加減なところのある男だが、取材の約束を守るなど基本の基本である。馬鹿馬鹿しい取材ではあるが、浜田の言うように取材三十分、執筆五分で済む記事だ。

まったく、あの野郎。会ったら説教しないと、と思いながら、甲斐は資料をまとめ始めた。くだらない取材だとは思うが、やる時はきっちりやらなくては、と自分に言い聞かせる。変なところで律儀なんだよな、と自嘲《じちょう》気味に思いながら。

「――じゃあ、小学生の頃からやってたんですね」

「そうです」由里奈も甲斐も、自然に声を張り上げる形になった。吹奏楽部室では、彼女の後輩たちが練習をしている。さすがにこれでは話ができないと廊下に出てきたのだが、ドアを閉めても管楽器の音は容赦なく漏れ出てきた。

それでも何とか取材を終えた。真剣にブラスバンドに取り組み始めたのは中学生の時。高校ではもっと本格的にやりたかったので、全国大会レベルで何度も入選しているこの高校を選んだ。受験では音大に挑戦するつもり。後輩たちには悲願の全国大会金賞を――今年の銅賞が過去最高だった――目指して欲しい。

頭の中で原稿をまとめながら、甲斐は写真撮影に取りかかった。昔から写真は得意ではないのだが、支局ではペン兼カメラだから何とかするしかない。彼女の後輩にも協力を仰ぎ、オーボエを抱えて談笑する場面を何とかカメラに収めた。カメラのモニターで確認し、由里奈にも見せる。彼女は照れたような笑みを浮かべたが、写真のできはまあまあだろう。フィルムカメラ時代は、支局に戻って現像して真っ青、ということも珍しくなかった。

「よく撮れてるよ。素材がいいんだね」甲斐は慣れないお世辞を言った。由里奈の方でもお世辞に慣れていないのか、途端に顔を赤らめる。なかなか綺麗《きれい》な子だな、と思った。既に子どもの面影を脱し、顎は細くシャープに尖《とが》っている。大きくぱっちり開いた目は、化粧の必要性を感じさせなかった。

「今日は、申し訳なかったですね」並んで玄関に向かいながら——来客は最後まで見送るようにと校則で決まっているそうだ——甲斐は謝った。確か、会ってからもう二回は謝ったはずだが、礼儀正しい少女を前にして、自然と謝罪の言葉が口を突く。

「いいんです」由里奈がゆっくりと首を振る。ひどく大人っぽい仕草で、髪がふわりと揺れて彼女の表情を隠した。「でも、びっくりしました」

「何が？」

「二階さん、約束を破るような人じゃないから」

「そう？」違う、あいつはちゃらんぽらんでへらへらした男だ。約束を守るなんて期待しちゃいけない——忠告したかったが、何故《なぜ》か躊躇《ためら》われる。彼女の瞳《ひとみ》に、あまりにも真剣な色を見てしまったから。

「二階さんはどうしたんですか？」

「ああ、ええと……どうしても外せない取材ができたらしくて。申し訳ないけど、その内容は言えないんですけどね」

「秘密なんですね」

「そのうち新聞で読んでもらえると思うよ」

「そうですか。でも、やっぱり不思議です」由里奈が溜息をつく。「他に用事ができても、二階さんなら必ず連絡ぐらいはしてくれるはずなんです」

「あいつのことを随分よく知ってるんだね」

「そんなこと、ないですけど。二階さん、高校の時にブラスバンドにいたんですよ。最初電話してきた時にその話をしてくれて……取材の約束をする電話だったのに、それを忘れて切ってしまって。話が盛り上がり過ぎたんです。それでまた電話をかけ直してくれて」

「あいつがブラスバンドねえ」想像もつかない。それを言えば、どんな部活動もやっている姿が目に浮かばなかったが。あれは、放課後街へ繰り出しては女の子をナンパして回るタイプだ。もしかしたら、由里奈にも目をつけていたのか……いや、実際には会っていないはずだから、それはないか。声を聞いただけでナンパする人間はいないだろう。それに、万が一にも高校生に手を出したら大問題だ。二階も、それが分からないほど間抜けではあるまい。

「私と同じ、オーボエをやっていたんです」

「そうか、それは意外だな」

「そうですか？　今は楽器をやる暇がないって言ってました。記者さんって、忙しいんですよね」

「それは、もう」甲斐は小さくうなずいた。既に玄関に着いてしまっている。西を向いているので、夕日がもろに入りこんできて目を焼いた。「あいつに楽器をやるようなイメージはないけどね」

「そうですか……二階さんに会ったら、よろしく伝えておいていただけますか？」

いただけますか――高校生からこんな言葉をかけてもらうことがあるとは思ってもいなかった。どうやらこの高校は、礼儀作法に関してかなり厳しいらしい。

「分かりました。そうそう、あいつからは何回連絡がありましたか？」

「最初に電話を貰《もら》った時だけですけど、それがどうかしましたか？」

「いや、特に意味はないんですけど」一度電話で話しただけか。仮に二階が本当に行方不明になっているとしても、彼女は関係ないだろう。「どうもすいませんね、時間を無駄にさせてしまって」

謝るのは三回目？　四回目？　自分でも分からなくなってしまっていた。それにしても由里奈は、何か勘違いしているのではないだろうか。二階は口先だけの男だが……いや、あるいはあいつは案外、「人たらし」の才能を持っているのかもしれない。共通の趣味があるとはいえ、初めて電話で話した相手を籠絡《ろうらく》してしまうとは。もっとも、そもそもあいつがブラスバンドをやっていた話自体が嘘《うそ》かもしれないが。だとしたら、あいつには詐欺師の素養がある。


「何やってるんだ、二階は」浜田の苛立《いらだ》たしげな声が支局内に響く。「さっきから電話もつながらないぞ。甲斐、ちょっと県警記者クラブに電話を入れてくれ」

「どうしたんですか」

「野郎が昨日出した原稿。このままじゃ使えないんだよ。ヘタ打ちやがって。まったく冗談じゃない。さっさと摑まえてくれ」

何で俺が、と思いながら、甲斐は反射的に受話器を取り上げてしまった。いつの間にか覚えてしまった県警クラブの番号をプッシュする。何故か昔から、電話番号を覚えるのだけは得意なのだ。

「はい、県警クラブ」疲れた声で若松が言った。

「甲斐だけど、そっちに二階はいないか?」

「いや、見てません」

「今日一日、顔を出していない?」

「そういえばそうですね」

そういえばって……部下の所在ぐらい確認しておけ。昼間と同じ忠告をするのも面倒で、舌打ちして続ける。

「電話も通じないんだ。そっちでも連絡してみてくれないか?」

「分かりました」

不満を滲ませながら若松が言い、電話を切ろうとした。甲斐は慌てて「ちょっと待て」と声をかける。

「何ですか」若松の声は一段低くなっていた。

「あいつ、電話にも出られないほど忙しいのか？　大事な相手に会ってるなら、電源を切ってるかもしれない」

「どうですかねえ。ここ何日かは、結構こんな感じですよ。あいつのことだから、本当に重要な取材かどうかは分からないけどいつも口先だけだから」

「とにかく連絡は取るようにしてくれよ。」

「浜田さんでしょう？　あの人、細か過ぎるんですよ」

「完全原稿を出してれば、デスクも文句は言わないんだぜ」声を潜めて甲斐は言った。浜田のデスクは斜め前である。

電話を切り、浜田に顔を向ける。

「県警クラブにも顔を出してないですね」

「しょうがねえな、あの馬鹿」浜田が吐き捨てた。

「よく行方不明になるんですか？」

「知らねえよ。俺はあいつの面倒を見てるわけじゃないんだから……クソッ」

パソコンのモニターに顔を近づけ、表情を歪《ゆが》める。疑問点を誤魔化《ごまか》して二階の原稿を仕上げようとしているのか。そんなことぐらい、俺がやりますよ——と言おうとして言葉を呑みこむ。「一年生でもこんな原稿、書かないぞ」という織田の台詞が脳裏に蘇《よみがえ》り、不快感がふつふつと湧《わ》き上がってきた。まったく、嫌なことを思い出させる。

その夜、二階はとうとう摑まらなかった。翌日も、支局にも県警クラブにも顔を出さない。電話も相変わらずつながらなかった。

「ちょっと部屋を見てきましょうか」昼前、甲斐は浜田に申し出た。

「ああ？」夕刊用の原稿を処理していた浜田は、モニターを見据えたまま気のない返事をした。「いいよ、放っておけよ」

「二日目ですよ？　念のためです」

「だったら勝手にやっておいてくれ」浜田が、追い払うように手を振った。「どうせ暇なんだろうし」

あんたは能力以上の仕事を抱え過ぎだ。いや、そもそも能力が低いんだ。口の中で文句を嚙《か》み殺し、甲斐は支局を出た。支局員に目を配ることもできないなんて……。

一時間後、甲斐は、二階が失踪《しっそう》したと確信していた。

2

「失踪《しっそう》？」支局長の牧《まき》が、端正な顔を歪《ゆが》めた。「根拠はあるのか」

「部屋の雰囲気、としか言いようがないです。新聞は郵便受けに突っこまれたままだし、パソコンもありません。メモの類《たぐい》も」

「そういうものは、普段も持ち歩いてるだろう」信じられないと言いたげに、牧が首を振る。

「まったく何もないんですよ？　メモ帳や手帳は、普通は捨てないで取っておくでしょう」訴訟対策の意味もある。「全部持って逃げ出した感じがします」

「逃げ出したって……」牧が指先で額を支えた。「まあ、珍しい話じゃないがな」

若い記者が、あまりにも忙し過ぎる仕事や後輩いびりを嫌って失踪する――しばしばあることではないが、牧の言う通りで珍しい話でもない。甲斐《かい》が若い頃は、もっと頻繁だった。最近は支局長やデスクも気を配っているようで、そういうみっともない話はあまり聞かないが。

「捜してみますか」

「そんな人手はないぞ」

「ちょっと聞き回るぐらいはできますよ。まず、実家に話を聴いてみます。二階《にかい》の実家、どこなんですか？」

「確か、長崎だな」

「長崎ねえ……」甲斐は顎《あご》を撫《な》でた。心配をかけずに確認する方法は……ないわけではない。その辺りは、上手《うま》く言いくるめる自信はあった。

「今日一日ぐらい、放《ほう》っておいてもいいだろう」

「やりましょう。俺は暇ですから」

「おいおい」牧が目を細める。

「とにかく、ちょっとやらせて下さい。二階もいい大人ですから、危ないことはないと思いますけど、何かあってからじゃ遅いですからね……それに、一人ぐらいは心配してやらないと、二階も寂しいんじゃないですか？　あいつ、この支局では結構浮いてたみたいですよね」

牧が薄く口を開けた。お前と同じだな、と言おうとしたのかもしれないが、甲斐が予想した言葉は出てこなかった。出世する人間は、心の赴くままに暴言を吐いたりしないものである。

「じゃあ、そういうことでいいですね？」念押しして、甲斐はソファから立ち上がった。支局長室を出て自席に着き、小松《こまつ》に二階の実家の連絡先を訊《たず》ねる。

「ちょっと待て」小松が立ち上がり、背後のファイルキャビネットを開けた。一冊の薄いフォルダを取り出し、甲斐のデスクに放り出す。「実家はそれで確認してくれ」

「随分投げやりですね」

「ああ？」小松が眉《まゆ》をひそめた。

「あいつのこと、心配じゃないんですか」

「あんたが心配し過ぎなんだよ。二階はちゃらんぽらんな人間なんだぜ？　今頃、女のところにでもしけこんでるよ」

「そうですかね」

突然、嫌な予感の原因に思い至った。二階は何か大きなネタを追いかけていた様子である。いくらちゃらんぽらんでも、特ダネを追いかけているとすれば話は別だ。

「とにかく、ちょっと捜してみます」

「警察沙汰《ざた》だけは避けてくれよ」

「それは俺が頑張ってもどうしようもないことでしょう」

「奴が死体になっていても、警察よりも先に見つけてくれればいい。こんな話、他紙に抜かれたらみっともないからな」

小松がにやりと笑った。冗談にしては下手だし、本気で言っているなら人間のクズだ、と甲斐は憤りを感じた。それを何とか押し潰《つぶ》し、フォルダを開いて受話器を取り上げる。

引っ張り出したファイルは、いわば非常連絡用であり、何かあった時に連絡すべき相手の名前と住所、電話番号が記載されている。二階の場合、実家と父親の勤務先、両方の電話番号があった。父親は大学教授。そんな男の息子がどうして新聞記者に——珍しい話ではないな、と思い直す。とりあえず、自宅に電話を入れてみた。

「はい、二階でございます」上品な女性の声が答える。母親だろう。二階は一人っ子なのだ。

「お忙しいところ申し訳ありません。二階さんのお宅でいらっしゃいますね」

「そうですが」

「私、日報《にっぽう》の横浜支局の甲斐と申します」

「どうも、いつもお世話になります」丁寧な口調に揺らぎはなかった。

「二階君のお母様でいらっしゃいますね？　突然お電話して申し訳ないんですが、今、支局の緊急連絡網のチェックをしています。その、何かあった時の連絡先ということですが。電話番号は今確認できましたが、ご住所等に変更はありませんか？」甲斐は長崎市内の住所を読み上げた。

「はい、間違いありません」

「お忙しいところ、どうもすいませんでした……二階君、最近そちらに連絡してますか？」

「いえ、特にないですけど、何か問題でも？」母親の声にわずかな疑念が混じる。

「いえ、特に何があったわけじゃないんですけど、若い記者は実家を放り出して連絡もしないことが多いんですよ。それで心配されるご家族も多いので。一応、若い記者のフォローをするのも仕事ですから」

「そうなんですか。いろいろ大変ですね」疑念は瞬く間に掻《か》き消えた。「たまにメールがくるぐらいですね。こっちから電話しようと思うこともありますけど、忙しいみたいですから、邪魔するのも悪いかな、と思って」

「それはそうですよね。彼、頑張ってますよ」

「頑張り過ぎて体を壊さないといいんですけど」

「それは心配ありません」体調はよくても、もっと悪いことに巻きこまれている可能性もあるのだが。

「しかし、あまり実家に電話しないのもどうかと思います。彼、就職して初めて東京に出てきたんですよね」

「そうです」

出身は九州大学。東京で生まれ東京で育った日報に、地方の国立大出身者は多くない。別に制限を設けているわけではないのだが。

「横浜で二年目で、慣れたとは思いますけど、たまには故郷が恋しくなることもあるんじゃないですかね」

「そんなこと、ないですよ」否定する母親の声はわずかに曇っていた。「こっちはあまり好きじゃなかったみたいですから……それで大学も福岡に行ったんだし、就職は東京で」

「若い頃なら、そういう風に考えるのも珍しくないですよね」十八で故郷を捨て、二度と振り返らない——そういう生き方をしている人間は、甲斐の周りにも何人もいた。「たまには電話するように言っておきますよ。親御さんに心配かけるのはけしからんですから……一番最近連絡があったのはいつ頃ですか？やっぱりメールですか？」

「そうですね。三日ぐらい前だったかしら。『今度大きな記事を書くから、新聞に注意していて』って。言われなくても、いつも隅から隅まで読んでるんですけどね」

横浜の記者が書いた記事を、長崎の人間が読む機会がどれだけあるのだろう。「全国紙」といっても、東京と大阪、九州では作りがかなり違う。特に新聞の顔である一面と社会面で、その傾向は顕著だ。東京や横浜の事件を無視するわけにもいかないが、地元の記事をできるだけ多く載せようとするのが、地元編集局の本音である。その結果、二階ら支局の若い記者が書いたローカルな原稿は、消えてしまうことも珍しくない。全国通しで一面に載るような大きな事件なら、そもそも二階のような二年生記者が書くチャンスはそれほどないはずだし。

唯一の例外は、明確な特ダネの場合だ。入社したばかりの記者が特ダネを摑《つか》むのも珍しくないし、一面を飾ることもあり得る。そして特ダネなら、大阪だろうが九州だろうが、扱いが悪くなることはない。もちろん、地元の特ダネと被《かぶ》れば、見出しが一段小さくなることはあるが。

「大きな記事ですか。それは楽しみですね」話を合わせながら、甲斐は二階の狙《ねら》いを読み切れずにいた。俺にも同じような話をしていたし、母親にも知らせていたということは、取材はかなり進んでいたに違いない。確信がある、もはや原稿にするだけという段階だから、人に教えようとするのだ。

「どんな記事なんでしょうね……すいません、そんなことお伺いするのは失礼ですね」母親が訊ねた。

「いや、私も内容は知らないんです。記事が書き上がるまでは、周りにも教えないこともありますから……すいません、つまらない長話をしてしまって。ご協力ありがとうございました」

「とんでもありません」

「たまには電話するように、言っておきますから」

「ありがとうございました」

確認は取れた。しかし、嘘《うそ》をついてしまった不快感は残る。本当に二階が失踪しているとしたら、今度はそれを告げるために電話しなければならない。そうしたら二階の母親は、今の電話との整合性についてどう考えるだろう。

「あんた、詐欺師の才能があるね」電話を切ると、横で聞いていた小松が茶々を入れてきた。

「相手を心配させないで情報を引き出すためには仕方ないですよ」

「それで、何だって？　尻尾《しっぽ》を巻いて長崎に帰ったわけじゃないんだ」

「尻尾を巻くような理由があるんですか？」

「さあね」小松が肩をすくめる。「どうも、あいつは口先だけの奴だし、何を考えてるのか分からないから」

「最近、でかい事件を追いかけてたんじゃないんですか？」

「聞いてないな」

「本当に？」

「嘘ついてどうするんだよ」小松が欠伸《あくび》をした。そもそも二階のことになど関心がない、とでも言いたそうだった。「少なくとも俺は何も知らないな」

「自分一人で抱えこんでたんですかね」

「さあ。ホラ話じゃないか？　それこそ自分を大きく見せようとして」

「そうですか……」

納得できなかった。仲間に対して、あるいはライバル他社に対して、特ダネの存在を仄《ほの》めかすことはなくもない。それこそ小松の言うように、自分を大きく見せるために。ライバル他社に対しては心理戦を仕かけるために。だが、母親にまで手柄を予告するというのは、よほど自信があったからではないか。

そんな自信を持った人間が、黙って消えるわけがない。そういう推測を小松に説明するのも面倒で、甲斐はコートを摑んで席を立った。たぶんこの男は、特ダネを追いかける高揚感と、抜かれるのを心配しての胃の痛みなど、とうに忘れてしまっているのだろう。来た原稿を右から左へ流すだけ。そんな男と話し合っていても、何も生まれない。


神奈川県警本部は、運河沿いにある。県庁や横浜市役所が、昔からの官庁街——日本大通り駅から関内《かんない》駅にかけて——に集中しているのに対し、少し離れた場所にあった。素っ気ない直方体の建物で、まだ新しいこともあり、警察特有の威圧感のようなものは感じられない。甲斐は直接県警本部を訪れず、近くのコイン式駐車場に車を停《と》めて、キャップの若松《わかまつ》を呼び出した。若松は「忙しい」と渋っていたが、「緊急だから」と粘って何とか席を立たせることに成功した。

県警本部が直接見えない駐車場で待っていると、若松がコートも着ないで走ってきた。地味なグレイの背広。薄青のネクタイが胸の真ん中で揺れていた。小柄で細身の男で、支局で五年目になるせいか、少し疲れて見える。車に乗りこんできた瞬間に文句を零《こぼ》した。

「お茶でも奢《おご》ってくれるのかと思いましたよ」

「人に聞かれたくないんだ。本当は支局に上がって来てもらいたいところだけど、わざわざ俺の方で近くまで来たんだぜ」

「はいはい、失礼しました」支局生活も五年目になると、すっかりすれている。甲斐に対する口調も、誠意の欠片《かけら》も感じられないものだった。「それで、何ですか」

「二階は実家に帰ってないぞ」

「長崎ですよね」

「そう」

「どうしましたかねえ」若松がのんびりと顎を撫でた。

「それが分からないから困ってるんじゃないか。記者クラブで、何かなくなってるものはないのか？」

「あいつ、元々クラブに物を置かないタイプですからね。書類も全部スキャンして、自分のパソコンに保存してるぐらいだから」

「当然、そのパソコンもないんだよな」

「ええ。いつも持ち歩いてますよ」

「そうか……」

「何をそんなに心配してるんですか？」

居心地悪そうに、若松がシートの上で体をよじった。甲斐の車は五年落ちの中古で、支局では足が必要だというので急遽《きゅうきょ》購入したものである。乗り心地も何も考えていなかったが、長距離を運転することになったら辛《つら》そうだ。

「あいつ、何かネタを追いかけてなかったか？」

「そりゃあ、ネタはいつも抱えてるでしょうけど」

「例えば？」

「あいつがやってることは分かりませんよ。秘密主義なんだから」

「それぐらい把握しておけよ」

「甲斐さんだって覚えがあるでしょう？　原稿にできるまでずっと秘密にしておくのは珍しくないですよ」

「そうかもしれないけど……」反論を封じられ、甲斐は口を閉ざした。「俺が話を聞いた限りでは、もう原稿になる直前、みたいな感じだったんだけどな」

「それでも俺には覚えがないですね」若松が肩をすくめた。

「どこかに潜りこんで取材してるんじゃないのか？」

「それはあり得ます」若松があっさり肯定した。「あいつの秘密主義は徹底してますから。それぐらいのことは平気でやるだろうな」

「心配じゃないのかよ」

「自分のケツぐらい、自分で拭《ぬぐ》えるでしょう。いい大人なんだから」

大人というには少し幼い二階の顔を思い浮かべる。記者になって二年近く、それなりの経験は積んでいるはずだが、あらゆる状況に対応できるほどではないだろう。経験したことのない、がんじがらめの状況に陥っていることも十分考えられた。そもそも「新聞記者」の肩書きが通用しないことなど、世の中にはいくらでもある。

「何でそんなに安心していられるのかね」甲斐は溜息《ためいき》をついた。「仮に事件にでもなったら、どうするつもりだ」

「そこまで馬鹿じゃないでしょう、二階も」若松が煙草《タバコ》を取り出したが、甲斐が首を振ったので不満気に鼻を鳴らし、パッケージにしまった。「やばい取材をしてても、突っこんでいいところと引かなくちゃいけないところの区別はつくはずですよ。そもそもあいつに、そんなに危ないところまで突っこむ度胸があるとも思えない」

「それにしたって、もう二日だぞ？　普通はあり得ないだろう」

「奴は、前にも似たような事件を起こしてるんですよ。事件って言っていいかどうかも分からないけど……去年の夏、高校野球の予選の頃、やっぱり二日間ばかり行方不明になったことがあったんです。冗談じゃないですよね、高校野球の取材はいくら人手があっても足りないのに」

若松の言い分はもっともだ。夏の高校野球の予選では、一球場に一人が必ず張りつき、毎日二試合、三試合の取材をこなす。ゲーム写真を撮り、試合と試合の合間にはスタンドで雑感を取りに走る。慣れないうちは、体力的にも精神的にもぎりぎりの取材であり、一年生記者には荷が重い。これで大きな壁を感じてしまう記者も少なくない。

「あいつも、野球が嫌いで逃げ出したのか？」

「いやいや、ネタを追いかけてたんです。でも、大したネタじゃないですよ。横浜区役所の職員が大規模なトトカルチョをやってたっていう話で」

「高校野球の？」

「そうです」横を向いている若松の顔が歪んだ。あんな男に手柄を持っていかれて――と悔やんでいるのは明らかであった。「大騒ぎするような話じゃないけど、タイミングがタイミングでしょう？　たまたまネタのない日に出したんで、社会面のトップになったんです」

「ああ、それなら覚えてる」古めかしい記事だ、と思いながら読んだ。今時、高校野球でトトカルチョといっても……ただしそれが、区役所職員という公僕の間に広がっていたとしたら、やはり問題である。

「そういうことだったんで、こっちとしても怒るに怒れなくなっちゃいましてね。支局長は『処分だ』って息巻いてたけど、結局うやむやになりましてね。それで二階も図に乗っちゃいましてね。自分の取材のためには、ローテーションの仕事を放り出すことなんか、何とも思ってないんだ」

「扱いにくい記者だな」そういうことがあったなら、牧も小松もさっさと教えてくれればいいのに。しかしそれを聞いたからといって、甲斐の疑念が薄れることはなかった。

「そうなんですよ。いつも困ってるんです」

若松が素早く煙草に火を点《つ》けた。無礼な奴と思ったが、文句を言うタイミングを逸してしまい、甲斐は車の窓を開けて煙に対処せざるを得なかった。助手席の窓を開けたので、煙が運転席の方に流れ、かえって煙たい。仕方なく運転席の窓も開けると、冷たい空気が容赦なく頬《ほお》を擦《こす》った。不味《まず》そうに煙草を吹かしながら、若松が言った。

「若い記者が特ダネを書くと自信になるけど、それは増長と紙一重ですよね」

「あんただって『若い記者』なんて言うような年じゃないと思うけど」

「いやあ、すっかり年ですよ」苦笑しながら、煙草を窓の外に弾《はじ》き飛ばした。「最近、結構ガタがきてます……それより甲斐さん、何であいつのことがそんなに気になるんですか」

極めて当たり前の質問をぶつけられ、答えに窮した。甲斐に言わせれば、支局員の行方が分からなくなっているのに、あたふたしていない方が異常である。あるいは本当に、俺が気にし過ぎなのか……そもそも二階という男について、ろくに知っているわけではない。支局の中で、まともに自分に話しかけてくれた只《ただ》一人の人間。まったく、これじゃ俺は捨てられた犬だ。最初に餌《えさ》をくれた人間を「主人」と認識するようなものではないか。

違う。やはり支局員たちの考えがおかしいのだ。何かあってから慌てても、絶対に手遅れになる。新聞社は、攻めるに強く守るに弱い組織だ。いつも批判的な記事を書いているせいだろうか、内部にトラブルを抱えると急にあたふたする。

別にこの会社のことを心配しているわけではないが……だったらどうしてこんなに二階のことが気になる？

自分でも答えが分からないことはいくらでもある。今はそうやって己を納得させるしかなかった。


「またですか？」二階のマンションの大家、冨所《とみどころ》が顔をしかめた。六十歳ぐらいだが、髪はまだ黒々としており、顔に刻まれた皺《しわ》とバランスが取れていなかった。四階建てのマンションの一階に住んでおり、朝方話した限りでは、店子《たなこ》の生活に結構目を光らせているようだ。二階さんは毎日遅いからね――マンションの前が駐車場で、日付が変わる頃に帰って来れば、嫌でも気づくだろう。冨所本人は、そういうことを鬱陶《うっとう》しがっている様子ではなかったが。二階が忙しい新聞記者だということは、当然知っているのだ。

「どうもすいませんね。いろいろ調べることがありまして」先ほどはざっと様子を見ただけだった。もっと詳しく、それこそ鑑識課員のような目で部屋を調べていこう。科学的な調査ができるわけではないが、自分の目を試すつもりでもいた。

「それでどうしちゃったんですか、二階さんは」

「それが分からないから困ってるわけでして……ご迷惑をおかけしますね」

「いやいや、私はいいんだけど」冨所がエレベーターのボタンを押した。二階の部屋は最上階にある。

「記者さんなんて、店子としては理想的なんだけどね」

「そうですか？」階数表示を睨《にら》みながら甲斐は応じた。「昔は、記者が部屋を借りたいっていうと、すぐに断られたそうですけどね。そんなヤクザな商売の人間には貸せないって」

「いつの話ですか、それ」

「戦後すぐぐらい」

「そりゃ、古過ぎるよ」冨所がかすれた笑い声を上げた。「でも、あなたも心配し過ぎなんじゃないですか。記者さんなんて忙しいんだから、一日二日いなくなったって、心配することはないでしょう」

「でも今は、携帯電話がある時代ですからね。携帯で呼んでも反応がないのは心配ですよ」

「そういうもんですかね」冨所がわずかに膝《ひざ》を曲げて、エレベーターが止まる軽いショックを受け止めた。マンション自体はかなり古く、エレベーターの動きはスムーズとは言えない。

廊下に出ると、真下を通る県道横浜鎌倉線、その向こうに建ち並ぶコンビニエンスストアや電気店、ラーメン屋の建物が目に入る。関内やみなとみらい地区からそれほど離れていないのに、この辺りは気さくな下町の雰囲気が色濃い。最寄り駅は地下鉄の蒔田《まいた》。支局へ行くには少し不便——最寄り駅は日本大通りだが、地下鉄は少し離れた関内駅にしか止まらない——だと思ったが、すぐに二階たちは普段、車で動いているのだと気づく。地方支局の記者の足は、基本的に自家用車だ。自分もそうやっているのに……。

「二階はいつも帰りは遅かったんですか」

「そうねえ。日付が変わる前に帰ってくることなんて、ほとんどなかったんじゃないかな。帰ってこないこともあるし、朝早い時もあるし。いろいろ大変なんですな」

「そうですね」

甲斐は軽口を打ち切った。廊下の右側に並んだドア。何かがおかしい。何か……二階の部屋のドアが開いている。帰って来たのか、と考えると同時に、もう一つ、嫌な予感が走った。足を止めると、冨所が背中にぶつかる。

「どうしたんですか」怪訝《けげん》そうに冨所が訊ねた。

「いや……冨所さん、ちょっとエレベーターのところまで下がっていてもらえますか？」

「何事ですか、いったい」

「いいから下がって下さい」俺は何を言おうとしているのだ、と自分でも疑問に思った。一応、自分の方が冨所よりも若い。年寄りに危ない真似《まね》はさせられないということか……そういう英雄的行為は柄じゃないと思いながらも、甲斐は冨所を下がらせた。怪我《けが》する人間は少ない方がいい。

午後の陽射《ひざ》しが反射して、ドアノブが鈍く光る。風が廊下を吹き抜けていったが、甲斐は背中に嫌な汗が流れるのを感じた。ドアが五センチほど開いている。中にいるのは誰か……恐る恐る近づいたが、時間をかけても危険は去らない、と気づく。一つ深呼吸をして、大股《おおまた》でドアに近づき、一気にノブを引いた。

「二階、いるか?」

呼びかけに返事はない。それで少しだけ安心し、玄関に首を突っこんだ。玄関は、先ほど見た時と比べて変化はない。半畳ほどのたたきには、革靴が一足、スニーカーが一足置いてあるだけで、靴箱の扉が小さく開いていた。この他には革靴が二足あるだけで、二階が今履いているであろう靴も含め五足の靴を履きまわしていたことが分かった。どれも、最近の若い連中が好んで履く、トゥの長く尖《とが》ったタイプ。足を大きく見せて何が面白いのだろう、と甲斐はかねがね疑問に思っていた。

ゆっくりと鼻から息を吸いこむ。かすかな汗と埃《ほこり》が混じった独身男の部屋の臭《にお》いは、午前中と何ら変わりがない。しかし嗅覚《きゅうかく》はともかく視覚は、異変を感じ取っていた。ただ、それがあまりにも極端だったため、すぐには認識できなかったのである。自分が見ている光景が現実のものなのかどうか、自信がなくなっていた。

「ありゃりゃ」甲斐を現実に引き戻したのは、冨所の間の抜けた声だった。

「困りますよ。下がって下さいって言ったじゃないですか」何か危ないことでもあったら、という言葉を呑《の》みこんだ。部屋が荒らされたのは間違いないのだが、今ここに危機があるとは思えない。

「いやいや」冨所が首を振った。「泥棒ですかね、これは」

「分かりません。午前中はこんな風じゃなかったんですが……何かおかしなことはありませんでしたか？」

「私は一階にいるからね」冨所が慌てて言い訳した。「四階で何かあっても、すぐには気づきませんよ。うちのマンションは床も丈夫で音も響かないし……」

そういう問題じゃない、と突っこもうとして甲斐は口をつぐんだ。その場に留《とど》まるよう、冨所に言ってから靴を脱いだ。できるだけ爪先立《つまさきだ》ちになるように気をつけながら、それほど広くない部屋の中を見て回る。

ほとんど四角い箱のような造りの部屋だった。玄関を上がってすぐが、ほぼ正方形の広いワンルームになっている。午前中冨所に聞いて、広さが十二畳だということは分かっていた。玄関の左側に造りつけのキッチン、右側がトイレとバスルーム。その他のスペースはぐちゃぐちゃになっていた。

左奥にあったベッドのマットレスは引《ひ》き摺《ず》り下ろされ、真ん中の部分が端から端まで引き裂かれて、スプリングが飛び出している。テレビと小型のオーディオセットは金属製の台座から落とされ、テレビの液晶は割れていた。部屋の右側にあった本棚の中身は全《すべ》て床にぶちまけられ、ビデオやＤＶＤは全てパッケージから引き抜かれていた。その横にあるクローゼットの扉は開いて衣類やバッグが床に落ちている。引っかかっていたものを全て外したようだ。

部屋の真ん中に置いてあった一人がけのソファはひっくり返され、座面の裏側がベッドのマットレスと同じように切り裂かれていた。鋭利な刃物、おそらく大型のカッターか何かを使ったのだろう。

「何ですか、一体」啞然《あぜん》とした冨所の声に振り向く。

「ご覧の通りですよ」

「ご覧の通りって……」冨所が玄関に足を踏み入れた。「やっぱり泥棒ですか」

「泥棒……まあ、そうかもしれません。そこから先、入らない方がいいですよ。警察が調べる時、冨所さんの足跡もチェックするでしょうから」

冨所が慌てて飛びのいた。六十歳とは思えない、軽い身のこなしだった。

泥棒ではない。泥棒だったら、もう少し丁寧に金目のものを捜すだろうし、そもそも昼間に家に押し入ろうとはしないはずだ。堂々と部屋に入り、しかも家具を破壊して……泥棒ではなく家捜し。二階が何かを隠していたと確信して、部屋を徹底的に調べまわったのだ。警察でも、ここまではやらないだろう。

甲斐は一度外へ出て、ドアノブに触らないよう気をつけながら顔を近づけた。鍵穴《かぎあな》をじっと観察するが、目新しい傷はない。無理にこじ開けたとしたら、金属部分に傷がついていてもおかしくはないのだが、そういうものは見つからなかった。それこそ、鍵を使って普通に開けたようだ。

廊下に出て、手すりに肘《ひじ》を預けて周囲を見回す。真向かいは七階建てのマンション。こちら側に向き合っているのはリビングルームだ。道路の幅を隔てているだけなので、向こうの様子はよく見える。逆に、向こうからもこちらは見えているはずだ。後で聞き込みをすべきだろうか、と考える。午前中、甲斐がこの部屋を訪れてから今まで、三時間。その間に誰か怪しい人間を見なかったか。鍵を使って普通にドアを開けたとしたら、怪しくは見えないはずだが……。

「これからどうするんですか」不安気な表情を隠そうともせず、冨所が訊ねた。

「とにかく一一〇番ですね。誰かが部屋を荒らしたのは間違いないんだから、届けないと」

「まずいなあ」冨所が豊かな髪を両手で後ろに撫でつけた。「泥棒が入ったなんて評判が立ったら困ります」

「それは分かりますけど、放っておくわけにはいきませんよ。まず、会社に連絡しますから」携帯電話を取り出したが、支局に連絡する前に冨所に訊ねた。「ここの鍵は、普通の鍵ですか？」

「はい？」事情が呑みこめない様子で、冨所が首を傾《かし》げる。

「いや……最近は鍵もいろいろな種類があるでしょう？　ロータリーシリンダーとか、ディンプルキーとか」何年か前、ピッキングが流行《はや》った頃に仕入れた知識だ。

「普通の鍵ですよ」

「普通って？」

「これこれ」冨所がズボンのポケットから急いで鍵を取り出した。いわゆるディスクシリンダーで、ピッキングの被害はほとんどがこれだ。古いマンションだから、鍵のことまで手が回らなかったのだろう。大家としては怠慢だ。

「合鍵は？」

「持っているのはご本人と私だけですね」

「店子さん……二階が合鍵を作っていても、そこまでは分かりませんよね」

「ええ。一応、入る時には『合鍵は人に渡さないように』と言うんですけど、強制はできませんから」

「そうですか……」

誰か、二階から合鍵を受け取っていた人間が部屋に入った？　考えられない。そういう人間がいたとすれば、よほど親しい友人か恋人だろう。だがそういう人たちは、部屋をこんな風に荒らしはしない。

雲が流れ、弱々しい光を放つ冬の太陽を覆い隠した。まるで日食のように暗い影が街を覆い、甲斐は背筋を冷たいものが這《は》い上がるのを感じていた。


「えらく派手にやったね」

ごった返す現場で無責任な感想を吐いたのは、所轄の刑事課長、武藤《むとう》だった。玄関で仁王立ちになり、鑑識の係員たちが部屋をセンチ単位で調べるのを見守っていた。廊下には甲斐、牧、そして県警記者クラブから飛んで来た若松。牧と若松は揃《そろ》って渋い表情で、玄関を塞《ふさ》ぐように立っている武藤の背中を見守っていた。

武藤が振り向いた。百八十センチはあろうかという偉丈夫で、がっしりした体格は、コートを着ていてもはっきり分かる。腕組みをしたまま、甲斐に目をやった。

「第一発見者はあなたですね」

「ええ」

「ご感想は？」

「ヤクを捜してたのかな」

一瞬、強張《こわば》った沈黙が降りる。それを打ち破ったのは武藤の爆笑だった。

「仲間に対してそんなことを言っちゃいかんですよ。冗談にしても、あまり上手くない」

「だけどこれは、ヤクの隠し場所を捜すようなやり方じゃないですか。マットレスの中とか、ソファの座面とか」

「まあ、確かにそういう乱暴なやり方をする連中もいるね。ヤクザや外国人は遠慮しないし」

「それで、警察としてはどう見てるんですか」

「それはまだ分からない」武藤が大きな手で顔を擦った。「調べ始めたばかりだし……しかし、何を捜してたのかね」

「それは分かりません」

「ま、もう少し待って下さい」

武藤が部屋の方に向き直った。それを見届けると、牧がエレベーターホールに向かって顎をしゃくる。彼を先頭に、甲斐、若松が後に続く。エレベーターの前に立つと、牧が小声で話し始めた。

「サツの方は押さえなくちゃいかん」

「それは分かってますけど、問題としては二の次でしょう」甲斐は反論した。「まず、二階が何に巻きこまれてるかを調べるのが先です」

「こんなこと、他社に書かれてみろ。みっともないだけじゃ済まないぞ」

「二階が何かやったと思ってるんですか」

「そういうわけじゃない」牧が唇をきつく引き結ぶ。まったく乱れのない髪を丁寧に撫でつけ、「とにかくサツを押さえなくちゃいかん」と繰り返した。

「しかし、二階のことは……」

「サツの方は、若松、お前に任せる」

「分かりました」若松が少し青褪《あおざ》めた顔で答える。

「現場検証を見届けて、それから刑事部長に話を通せ。所轄もしっかり押さえてな。それで甲斐、二階の件はお前が担当だからな」

「俺一人でやれって言うんですか」甲斐は牧に詰め寄った。

「捜すって言ったのはお前だぞ」牧の口調はどこか投げやりだった。

「冗談じゃない。記者が一人消えて、部屋が荒らされてるんですよ？　ここは総力でかかるべきでしょう」

「そんな余裕はない。とにかく、まずはお前が調べろ。その結果何か分かったら、人手を割く」

「順番が逆でしょう。二階が心配じゃないんですか？」

「心配だ」まったく心配していない口調で牧が言った。「だからお前に任せるんだろうが。あまり大袈裟《おおげさ》に動くと他社に感づかれる。それを避けて確実に捜すには、少数精鋭でやるしかないんだ……若松、お前も情報については協力してくれ」

「はあ」若松がつまらなそうに言って顎を掻いた。こちらはまったく二階の身を案じていない様子で、言葉に身が入っていない。

「お前は心配じゃないのか」甲斐は攻撃の矛先を若松に向けた。「あんな部屋の荒らされ方はないぞ。何もないわけがない」

「まあ、その辺は警察の調べを待って……」

「呑気《のんき》にしてる場合か！」

胸倉を摑もうとすると、牧が割って入ってきた。

「いい加減にしろ、甲斐。また問題を起こすつもりか？」

問題を起こしているのは俺じゃない、と思ったが、口をつぐんだ。突っ張り通せない弱さが自分にあるのは分かっている。本社から横浜に流されて、その後は……今、俺は細い梁《はり》の上に立っているようなものだ、と実感した。少し風が吹けば転落し、底の見えない穴に落ちこむ。

いいだろう。誰も手伝わないというなら、一人でやってやる。

「分かりました」と宣言して、二人に背を向ける。仲間が当てにならないなら、警察の全面的な協力を取りつけるだけだ。通常の失踪事件なら、警察はまともに捜さない。だが記者が消え、部屋が荒らされていたとなったら、本腰を入れるはずだ。

何かが変だ。

どうして牧たちはやる気がないのか。もしかしたら俺だけが知らない二階の秘密があるのかもしれない。

自分一人、本筋から取り残される恐怖を、甲斐はかすかに感じ取っていた。

「指紋は出ないね」

「そうですか」武藤の台詞《せりふ》は、ある程度は予想できた。乱暴に家捜しをする人間でも、それぐらいは気をつけるだろう。

所轄署の刑事課。一角のソファで、甲斐は武藤と向かい合って座っていた。事情聴取ではなく、あくまで相談。同僚が行方不明になっているのだから、取調室で正式に供述して調書を取られても仕方ないと思っていたのだが、武藤はそこまでやる必要はない、と判断したのだろう。

所轄の刑事課に足を踏み入れるのは久しぶりだったが、甲斐は嫌な緊張感を感じていた。支局暮らしをしていた頃。社会部でのサツ回り時代。四六時中刑事部屋に入り浸って、鬱陶しがられていたものだ。追い出されたことも一度や二度ではない。最近は、「刑事課や生活安全課のある二階から上は出入り禁止」としている県警もあるようだが、取材としてこの場にいるわけではないという異様な状況が、甲斐を緊張させていた。

「何かを捜していたのは間違いないんだが、見つからなかったんじゃないかな」

「それで腹いせに部屋を壊した？」

武藤がにやりと笑った。太い指を器用に動かし、クリップを一本の針金にする。それを使って、爪《つめ》の間を掃除し始めた。汚れているようには見えなかったが。

「あんた、警察取材は長いんですか」

「人並み以上には」

「警視庁？」

「支局で三年、警視庁のサツ回りを一年、本部の担当を二年半。その後で警察庁にもいました」

「じゃあ、ベテランだ。筋金入りの事件記者だね」

「何が言いたいんですか」

気色ばむと、武藤は両手を広げて「参った」のポーズをし、背中を椅子《いす》に押しつけた。

「他意はない。話が早くて助かる、という意味だよ。現場、相当踏んでるんでしょう？」

「他の記者に比べればそうかもしれません」警視庁の一課担当時代……誇りに思うと同時に、忘れてしまいたい過去でもある。仕事に関しては胸を張って語れるが、他社とのせめぎ合いには心底疲れた。実際、警視庁記者クラブを出た途端、持病だった胃痛が消え、二か月で三キロ太った。あんな緊張感の中に身を置く経験は、二度としたくない。

「ベッドやソファを切り裂いたのは、一見乱暴に見えますけど、入念に調べた証拠でしょうね」甲斐は指を折った。「だけど、クローゼットの調べ方は甘い。自棄《やけ》になって、中の物を放り出したように見えます」

「こっちも同じ見方だよ」武藤がうなずいた。「素人じゃないが、完全なプロとも言えない。とにかく中途半端な感じがした」

「何を捜してたんでしょうね」

「あんたは何だと思いますか」挑みかかるように武藤が訊ねた。「ベッドのマットレスやソファに隠せるものだとすると……」

「やっぱりヤク、かな」ドラッグがどこまで蔓延《まんえん》しているのか。新聞記者が使っていてもおかしくはないが、だとしてもあの荒らし方は異常だ。

「それなりの量なら、そうするかもしれないね。自分で吸う分だけだったら、ほんの少量だからどこにでも隠せる。でも、キロ単位になったら、隠し場所は限られてくるんだよ。ヤクを埋めたマットレスの上で寝るのは、いい気分じゃないだろうねえ」

「キロ単位って……」甲斐は顔をしかめた。「二階がヤクの売人だったとでもいうんですか？　内偵捜査でもしていたんですか？　そう思うなら、薬物銃器対策課にでもどこにでも確認して下さい」

「まあまあ、そうかっかしないで」

静かな声で言って、武藤がお茶を一口すする。甲斐は彼の顔を見据えたまま、自分も湯呑《ゆの》みを口元へ持っていった。ひどく熱く、上唇を火傷《やけど》してしまう。苛立《いらだ》ちが背中を這い上がってきたが何とか抑え、質問を変えた。

「うちの二階のことは、個人的にご存じですか？」

「個人的にというか、記者とお巡《まわ》りとしてはね。ただし俺は、この春にこの署に来たばかりなんだ。彼はこの署を回ってたけど、俺と入れ違いみたいにして県警本部に上がっていったから、そんなによく知ってるわけじゃない」

「だいたい、刑事課長に直接取材するのは許されてないんじゃないですか？　少なくとも建前上は」

「取材どころか、刑事課へ入るのもＮＧだ」武藤がまたにやりと笑う。「無視して入って来る奴もいるけど」

「二階もそういう人間だった？」

「彼は、遠慮という言葉を知らないで育ったみたいだね」武藤の笑みが大きくなる。「平気でここへ入って来て、うちの刑事たちに話しかける。『出て行け』って何度言っても聞かないんだよ。まさか、実力行使するわけにもいかないしな」

「すればよかったじゃないですか」

「おいおい」武藤の笑みが苦笑に変わる。「その辺は紳士協定ですよ。そんなことぐらい、あんたも分かってるでしょう」

「まあね」また煙草が吸いたくなってきた。禁煙の誓いを本格的に破る日も、それほど遠くはないだろう。

「図々しい以外に、どんな記者だと思いました？　あるいはどんな人間だと」

「さあねえ」武藤が太い腕を組んだ。外は木枯らしが吹く陽気なのに、刑事課に入った途端に上着を脱いでワイシャツの袖《そで》をまくっていた。肌が見えないほど毛深いので、寒さを感じないのかもしれない。「俺たちがここでダブってたのは、一月か二月ぐらいだから……当時はたまたま暇な時期だったんですよ。事件がないと、お互いに相手をよく知ることはできないでしょう。だから、ずいぶん馴《な》れ馴《な》れしくて図々しい記者だっていう以外の印象はないな。知ってるといえば、もっと適任の人間がいるかもしれないけど」

「誰ですか」

武藤の太い指が、またクリップを折り曲げた。元の形に戻そうとしているのかもしれない。

「うちの若い刑事なんだけど、三月に密着取材をされてね。ほら、そういう記事が時々出るじゃないですか。鉄道警察隊に同行して、横須賀線でスリの現場を押さえたりとかさ」

「その刑事さんは？」

「女性」武藤が応接セットのテーブルの上に身を乗り出した。「今時、女性の刑事も珍しくないけど、密着取材で普段の捜査活動と心意気を知るって感じでね」

「なるほど」要するに提灯《ちょうちん》記事か、と甲斐は心の中で鼻白んだ。こっちが取材を申しこんだのか、県警の広報課あたりが持ちこんだ話なのか……いずれにせよ、警察としてはソフト路線をＰＲするチャンスになる。新聞記事的に意味はないが、とりあえず警察に恩を売った、という事実は残るわけだ。

「これこれ、この子」

武藤が体を捻《ひね》って自分のデスクからスクラップブックを取り上げた。ぱらぱらとめくって当該のページを捜し出し、甲斐に示す。甲斐はすぐに「新聞記事的に意味はない」という考えを引っこめた。五段抜きのカラー写真で紹介された女性刑事は、少なくともこのサイズで紹介するだけの価値がある被写体だった。すっと背筋の伸びた長身を、体にぴったりと合ったグレイのパンツスーツに包んでいる。後ろで髪を縛っているので、ほっそりとした綺麗《きれい》な顎の線が露《あらわ》になっていた。大きく、そして涼しげな目。少し肉感的な唇。写真を撮られ慣れているように、笑顔は自然だった。

「浅羽翔子《あさばしょうこ》巡査部長。二十八歳。イケてるだろう」

「顔で犯人を捕まえるわけじゃないと思いますが」

「まあまあ」

にやにやしながら、武藤はスクラップブックを取り返した。甲斐は刑事課の中をぐるりと見回したが、彼女の姿は見当たらない。整然としていても、どこかむさ苦しくラフな空気が漂う刑事課に彼女のような女性がいたら、嫌でも目立つはずだ。

「その取材で一週間ぐらい張りついていたからな。もしかしたら俺よりも浅羽の方が、ずっとよく二階さんのことは知ってるかもしれないよ」

「今日はいないんですね」

「ああ」

「後で会わせてもらえますか？　いろいろ話を聞いてみたい」

「時間を作るよ」武藤が真顔に戻ってうなずいた。

「それで、今回の件はどういう風に見てるんですか？　ヤク関係という話じゃなしに、ですよ」

「いや、それだって可能性としては否定し切れないよ」

「武藤さん、どうしても二階をヤクの売人にしたいんですか」

甲斐は一瞬、歯を食いしばった。どれだけ否定しても、絶対にあり得ない話ではないと分かっている。新聞記者だからといって、必ず高潔な倫理観を持っているとは限らない。酔っ払って喧嘩《けんか》したり、痴漢をしたり……情けない話はいくらでもあるし、最近はそういうことは隠しておけない。

「何とも言えないな。今の段階じゃ何も分からないんだから。とにかく、彼が失踪した前後の状況を聴いておきましょう。自ら身を隠すような理由があったかどうか、まずはそこからだね。二つ、考えられると思う」

「仕事か私生活の問題」

「どんな人間でも、極めればその二つになるわけだけど……」武藤が髪を撫でつける。「仕事の方はどうだったんですか？」

「何か取材していたでしょうね」

疑わしげに、武藤が甲斐の顔をねめつける。甲斐は肩をすくめ、「記者だから、いつでも何か取材していますよ」と説明した。しかし武藤は、それでは納得しようとしなかった。

「もう少し具体的な話ですよ。それこそ誰かに恨みを買うような取材をしていなかったか、ということです」

「正直言って分かりません」半分本当で半分嘘だ。二階がかなり大きな案件を追いかけていたのは間違いない。だが、その内容が分からないのだ。「私はこっちに来たばかりで、二階ともあまり親しくはなかったですから」

「そういうことですか……それなのにいきなり、こんな大役を押しつけられたわけだ」

「俺は暇ですからね」

「ご謙遜《けんそん》を」武藤が口の端を持ち上げてにやりと笑った。「私生活はどうですか？　女の問題とか」

「残念ながら、それも分かりません。これからこっちでも調べてみますよ。警察におんぶに抱っこじゃ、情けないですからね」

「いい心がけですね」

「一つ、お願いがあるんですが」

「何ですか」武藤の顔にわずかに影が射した。面倒臭そうに、右手の人差し指でテーブルを叩《たた》く。

「言うまでもないと思いますが、二階はうちの大事な戦力です。できるだけ手を尽くして下さい」

「そう言われることは分かってたけど、実際に口にされるとむかつくのは何でだろうね」

武藤が低い声で脅しつけてきたが、この反応は予期できたものだった。念のためだが、どうしても言っておかなくては気が済まなかっただけである。武藤はしばらく息を止めて甲斐を睨んでいたが、ほどなくふっと息を漏らし、警戒態勢を解いた。

「もちろん、しっかり調べますよ。相手は記者さんだから、変に手を抜いたら後で何を言われるか分からない……ああ、いいタイミングだ」武藤が部屋の入り口に目を向けた。武藤も首を捻り、彼の視線を追いかける。説明を受ける前から、誰が来たのかは分かっていた。刑事課に不似合いな女性——写真は人の真実を写し出さない。記事に添えられたポートレイトでは感じ取れなかった、鋭い気配が彼女の周りに渦巻いていた。

「紹介しますよ」武藤が立ち上がった。「おい、浅羽」

翔子が大股で近づいてくる。いつでも走れるようにヒールの低いパンプスを履いていたが、ハイヒールだったら間違いなく金属的な音を立てていただろう。甲斐はこうして、冷たい刑事と対峙《たいじ》することになった。

3

浅羽翔子《あさばしようこ》は、眼鏡《めがね》の奥から冷たい視線を甲斐《かい》に投げた。記事の写真では眼鏡をかけていなかったのだが……署の裏手にある駐車場には寒風が吹きすさび、そこに連れ出されたことで、甲斐は少しばかり怒りを覚えていた。寒いだけでなく風が強いために、少し声を張り上げないと会話もできない。翔子は掌《てのひら》を丸めてライターから煙草《タバコ》に火を移した。口をすぼめて深く煙を吸い、顔を背けて吐き出す。あまり美味《うま》そうではなかった。

「警察に泣きついてきたわけですか」

「こういうことは警察の仕事じゃないのかな」

「普通の仕事の人なら、ね」翔子が腕を組んだ。「新聞記者が警察を頼るようになったらおしまいですよ」

「俺も納税者なんだけど。あなたの給料はそこから出ていることをお忘れなく」

「そういうことを言われて低姿勢になる人もいるかもしれませんけど、私は違いますから」

甲斐は息を深く吸いこみ、胸を膨らませた。それから細く長く息を吐き、その間を利用して怒りを萎《しぼ》ませる。こんな若い刑事と本気になって遣《や》り合っても仕方がない。我慢ができずに怒りをぶつけ合っても、ろくな結果にならないこともよく分かっている。

「正式にお願いしたんです。仕事としてね」

「そうですか。だったら、然《しか》るべき人間が然るべく捜査するでしょう。私に回ってくるかどうかは分かりませんよ」

「あなたにお願いしたいのは、二階《にかい》という人間について教えてもらうことです」

「何言ってるんですか」翔子が目を細め、腕組みを解《ほど》いた。煙草を、近くの灰皿――ペンキ缶を半分に切ったもの――に弾《はじ》き飛ばす。綺麗《きれい》にストライクになった。「あなたの会社の人でしょう？ 部外者の私に聴くのは、筋違いだと思いますけど」

「私は赴任してきたばかりで、二階という男をよく知らないんだ」

「事情が分からない人間に捜索を任せたんですか？」翔子が目を回して見せた。「信じられませんね。そっちこそ、真面目《まじめ》に捜してないんじゃないですか？」

甲斐は力なく首を振った。無駄に言い合う元気もない。

「それでも、二階を捜し出したい気持ちに変わりはない」

「何か事情がありそうですね」ふいに翔子の口調が変わった。自分の両腕を寒そうにさすり、「車に入りましょうか」と誘ってきた。

覆面パトカーに乗りこみ、風が遮断されたところでふっと溜息《ためいき》をつく。

「さっきから溜息ばかりついてませんか」

「心配ごとが多くてね」

「寒くないですか？」

「大丈夫」

エンジンのかかっていない車内は、それなりの静寂が保たれている。翔子がつけている香水の香りがかすかに漂ってきた。刑事が香水？ 女性刑事に会うのは初めてではないが、彼女は珍しいタイプだった。

「それで、私に何を聴きたいんですか」翔子が切り出した。

「二階があなたに密着取材をしていたことがあるそうですね」

「ああ」つまらなそうに言って、爪《つめ》を弄《いじ》った。「上から言われたんで……業務命令です」

「神奈川県警は、マスコミと上手《うま》くやってるわけだ」

「他の県警の事情はよく知りませんから、分かりませんね」

「警視庁ではそういうことはなかったな」

「警視庁にいたんですか？　社会部のエリートですよね」

「単なる力仕事ですよ」甲斐は肩をすくめた。ひどい社は——甲斐には「ひどい」と思えた——警視庁クラブに途中採用の記者だけを投入したりする。「アメリカ並みのやり方だ」と揶揄《やゆ》する記者もいた。「汚れ仕事は外国人労働者に任せるわけだよ」と。

「二階さんは……しつこかったですね」

横を見ると、翔子が苦笑していた。

「そういう話は聞いてます。図々しい奴だったという評判も」

「そうですね。密着取材は分かるんですけど、二十四時間密着なんて、普通はあり得ないでしょう？　適当に手を抜いて、話になりそうなところだけ一緒に動くものですよね」

「ケースバイケースだけど、二階は二十四時間だったんですか」

「朝、寮の前で待ってて、帰るまでずっと一緒ですから」

「それは……いろいろな意味で問題がなかったのかな。あなたは女性なんだし」

「そういう意味ですか？　その心配はなかったと思います。仕事は仕事で、変な感情は持たなかったと思いますから」

「言い切れますか」

「二階さん、彼女がいたみたいですよ。だから、ね」

翔子の、少なくとも外見は、二階が恋人を裏切る材料にもなり得る。そう思ったが、少しきつい性格は、二階も敬遠していたかもしれない。逆に言えば、こういう性格だから、県警も密着取材を許したのではないだろうか。嫌なことは嫌と言う。駄目なものは駄目と絶対に譲らない。それができなければ、捜査の秘密も漏れてしまうだろう。

「その恋人というのは?」

「学生時代からのつき合いだって言ってましたけど、詳しいことは分かりません」

それでもヒントにはなる。若い記者にとって——記者だけではないだろうが——恋人の存在は何よりも大きいはずだ。今でもつき合っているなら、何か知っている可能性がある。

「とにかくしつこかったですね、二階さんは」翔子が小さく溜息を漏らした。「サツ回りなんだから、捜査の基本なんて分かっているはずなのに、一々確認して。最初は真面目に答えていましたけど、きりがありませんでした」

「でしょうね。しつこい、以外に何か印象は?」

「勘が鋭い人ではありました」さんざんくさしてしまったことを悔いたのか、翔子がプラス面を挙げた。「私が何も言っていないのに、どういうわけか、こっちが考えていることが分かってたり……ちょっと気味が悪かったですけどね」

「そうですか。その密着取材の後、二階とは何か接触がありましたか?」

「特にないです」

「メールとかも?」

「メールアドレスは結局、教えませんでした」翔子が肩をすくめた。「教えたら、いろいろ大変そうだったし、それはやめておくようにと、上からも言われていましたから」

「賢明な判断だな」

甲斐が言うと、翔子はにやりと笑った。また煙草に火を点《つ》け、窓を細く開ける。甲斐は、ダッシュボードに張ってあった「禁煙」のプレートを指差したが、意に介する様子もない。

「いいんですよ。こんなもの、誰も守ってませんから」

「あなたも二階並みに図々しいようですね」

「一緒にしないで下さい」

「何か分かったら、教えてくれるとありがたいんですが」

「捜査のことなら、課長に聞いて下さい。確かに特殊な案件かもしれないけど、私たち平《ヒラ》の刑事が記者の人と喋《しゃべ》ってると、いろいろ問題になりますから」

「そう固いことを言わなくてもいいんじゃないかな。私は、記者じゃなくて、いわば身内として話しているんだから……それに捜査のことじゃなくて、二階の人となりについても、思い出したことがあれば何でも知りたい」

「私生活についてお知りになりたいのかもしれませんけど」翔子が携帯灰皿で煙草を揉《も》み消した。「それは私に聴いても無駄です。彼女がいる話だって、たまたまぽろっと出てきただけですから……それを言えば、二階さんについて一つだけ言えることはありますね」

「どういうことですか」

「口が堅い」翔子が人差し指を立て、形の良い唇に当てた。「というより、秘密主義の人でしたね。向こうがこっちを取材してるんだから、自分のことを話す必要はないんだけど、自分の周りに壁を作っているっていうか……そういうのは雰囲気で分かるでしょう」

「なるほど」

甲斐が感じていたのと同じだ。誰が見ても同じ……ということは、二階はそれほど複雑な人間ではないのかもしれない。


「二階の彼女ですか？」

「ああ。学生時代からのつき合いらしいんだけど」

「俺は知らないですね」ガムをくちゃくちゃ噛《か》みながら、二階の同期、長谷《はせ》が答えた。態度が悪いわけではなく、禁煙中なのだ。その程度では苛立《いらだ》ちは紛れないのか、ソファの上でしきりに足を組み替えている。夕方の支局。誰も二階の失踪《しっそう》騒ぎを口にすることなく、明日の朝刊作りの作業が始まっている。市役所担当の長谷は、もう自分の原稿を出してしまって暇になったようだ。

「だいたいあいつ、自分のことはあまり話さないタイプだったから」

「それは俺も知ってる。あまりでかい声で聞いて回れないんだけど……」

「知ってる奴はいないかって話ですよね」長谷も声を潜めた。体を甲斐の方にわずかに倒して、囁《ささや》くように答える。「心当たりはないでもないですよ」

「誰だ？」

「同期で、大学も一緒って奴がいます。山形支局の小野《おの》って奴ですけど」

「この時間に電話したら忙しいかな」甲斐は腕時計を見た。六時。どこの支局でもフル回転の時間帯だが、遠隔地の方が締め切りが前倒しになるから、今頃はまさに一番忙しい状態かもしれない。

「ああ、小野は大丈夫ですよ。今、鶴岡《つるおか》の通信局にいますから。仕事なんか、とっくに終わってるんじゃないですか」

「ちょっと電話してみるか」一人勤務の通信局は、長い記者生活の中ではちょっとした息抜きでもある。一人で広い範囲をカバーするので、何かあったら大忙しだが、基本的には事件の少ない田舎《いなか》がほとんどなので、自分のペースで仕事ができるのだ。最近は若い記者の結婚も遅くなっているが、甲斐が支局にいた頃は「嫁探しの時期」と言われていたぐらいである。

何となく支局の中で電話をかけるのは気が引け、鶴岡通信局の電話番号を調べて抜け出した。支局は日本大通りに面しているが、一歩脇道に入ると急に静かになる。隣のマンションの前で携帯電話を取り出し、寒風に体を叩《たた》かれながら電話をかけた。

「はい、日報鶴岡通信局」

のんびりした声が答えた。確かに暇そうだ、という印象を抱きながら、甲斐は名乗ることから切り出した。小野はしばし事情が摑《つか》めない様子だった。

「二階のことなんだけど」

「はい」

「あなた、大学の同期でもあるんだよね？」

「そうですけど、あいつ、どうしたんですか」

事情を話さずにこちらの要求だけを押し通すのは不可能だろう。絶対に——支局の中でも他言無用だと念押ししてから、小野に二階の失踪を伝える。

「仕事がきつくて逃げ出したんじゃないんですか」小野の口調はまだ軽かった。そういうことは日常茶飯事だとでもいうように。

「そうとは思えない状況があるから、捜してるんだ……それで一つ、あなたに教えてもらいたいことがある」

「何でしょう」

電話の向こうで唾《つば》を飲む音が聞こえたようだった。やっと真剣になったらしいと判断し、本題に入る。

「二階には学生時代からつき合っていた彼女がいた、という情報がある。その相手、誰だか分からないかな」

「ああ、美春《みはる》ちゃんでしょう?」

あまりにもあっさり答えが出てきたので、少しばかり拍子抜けした。気を取り直して質問を続ける。

「フルネームは?」

「市田《いちだ》美春、です」

「今でもつき合ってるのかな」

「どうでしょうね。最近あいつとは話してないから分からないけど……別れたっていう話も聞いてませんよ」

有望かもしれない。甲斐は寒さに首をすくめ、体を温めるために足踏みしながら話し続けた。

「今、どこに住んでいるか、分かりますか?」

「ちょっと待って下さい。ええと……」何かしている様子が伝わってきた。アドレス帳か何かを調べているのだろう。「あ、実家ですね。横浜です」

立ち止まり、マンションの壁をデスク代わりにして住所をメモする。東京都内の勤務先を確認し、それも控えた。反射的に腕時計を見る。七時前——もしかしたらまだ会社にいるかもしれない。入社二年目といえば、どんな業種でもこき使われる年代のはずだ。

「この会社は?」甲斐は、かくかくした自分の文字を見ながら訊《たず》ねた。「ADプロ」。

「ご存じないんですか」

「残念ながら、経済部にいたことはないんだ。会社の名前を聞いてすぐに、どういうところか分かるほどの知識はない」

「知らなくても当然ですよね。デザイン事務所ですけど、小さい会社ですから。その筋では結構有名みたいですけどね」何となく揶揄するような口調で小野が続ける。「佐藤一志《さとうかずし》って知りません？」

「ああ」どこかで聞いた名前……だが具体的に誰だかは分からない。

「企業のロゴデザインとかで有名な人ですよ。昔の言葉で言えば、工業デザイナーですよね。今はプロデューサーっていう感じかもしれないけど。レストランの出店計画に係《かか》わったり、幅広くやってるみたいです」

「だったら、個人事務所といってもちゃんとした会社でしょう」

「規模は分かりませんけどね」

「彼女も、そこでデザイナーを？」

「いやいや」小野が笑いを零《こぼ》した。「美春ちゃんは絵も描けないタイプだったから。要するに雑用係じゃないですか？　佐藤さんっていうのは、母方の叔父さんか何かなんですよ。伝《つて》でそこに入ったはずです」

「なるほど」まず会社に連絡すること、と頭の中のメモ帳に明記した。

「二階、大丈夫なんですか」一転して深刻な口調に変わり、小野が訊ねた。

「今のところは何とも言えない。ところで、二階とはよく話してましたか？」

「そうでもないですね。時々メールをやり取りするぐらいで……こっちは暇なんですけど、二階は横浜だから忙しいし」

少しだけ羨《うらや》んでいるようだった。その気持ちは甲斐にも分からないでもない。若いうちに暇な支局で過ごしていると、横浜や千葉、浦和のように忙しい支局にいる記者には、差をつけられてしまうように感じるものだ。

「最近、特に忙しくしていたみたいだけど、何か聞いてる？」

「いや、全然。最後にメールしたのも一月ぐらい前ですから。そういうことは、支局の人の方がよく分かるんじゃないですか」

「あいつは秘密主義だったから……利害関係のない同期になら、自分の仕事のことも話してたんじゃないかな」

「ああ」小野が含み笑いを漏らした。「確かに二階は、そういうところがありましたね。だけど俺は、ただ思わせぶりなだけじゃないかって思ってましたけどね。学生時代から、そんなところがありましたよ」

「今回は、そういうわけでもないみたいだ」荒らされていた二階の部屋の様子を思い浮かべる。仕事絡みであんなことになったとしたら、相当まずいところに突っこんでしまっていたに違いない。暴力団、という線も否定できなかった。「少なくとも今回ばかりはね。何を取材していたかが分かれば、少しは手がかりになるんだけど」

「そういうことって、同期には明かさないもんですよ。だいたい同期でも、職場が違えば状況も違うわけですから。俺はたまたま大学の同期でもあるから、少しは事情を知ってただけで」

「いや、参考になったよ。どうもありがとう」

「何か分かったら教えて下さいね」さすがに小野の口調にも心配が滲《にじ》んでいた。「ちょっと考えられないですよ、あいつが失踪するなんて」

「それは俺も同じだ」

電話を切って、一つ深呼吸する。次は美春だ。少しずつ手がかりがつながっていく快感はあったものの、爽快感《そうかい》は一切感じられない。今のところ、二階の行方につながる具体的な材料は出てきていないし、何よりあいつがどんな人間だったのかが、まだ分からない。霧の中で手探りをしているような気分だった。

メモ帳に書きつけた会社の電話番号をプッシュしようとした瞬間、電話が鳴った。横浜支局の番号が浮かんでいる。問い合わせが必要な原稿も出していないのに、何事だ……と訝《いぶか》りながら電話に出る。支局長の牧《まき》だった。

「今、どこにいる？」

「支局の下です」

「何だ……ちょっと上がってきてくれ。二階の件で説明が欲しい」

「分かってることは全部報告してますよ」

「俺に、じゃない」牧の声が冷たくなった。「地方部長にだよ。わざわざこっちへ見えられたんだ」

また厄介なことを……本社の人間が絡んでくると、話が複雑になる。もちろん、記者が一人失踪して、しかも今は事件に巻きこまれている可能性も否定できないのだから、支局を統轄する地方部長が自ら出座してもおかしくはない。だが、そういうお偉いさんの相手は、支局長がやってくれればいいではないか。一々こっちを巻きこまないで欲しい。

それでも無視するわけにはいかなかった。一つ溜息をついてメモ帳を背広の内ポケットに落とし、甲斐は支局の正面に歩いて行った。駐車場を覗《のぞ》くと、確かに黒塗りのハイヤーが一台、停《と》まっている。本社から横浜支局に来るなら、車よりも電車の方がずっと近いのだが、と皮肉に思いながら甲斐は階段を上がった。

地方部長の坂崎《さかざき》は小柄な男で、支局長室の一人がけのソファに腰を下ろすと、すっぽり埋まってしまっているように見える。薄くなり始めた髪をオールバックにまとめ、やたら大きな目を見開いて甲斐を出迎えた。横浜支局への赴任が決まった時に挨拶《あいさつ》したのだが、その時の印象は今も変わっていない。笑みは絶やさないが、決して本気で笑わない男。

向かいに腰を下ろしながら、甲斐は気を引き締めた。新聞社の中ではあまり知られたセクションではないが、地方部長の持つ権限は小さくない。何しろ配下に抱える記者の数は、本社内で最大なのだ。社会部が百人。それに比して、地方支局の記者は二百人を軽く超える。

「どうも、妙な話でご苦労様」

柔らかい調子で坂崎が切り出した。このソフトな口調に騙《だま》されてはいけない、と甲斐は気を引き締めた。どうやって話を始めるか迷っているうちに、牧の方でリードしてくれた。主導権を握っているのは支局長の自分だと主張したかったのかもしれないが、今はその出しゃばりがありがたい。

「部屋の状況までは説明したところだ。サツの対応のことから話してくれないか」

「正式に捜索願を出して、部屋には鑑識も入りました。血痕《けっこん》の類《たぐい》は出ていませんが、詳しい状況が分かるにはもう少し時間がかかりそうです」

「警察の見解は?」と坂崎。

「今の段階では、特定の可能性は持っていません」

「はっきりしないということか」

「ええ。取り敢《あ》えず、二階の彼女の名前は割り出しました。家族は何も事情を知りませんから、この辺から当たってみるのが手だと思います」

「そうだな。女絡みはいつでもトラブルの元になる」甲斐の話に心底納得したように、坂崎がうなずく。

「これから彼女に話を聴いてみるつもりですけど、構いませんね?」牧に目を向けて訊ねる。

「当然だ」牧が重々しくうなずく。部長の前なので、自分をしっかり印象づけようとしているのだ。部長と部下と言っても、この二人は頻繁に顔を合わせるわけではない。ある意味絶好のチャンスだと思っているのかもしれない——実際は、部下の失踪という不祥事の只中《ただなか》にいるのだが。

「女絡みで行方をくらましているぐらいなら、まだいいんだがな」坂崎が天を仰いだ。

「そういうのは珍しい話じゃありませんからね」牧が同調する。

二人のやり取りが次第に不快になってきた。上層部として、アリバイ作りをしているだけにしか見えない。本当に事件になったら、この二人はどんな反応を示すだろうか。

「支局長、家族の方には？」

「これから連絡します」

坂崎の問いかけに、牧が暗い表情で答える。それで甲斐は、少しだけ彼に同情した。死んだわけではないが、息子が行方不明だと伝えるのが愉快な仕事であるわけがない。ましてや甲斐が一度、「チェックだ」と称して電話をかけている。向こうは「嘘《うそ》をつかれた」と憤慨してもおかしくないはずだ。まあ、いい。そういうことを丸く治めるために給料をもらっているのが支局長なのだから。

「では、よろしく頼みます」坂崎が音を立てて腿《もも》を叩いた。「逐一報告して下さい」

坂崎が立ち上がったのに合わせ、牧も席を立つ。一歩遅れて甲斐も腰を上げたが、牧はそれが気に食わないようだった。上司が立とうとしているなら、気配を察して先に立ち上がれ、とでも言いたいのだろう。馬鹿馬鹿しい。新聞社ではそういう面倒な儀礼はないものと思っていたのに、甲斐は入社以来十数年間、ずっと裏切られっ放しである。

支局を出る坂崎を、中にいる全員が立ち上がって見送った。顔見知りなのか、ドアの近くの席にいた長谷に坂崎が声をかける。長谷は完全に固まったまま、彼の言葉に耳を傾けていた。どうせ大したことは言われていないはずだし、地方部長にへいこらしても、自分の好きな部署に行けるわけじゃない——後で忠告しようとも思ったが、若い記者を混乱させる必要もないだろうと、綺麗さっぱり忘れることにした。どうでもいいことだ。社内政治は疲れる。自分一人で、取材相手と原稿だけを対象に仕事をしていけたら、こんな楽なことはないのだが。


美春は電話ではっきりと動揺を見せた。最初は甲斐の言葉を信じようともしなかったほどで、「冗談はやめて下さい」といって一度は電話を切ってしまった。甲斐は呆気《あっけ》に取られて自分の電話を見詰めたが、かけ直そうとした途端に支局の電話が鳴った。

「すいません……」美春の声は今にも消え入りそうだったが、不安に怯《おび》えているのか先ほどの無礼を詫《わ》びているのか、甲斐には分からなかった。

「急な話で申し訳ありません」

一応謝ると、美春は素直に説明を始めた。ただしまだ動揺が収まらない様子で、話があちこちに行き来する。

「支局に電話したら甲斐さんがいらっしゃったから……急に言われて……本当かどうか分からないじゃないですか。今、会社の電話じゃなくて自分の携帯からかけています」

「分かります。私の身元を確認したということですよね。当然です」

「あの、どういうことなんでしょうか」

「この件については、直接お会いして話した方がいいと思います。これからそちらへ伺っていいですか？会社は品川ですよね」

「はい」

「ここからだと、一時間かかりません。会社の近くでどうでしょう」

「いえ、あの……」美春の声に戸惑いが生じる。会社を訪ねてこられたらたまらないとでも思っているのかもしれない。

「場所はどこでも構いませんよ」甲斐は助け舟を出した。「市田さんの都合のいいところで」

「すいません。それじゃ、横浜でもいいですか。家が横浜なんです」

「こっちは問題ありません」壁の時計を確認する。既に七時を回っていた。「場所はどこにしましょうか」

美春は横浜駅西口にあるホテルを挙げた。そこの二階のカフェ。無難だな、と思った。横浜駅の西口はごちゃごちゃした繁華街で、風俗店なども多い。落ち着いて話をするなら、少し離れたホテルが適当だろう。そこで八時に待ち合わせをすることにして、甲斐は支局を出た。少し早いが、相手を待たせるよりはいい。悪いニュースに、美春はひどく動揺しているはずだ。一人で待ち続けていれば、さらに不安が増すだろう。有益な情報を引き出すためにも、彼女には少しでも落ち着いてもらいたかった。

待ち合わせの目印を決めておかなかったのは失敗だった、と悔いる。七時四十分頃にホテルのカフェに落ち着いた甲斐は、入り口付近の席に陣取り、新しく客が入って来る度に腰を浮かせて確認したが、美春の年齢に該当する若い女性の姿はない。

約束の八時を五分回ったところで、それらしい女性が走って店に入って来た。息を切らし、目を大きく見開いて店内を見回す。立ち上がった甲斐を見つけると、ダッシュで近づいてきた。

「甲斐さんですか？」呼吸を整えながら確認する。

「そうです。市田さんですね？」

「はい」

「どうぞ、座って下さい。コーヒーでいいですか？」

「はい、あの、紅茶……コーヒーでいいです」

まだ混乱しているようだ。慌てさせないように気をつけろよ、と自分に言い聞かせながら、甲斐はウェイターを呼んだ。コーヒーを注文してから、美春の姿を素早く観察する。身長は百六十センチぐらい。短くまとめた髪は、細い顎《あご》をくるりと覆っている。薄化粧で、大きな目がチャームポイントだった。黒っぽいウールのジャケットに、細身のベージュのパンツ。足元は黒のパンプスだった。大きな革製のトートバッグとコートをまとめて隣の席に置く。

「お忙しいところ、すいません。まだ仕事中じゃなかったんですか」

「そうですけど、それどころじゃありません」コップに手を伸ばし、水を一口呑《の》んだ。「それより、どういうことなんですか」

「最後に二階に会ったのはいつですか？」

彼女の質問に質問で切り返した。メモ帳を広げ、ペンを構える。それを見て、美春が身を固くした。

「事実関係を間違えないようにしたいだけです」甲斐はサインペンを振って見せた。「これは取材ではありませんから」

何やってるんだ、という疑問が腹の底から湧《わ》き上がってきた。記者は取材してこそ記者。他の仕事には何の意味もない。特にトラブル解決のような仕事には。俺は既に記者ではないということか。

「会ったのは……」美春が顎に指を当てて天を仰ぐ。記憶が定かでなかったようで、バッグを探って手帳を取り出した。ぱらぱらとページをめくり、日付を確認する。「二週間前ですね」

「結構前ですね」

「忙しいって言ってました。何が忙しいのかは分からなかったけど……仕事のことはあまり話さない人ですから」

「なるほど。電話やメールはどうですか？」

「メールは毎日してましたけど、内容は短かったです。でも、忙しいんだな、と思って……これまでも、そういうことはよくありましたから」

「最後にメールしたのはいつですか？」

答えが想像できる質問。美春が携帯を取り出し、確認した。顔を上げると、少し戸惑った表情を浮かべ、「三日前ですね」と告げる。

「正確には？」

「三日前の夜です。十一時ぐらいに私がメールして、返信が来ました」

「どんな内容だったんですか」

美春が顔をしかめる。知られたくない内容なのか、と甲斐は思ったが、結局美春はわずかに躊躇《ちゅうちょ》しただけで教えてくれた。

「会えないかって誘ったんですけど、忙しいから、ごめんねって。あの……とにかく、そんな感じです」

美春の耳がわずかに赤くなる。本当はもっと甘い言葉でも綴《つづ》ってあったのだろう。二階のイメージには似合わないような気がしたが、その内容が重要だとは思えない。この件での追及は、ひとまずやめておくことにした。

「本当に忙しい感じだったんですね」

「ええ……あの、二階君はいつから行方不明なんですか？」

「そのメールの翌々日です」

携帯を握り締める美春の手に力が入り、血管が浮き上がった。甲斐はなるべく彼女を興奮させないよう、淡々とした語り口を保つよう、努めた。彼の部屋が家捜しされていたことは明かしたが、徹底的に荒らされていたという事実は省く。美春は張り詰めた風船のようなもので、ちょっとした一突きで破裂してしまいそうだったから。暴力的な手段で家捜しされたなど、彼女には聞くだけでも耐えられないだろう。

「いったい何が起きているんですか」

甲斐が説明を終えると、美春が青褪《あおざ》めた唇から疑問を吐き出した。寒さと恐怖。甲斐はコーヒーを飲むよう、彼女に勧めた。美春が手つかずだったコーヒーをブラックのまま一口飲み、顔をしかめる。傍らの砂糖壺《つぼ》に気づき、ことさらゆっくりした動作で砂糖を加えた。ミルクも一垂らし。彼女がスプーンでコーヒーをかき混ぜる間に、甲斐は店内をぐるりと見回した。店は二階にあるが、ロビーの上に迫《せ》り出している造りで、受付がよく見える。ロビーは宿泊客でごった返しており、外国人の姿も目立った。この寒いのにTシャツ姿なのは、間違いなくアメリカ人だろう。あの連中は、どこにいってもTシャツ姿である。「寒い」という感覚が抜け落ちてしまっているに違いない。

「落ち着きましたか」

「無理ですよ」美春は笑おうとしたようだがそれは失敗し、顔立ちが奇妙に歪《ゆが》んだ。涙が一粒だけ、左の頰《ほお》を流れて落ちる。その温かさが、彼女にわずかな冷静さを取り戻させたようだ。慌てて手の甲を頰に押し当て、涙を拭《ふ》き取る。

「辛《つら》いのは分かりますけど、パニックになっちゃいけません」説教するオヤジほど性質《たち》の悪いものはないと思いながら、甲斐は言わずにいられなかった。「我々は冷静でいないと。そうじゃなければ、二階を捜し出せませんよ」

「分かってますけど……」美春の言葉が宙に浮き、それで甲斐は、彼女がまだ若く、弱々しい存在だということを改めて意識した。大学を出て二年弱、社会の荒波に洗われるほどの経験は積んでいないのだろう。

「今すぐ手がかりが見つかるとは思っていません。ゆっくり思い出してもらえばいいですから。いなくなる前に二階が喋っていたこと、行動……普段と違うことを思い出したら、教えてくれればいいんです。だいたいあなたは、私の考えを補強してくれたんですよ」

「どういうことですか」

「あいつが忙しかった、ということです。何か事件を追いかけていたようなんですけど、私もそれが何だったかは分かりません。あなたにも話していなかったんですね」返ってくる答えは予想できていたが、それでも念押ししてしまった。

「ええ」

「一人で抱えこむ人間だったそうですからね」甲斐は腕組みをして言ったが、美春は言葉尻を捉《とら》えた。

「あの、二階君のことはあまり知らなかったんですか？」

「ええ。私は転勤してきたばかりなんですよ」

「そうですか」あからさまな失望と溜息。そんな人間に、大事な恋人の捜索を任せておいていいのか、と心配しているのは明らかだった。

「心配しないで下さい。これでも一応、経験は積んでいますから。大丈夫ですよ……人間は、完全に姿を消すことなんかできないものです。必ずどこかに足跡を残している。警察も動いていますから、絶対に見つかりますよ」

「警察」美春の頬が引き攣《つ》った。「警察沙汰《ざた》になってるんですか？」

「それは、一応行方不明事件ですから」

失言だったと悟ったが、もう遅い。美春は身を乗り出すようにして、甲斐に食いついてきた。

「本当は何があったんですか？　警察が動いているというのは、大変なこと――」

甲斐は唇に人差し指を押し当てた。美春の言葉と動作がぴたりと停まる。

「あまり大きな声を出さないで下さい」低い声で忠告した。「公共の場所ですから。誰が聞いているか分かりませんよ」

「すいません」そう言ったきりうつむき、美春が低い嗚咽《おえつ》を零《こぼ》し始めた。周囲の視線が突き刺さるのを甲斐は感じた。失敗だったな――こんな場所で会うべきではなかった。だが、それならどこが適当なのかも思い浮かばない。

美春が落ち着くのを待って、質問を再開した。

「彼は、社会人になってから二年弱です。彼のことをよく知る人間は、大学の同級生なんかの方が多いんじゃないですか」

「分かりません」

「あなたが知っている範囲でいいですから、二階の知り合いを教えてくれませんか。そういう人たちにも当たってみますから」

ハンカチで目元を押さえながら、美春がバッグから手帳を取り出した。何人かの名前と連絡先を控え、甲斐はメモ帳を閉じた。こういう連中に当たっていけば、何か手がかりが得られるかもしれない。結局重要なのは、失踪前に二階が何を取材していたかということだ。それに関連して、何かトラブルに巻きこまれたと考えるのが自然である。

「話は変わりますけど、二階とのつき合いは長いんですか」

「はい？」

質問の意味を摑みかねたようで、美春が首を傾《かし》げる。そんなに厄介な質問をしたつもりはないが、と思いながら甲斐は言葉を変えた。

「どれぐらいつき合っているんですか」

「三年……もうすぐ四年になります。九州の大学で一緒になって、それからですから」

「結構長いですね」

「そうですね」涙に滲んだ美春の声に、少しだけ芯《しん》が通った。

「あなたは、横浜は実家なんですよね？」

「ええ」

「二階が横浜に赴任したのは――」

「私のためだと思います。遠くの支局に行くと会えなくなるからって」

「優しい奴ですね」

「はい」ようやく笑顔の欠片《かけら》が見えた。「いろいろ大変だったみたいですけど、何とか希望が通りました」

「同じ街に住んでいれば、会うのは難しくないですからね。二階の部屋に行ったことはありますよね？」

「ええ」

「殺風景な部屋でしょう」

「そうですね」

「結婚の予定はなかったんですか」

美春の耳が少しだけ赤くなった。小さくうなずくことで、甲斐の質問を無言で肯定する。

「具体的には？」

「それはまだですけど、本社に戻る前にっていう話はしていました」

「そうですか……」質問が尽きた。いや、尽きてはいない。警察なら絶対に確認するだろうことがある。自分の口から聴いていいものかどうか判断しかねたが、後で確かめるよりも、今質問してしまった方がいい。「不躾《ぶしつけ》なことを伺いますけど、最近二階と喧嘩《けんか》しませんでしたか」

「何でそんなことを聴くんですか」美春の顔から血の気が引き、怒りの仮面が現れた。

「一応、確認です」

「私が何かしたって言うんですか」

「もちろん、そういうつもりじゃありません。単なる確認です」

「疑っているから、そういう質問が出てくるんじゃないんですか？」美春がいきなりコートを摑んだ。振り回した勢いでコップが倒れ、水がテーブルから床にまで零れたが、気にする様子もない。

「そんな話になるとは思ってませんでした。失礼します」

引き止めろ、と頭の中で声がする。疑ってなどいないのだから、誤解しないで欲しい――甲斐は結局立ち上がらなかった。手遅れだと思ったからではない。今の段階では、美春も容疑者の一人なのだ、と分かったからだ。容疑者にわざわざ刺激を与える必要はない。

「それで、彼女を怒らせたわけか」武藤《むとう》が声を上げて笑った。自分のデスクについており、甲斐はその前のソファに、体を捻《ひね》った格好で座っている。

「笑い事じゃないですよ」

「記者さんも、案外ヘマするもんだね。恋人がいなくなったって言った直後に、相手を疑うような質問をしたら、怒るに決まってるじゃないか」

「いずれは確認しなくちゃいけないことでしょう。殺しの時は、まず配偶者を疑いますよね」

「殺しと決まったわけじゃないよ」武藤が笑顔を引っこめ、急にドスの効いた声を出した。「それともあんたの方で、何か手がかりでも摑んでいるんですか」

「ゼロ、ですね」

「だったらこっちと一緒だ」

武藤が肩をすくめる。その不真面目《ふまじめ》な仕草に甲斐はかちんときた。

「警察も案外のんびりやってるんですね」

「この件、優先順位は決して高くないからね。毎日どれだけ事件が起きるか知ったら、あんたもびっくりしますよ」

「それは分かってます。でも、神奈川県警がいくら忙しいといっても、警視庁の比じゃないですよ」

武藤の頰がひくひくと痙攣《けいれん》する。何故《なぜ》か警視庁と神奈川県警は、昔から妙に張り合っているのだ。強いライバル意識——主に神奈川県警から警視庁への一方通行だが。

「あんたは、警視庁の広報担当者なんですか」

「誰の肩を持つ気もありません」

無言の睨《にら》み合い。刑事部屋の中に硬く冷たい空気が満ちた。昼間で、刑事たちはほとんど出払っているのだが、たまたまいた翔子が部屋の隅から鋭い視線を送ってくる。やり取りの内容までは聞こえていないはずだが。

甲斐は深呼吸し、話をレールに戻した。いがみ合っていても何にもならない。ここは警察を上手く乗せて、捜査の優先順位を上げてもらう方が先だ。

「それより、二階の恋人の件は摑んでいたんですか」

「いや」それがさも当たり前のように武藤が言った。「そういうことは、あんたが教えてくれないと分からないでしょう。内輪の人間はあんたなんだから」

「彼女に事情聴取しますか？」

「必要があれば、ね」

美春から聞いた内容を正確に伝える。武藤はノートにボールペンを走らせていたが、どこまで本気で書いているかは分からなかった。時々欠伸《あくび》を嚙《か》み殺す。昨日よりもはるかにやる気をなくしているようだった。だが甲斐には、その原因が想像もつかない。

「今は必要ないわけですか」

「あんたの話を聞いた限りでは、ね。最後にメールした時も、変な感じはしなかったっていうんだろう？　だったら今のところ、話を聴く必要はない」

「嘘をついているかもしれませんよ」

「まさか」武藤が笑い飛ばした。「あんたみたいなベテランに嘘をついても、すぐにばれるでしょう」

「課長……」甲斐は意を決して言った。「この件、どこまで本気で捜査してるんですか」

「もちろん本気だよ。警察は、冗談で仕事はしない。やるべき時はきちんとやります」

「そうですか」

不満な表情に対して突っこんでくるかと思ったが、武藤は淡々と話を続けるだけだった。

「家族の方はどうなんですか」

「明日の午前、こっちに来る予定です」彼らの面倒もみなければならない。一番嫌な仕事だ、と甲斐は昨夜から頭を悩ませていた。記者の仕事で一番神経をすり減らすのが、被害者の顔写真集めである。哀《かな》しみにくれる家族の許《もと》を訪れ、「写真を貸して下さい」と頼むには図太い神経が必要だ。行方不明になった記者の家族に面会するのは、それに比肩するほど辛い仕事だろう。それに今はこちらも、説明する材料がほとんどないのだ。

「そう。大変だね」

「警察にも連れてきますよ」

「ちゃんと話を聴かせてもらいます。ご心配なく」

本当に、という疑問を呑みこむ。あまり刺激すると、本当に怒らせてしまうかもしれない。俺が自分で見つけられれば何も問題ないのだが、と考えると情けない気分になった。しかし、より多くの人に人海戦術で話を聴くとなると、新聞社は警察には敵《かな》わない。

「それで、あんたの方はどういう方向で調べていくんですか」

「二階の友人が何人か割れていますから、そこを当たるつもりです」

「無難な線だね。それより、最近の仕事については本当に何も分からない？」

「残念ながら」

「確かに残念だ」武藤が腕組みをし、右手で顎を擦《こす》った。「二階さんに限らないけど、記者さんの生活の九割以上は仕事でしょう。何か問題があるとしたら、そこだと思うんだけどなあ……本当に、デスクもキャップも何も知らないんですか」

「本人が喋らなければ、分かりませんよ。メモもパソコンもなくなっていますしね。それより、あいつの家を荒らした人間は、何を狙《ねら》っていたのか、分からないんですか？」

「手当たり次第という感じだったからね。捜すべきものが分かっていてやっていたのかどうか、はっきりしないな。嫌がらせで部屋を壊したとも思えないけど」

「そうですね」

「やっぱり、取材のメモやパソコンなんかを捜していたんじゃないかな。そういうものが見つからなくて、頭に来て物を壊していった——そういう感じじゃないだろうか。だとすれば、俺は少しは安心できるけど」

「二階が、そういう重要な物を持ったまま逃げ回っている？」

「そういうこと」

「その想定には、一つ無理がありますよ」甲斐は指摘した。「本当にトラブルを抱えていたら、一人で逃げ回らないで会社に頼るはずでしょう」

「二階さんが抱えている問題が、日報に関することだったら？」

「まさか」

反射的に否定したが、可能性としてはあり得る。内部の不正を摑んで、その情報を何かに生かそうとしていたら……二階はその情報をどこへ流そうとするだろう。他のメディアか？　週刊誌辺りなら、喜んで掲載するかもしれない。しかしそれと引き換えに、二階は仕事を失うだろうし、本当にヤバいネタだったら週刊誌も取り上げないかもしれない。日本のメディアは、何だかんだと言って庇《かば》い合うものなのだ。時折思い出したように新聞攻撃をする週刊誌でさえ、フォローしていくうちにネタはうやむやになってしまったりする。

「そんなに深く考えることもないか。とにかく、捜査は続行しますから。ご心配なく。そっちでも何か分かったら教えて下さいよ」

「ええ」

武藤は明らかに話を打ち切りたがっている。面倒な仕事を押しつけやがって……と、心の中では舌打ちしているかもしれない。これ以上話しても、有益な話題には発展しないだろう。そう判断し、膝《ひざ》を叩いて立ち上がる。さりげなく室内を見渡すと、いつの間にか翔子は姿を消していた。

暗い廊下を歩いて階段に向かう。刑事課のある二階は、この時間帯には基本的に静かだ。刑事課の他に生活安全課、それにそれぞれの取調室があるが、今は容疑者も入っていないようだ。刑事たちもほとんどいないはずだ。

階段を下りようとした瞬間、下から駆け上がって来た翔子と鉢合わせしそうになった。翔子が軽やかなステップで——階段の上でそれをやるには相当な運動神経が必要だが——衝突を避け、無言で甲斐を見詰める。

「何か？」

「いえ」すっと首を下げて視線を逸《そ》らす。垂れた前髪が顔を覆った。だが数瞬後には、勢い良く頭を上げて、また甲斐の顔に視線を据える。

「何か言いたいことがあるんじゃないですか」彼女の目を正面から見ながら訊ねる。

「そんなこと、言ってませんけど」

「そうは見えないな」

二人はしばし無言で睨み合った。甲斐は一歩後ろに下がって廊下に戻り、左右を見回した。人気はない。わずかに距離を詰めて、再び翔子と向き合った。

「武藤さんは真面目に捜査するよう、指示してるんですか」

「当然です。仕事なんですから」

「どうも、真面目にやっているようには見えない」

「それは誤解です」翔子が気色ばんだが、甲斐の目には何故か演技のようにしか見えなかった。

「笑いながら話してる。真面目にやってない証拠だと思うけど」

「武藤さんはそういう人ですから」

「そういう不真面目な人が、所轄の課長になれるわけがない」

「何が言いたいんですか」翔子は依然として甲斐を睨みつけていたが、その目からはわずかに力が抜けていた。

「あまり言いたくないな」

「中途半端に喧嘩を売るようなことはしないで下さい」

「警察に喧嘩を売るほどの度胸はないよ」甲斐は肩をすくめた。

「明らかに喧嘩を売ってるじゃないですか」翔子が鼻を鳴らし、顎を上げた。優位に立とうとしているようだが、やはり目力がない。武藤の立場を代弁しようとしているようだが、徹し切れていないのだ。

「まあ、いい」甲斐は目を細めた。ここで翔子と遣り合っていても何にもならない。そもそも彼女が敵か味方かも分からないのだから。「もう少し真面目に捜査してもらうように、こっちも然るべく手を打ちますよ」

「上に告げ口ですか」

「告げ口できるような状況があるのが、そもそもおかしいんじゃないかな……それじゃ、二階のことはよろしくお願いします」

甲斐は彼女の脇をすり抜けて階段を下りた。踊り場のところで一瞬上を向くと、翔子はまだ甲斐の動きを追いかけている。スパイか……違うだろう。彼女の目には迷いが見えた。何かを知っていて、それが正しいかどうか判断できていないような。

上に告げ口——こんなことはやるべきではない、と分かっていた。県警と日報の関係がこじれてしまう可能性もある。だが、どうにも動きの鈍い刑事たちの尻を叩くには、上から声を落としてもらうのが一番なのだ。警察は典型的な階級社会であり、天から降りてくる声は絶対である。
そして甲斐は、神奈川県警の中に「天の声」を持っていた。

4

黒木《くろき》はしばらく見ない間にさらに太り、ちょっと体を動かすだけでも難儀そうだった。ジャージ姿という楽な格好で畳に胡坐《あぐら》をかいているのだが、太い両足が窮屈そうである。神奈川県警警務部長にあてがわれた官舎はごく普通の一軒家で、外から見ただけでは、県警幹部が住んでいるようには見えない。だが、やけに頻繁にパトカーが回ってくることを甲斐《かい》は知っていた。近くには本部長官舎もあるのだ。

「いきなり夜回りはやめてよ」黒木が人懐っこい笑みを浮かべた。顔の肉が余っているので、目が埋もれかけている。

「こんなの、夜回りじゃないですよ。夜回りだったら、もっと厳しくやってる」

「確かにね。土産《みやげ》の酒がないのもおかしい」黒木がにやりと笑った。

キャリア官僚の黒木は、順調に出世コースを駆け上がっている。前職は山形県警本部長。甲斐は、警察庁を担当していた時に、刑事局の理事官だった黒木と知り合った。黒木が大学の先輩であるという気安さもあり、しばしば酒席を共にしていたが、ネタを引き出せた記憶は一度もない。甲斐にしても、関係をつないでおけばどこかで役に立つかもしれない、という程度の意識である。

「だけどあなたが、またサツ回りをやってるってのも変な話ですね」

「サツ回りじゃなくて遊軍ですよ。たまたま警察とつき合わざるを得なくなってるだけです。好きでサツ回りをやる人間はいませんん」

「そう？」黒木が右の眉《まゆ》をくっと上げた。「好きなんだとばかり思ってたけど」

「まさか」

「まあまあ……しかし、酒抜きで申し訳ないね。つまみを出そうにも、俺は包丁もろくに使えないから」

「それは構いませんけど、黒木さんも単身赴任は大変ですね」

黒木は理事官時代に、都下の東久留米《ひがしくるめ》に家を買っていた。甲斐も何度か訪ねたことがある。

「仕方ないんだよ」黒木が顔を擦《こす》った。「息子が高校に入ったばかりだし、この辺からはとても通えないから。まあ、しばらくは不自由するけど、子どものためだから仕方ないよね」

「ですね……でも、単身赴任の利点もあるんじゃないですか？　コーヒーの淹《い》れ方、上手《うま》くなったみたいですね」

「そんなこと言われても、別に嬉《うれ》しくもないよ」黒木が苦笑する。

「まあまあ。不味《まず》いよりはいいじゃないですか」

「何とも寂しい話だけどね」寂しそうに笑い、黒木が音を立ててコーヒーを啜《すす》った。そっとカップを置くと、煙草《タバコ》をくわえる。「で、あの件ですか」

「そうです」畳の上に正座したままだった甲斐は、すっと背筋を伸ばした。「うちの二階《にかい》の件なんですが、所轄は真面目《まじめ》に調べてるんですか」

「いきなり厳しいね」黒木が目を細める。

「うちの記者の問題なんだから、厳しくもなりますよ。これは取材じゃないんです」

「どうも、いい手がかりはないみたいだね」黒木が首を捻《ひね》った。

「ええ」そんなことは分かっている。だがこの場は、黒木にペースを合わせることにした。

「あなたが二階記者の部屋を確認してからわずか数時間の間に、徹底的に荒らされている。これはちょっとおかしい」

「ええ。こっちの動きを見られていたような感じもします」

「監視されてたとか？」

「勘ですけどね。実際に気づいたわけじゃないですよ」

「そうですか……」黒木が太い顎《あご》に拳《こぶし》を当て、顔を持ち上げるようにして天井を仰いだ。煙草にはまだ火を点《つ》けていない。「正直言って、所轄も手が打てない状態じゃないのかな。いい材料がない、ということで」

「それはちょっと情けなくないですか？　部屋を徹底的に調べたんですよ。何も出てこないとは考えられない」

「そういうことに関しては、所轄と情報交換してるんでしょう？　事件取材じゃなくて当事者なんだから、当然知る権利もあるよね」詰《なじ》るように黒木が言った。

「そこがはっきりしないから、困っているんです」甲斐は一気に本題に切りこんだ。「正直言って、所轄はやる気がないようです。俺《おれ》にはそう見える」

「そんなことはないですよ」黒木が座り直した。大儀そうに顔を歪《ゆが》めている。「私が聞いている限り、ちゃんと捜査していますす」

「それでまだ何の手がかりもないんですか？　ちょっとペースが遅過ぎますよね」

「捜査は、そう簡単に動くものじゃない。そんなことぐらい、あなたなら分かってるでしょう。自分の同僚が行方不明で不安になるのは分かるけど、ちょっと焦り過ぎじゃないですか」

「焦るのも当然だと思いますけど」

「そうね……そうかもしれない」曖昧《あいまい》に言って、黒木がようやく煙草に火を点けた。「気持ちは分かりますよ。でも、もう少し余裕を持って考えてもらわないと。焦ってる分、警察の動きが鈍く見えるだけじゃないんですか」

「それはそうかもしれませんが」不満を表明するために唇を捻《ね》じ曲げながらも、甲斐は認めざるを得なかった。黒木の吸う煙草の煙が香ばしく漂い、また煙草への欲求が芽生えるのを意識する。一本くれ、と頼めば黒木は快く譲ってくれるだろうが、それはひどくみっともない行為に思えた。

「まあ、とにかく気持ちをゆったり持って。こういう場合は、焦ってもろくなことになりませんよ」

「黒木さんも、随分のんびり構えてるんですね」

「私は今、捜査の現場にいないから」

警務部長は人事を一手に握っており、県警においては本部長に次ぐ実質的なナンバーツーだ。それ故キャリア組が配されるポジションになっている。黒木の言う通り、現場に出ることはまずない。

「黒木さん、神奈川県警は初めてでしたっけ？」

「そうだけど、それが何か？」疑わしげに黒木が目を細める。肉の中に埋まり、一本の細い線になってしまった。

「神奈川県警って、昔からいろいろ言われてるでしょう。不祥事も多いし、評判悪いですよね」

「今はそんなことはありませんよ」黒木が苦笑する。「痛い目に遭って、だいぶ改革したからね」

「やる気の問題は別ですがね。不祥事を起こさないのと、まともに仕事をしないのでは、レベルが違う話でしょうけど」

「またそっちですか」黒木の顔がわずかに歪む。

「警視庁では考えられないことですよ」

「それは、記者さんの悪い癖だね」諭すように黒木が言った。「縄張り意識というか、自分が担当した県警の正義が全《すべ》てだと思うようになる……そんなに大袈裟《おおげさ》な話じゃないかもしれないけど、贔屓《ひいき》はしたくなるんですかね」

「批判的な目でも見てますよ」思わず反論した。

「でも、警視庁を担当した記者さんは、横浜支局を見下してるんじゃないですか」

「見下すも何も、そもそも社会部と横浜支局は別の組織ですから」

「ああ、そうだね。これは失礼」ふやけた笑みを浮かべ、黒木がカップの縁を指で擦った。

どうも気に食わない。黒木の顔に、武藤《むとう》のにやけた表情が重なった。最初から最後まで神奈川県警にいるノンキャリアの武藤と、全国を渡り歩くキャリアの黒木では立場が違うはずだが、二階の一件に関しては、同じような反応を示している。もしかしたら俺が知らないだけで、二階は捜査対象になるような人間だとでもいうのだろうか。だから、行方不明になっても真面目に捜す必要はないと——いや、捜査対象だったら、所在を確認しておく必要があるはずだ。どうにもずれている。

首を振ると、黒木が怪訝《けげん》そうに訊《たず》ねた。

「どうしました」

「いや、何でもありません」

「元気がないね」

「仮にも同僚が行方不明になってるんですから。しかも手がかりがないんですよ。元気一杯ってわけにはいきません」

「気持ちは分かるけど、少し冷静にいったらどうですか？　あなたも独自に調べてるんでしょう？　こんなことを言うのも変だけど、警察よりも先に見つけられれば、問題が少なくていいんじゃないかな」

「黒木さん、本気でそんなこと言ってるんですか？」

「変な話だけどね」黒木が身を乗り出す。胡坐をかいているのに、起き上がりこぼしのように不安定に体が揺れた。「警察が動けば他のマスコミに漏れる恐れがあるよ。それは、日報さんとしてもまずいでしょう。新聞やテレビはおつき合いで黙殺するかもしれないけど、雑誌はね……ネットに漏れたりしたら、もう停《と》められないし」

「そういう状況があるんですか」甲斐は顔から血の気が引くのを感じた。支局長の牧《まき》が、蒼《あお》い顔をしながら地方部長の坂崎《さかざき》に弁解する様が目に浮かぶ。

「いやいや、今のところは平穏なものですけどね」黒木が余裕を感じさせる口調で言い、煙草を灰皿に押しつけた。「最近は記者さんも鈍くなったのかな。なかなか気づきませんよね」

それはあんたたちが記者を丸めこみ、現場から締め出してしまったからではないか。昔は——といっても甲斐が入社した十五年ほど前は——田舎《いなか》の警察ではどこにでも自由に入れた。毎日顔を出しているうちに、何か異常があれば嫌でも気づくようになるものである。いつもいる人間がいない、逆に見たことのない顔がいる——それがきっかけになって、事件の端緒を知ることもあった。今は、所轄では報道対応は副署長が担当する原則が確立されており、記者が一般の刑事に近づくのは非常に難しくなった。刑事課などがある二階から上は立ち入り禁止、の原則を厳しく貫いている署もあるようだ。

「とにかく、よろしくお願いします」不快感は残ったが、甲斐は頭を下げた。「何かあったら大変ですから」

「そうですね」黒木が顎を引き締める。とはいっても、贅肉《ぜいにく》がだぶついて震えたようにしか見えなかったが。「記者さんが行方不明というのは一大事ですからね。こちらとしても、全力でやらせてもらいますよ」

甲斐は唇を引き結んだまま、黒木の目を凝視した。肉に埋まった小さな目に誠意は感じられなかったが、キャリア官僚とはそもそもこんなものかもしれない——余計な仕事はしない。警察官僚の出世レースには、警察庁長官と警視総監という二つのゴールがあるが、そのためには仕事を増やさないのが一番ではないだろうか。仕事が増えればミスが生じる可能性も増える。

「すいませんね、お休みのところ」

立ち上がり、甲斐は深く頭を下げた。面倒くさいのか物理的に無理なのか、黒木は立とうともしない。さっさと帰ろう。この男に頼みに来たのは無駄だった。玄関で靴を履いていると、やっと黒木が部屋を出て来た。

「まあ、あまり無理しないでね」

「警察には少し無理をしてもらった方がいいですね」

黒木の小さな目が細くなり、肉の中に完全に埋まった。甲斐はこういう目つきを何度も見たことがあった。凶暴犯、粗暴犯のそれではない。教養も地位もある人間が切れた時、しばしばこういう目つき——無慈悲で、相手に思い知らせるために自分の立場を利用する——を見せるものだ。


釈然としない気分を抱えたまま目覚め、甲斐は新たな状況に対応しようと気を引き締めた。今日は二階の両親を迎え、部屋に案内しなければならない。気が重い仕事だったが、誰かがやらねばならないことだ。牧はこういうことを如才なくこなしそうだが、一方で迂闊《うかつ》な一言を漏らしてしまう可能性も捨て切れない。両親のことは自分に任せて欲しい、と昨夜告げておいた。

それにしても俺は何をやっているのだろう、と一抹の不安を感じた。横浜支局に来てから、ほとんど原稿を書いていない。飛ばされた記者が張り切って原稿を書いても、評価してくれる人間もいないだろうが……日々、自分が記者という職業から離れつつあるのを意識せざるを得ない。

二階の両親は、午前中の飛行機で羽田に着くことになっていた。馬鹿馬鹿しいと思いながら「二階様」と油性ペンで書いたカードを用意し、家を出る。まだ時間は早いが、渋滞を見越して朝飯は抜き。車が汚かったので、ガソリンを入れるついでに洗車を済ませ、自分で車内も片づける。買ってからまだ間がないので、それほど散らかってはいなかったが。缶コーヒーを一本買って、それを朝飯代わりにする。

長崎からの便が到着するのは午前十時前だ。ところどころで首都高の渋滞に引っかかりながら、甲斐は定刻前に羽田に着いた。

到着ロビーでカードを掲げながら、出迎えの人たちの波に揉《も》まれる。隣にいる疲れた青年はツアーコンダクターのようで、中国人の名が書かれたカードを頭の横に翳《かざ》していた。仕事が心底嫌そうで、何度も溜《ため》息《いき》をつく。中国人のツアー客を案内するのはそんなに嫌なのか、と聞こうとも思ったが、言葉を呑《の》みこんだ。

案内板の表示が「到着」に変わった。それから十五分後、どっと人が吐き出されてくる。その一団の中にいる両親の姿を、甲斐はすぐに見つけた。明らかに不安そうな様子で、周囲をきょろきょろと見回している。大学教授の父親は、学会などで旅慣れているはずだが、今回ばかりは勝手が違うだろう。もしかしたら最悪の状況かもしれない、と甲斐は思った。もしも二階の身に何かあったというなら、羽田に来るまでにある程度の覚悟はできていただろう。しかし実際には、まだ何も分かっていないのだ。東京に近づくに連れ、不安が増すばかりのフライトだったはずだ、と気の毒に思う。

呼びかけようかとも思ったが、その代わりに甲斐はカードを頭上高く掲げた。父親の方でいち早く気づき、その場で立ち止まって頭を下げてから、すぐに歩みを速めた。甲斐はカードを下ろして脇に抱え、小さく溜息をついた。戦闘開始だ。気合を入れないと——しかし不安はいや増すばかりである。

「どうも、この度は息子がご迷惑をおかけして……」父親の憲太郎《けんたろう》が深々と頭を下げる。甲斐は「とんでもないです」と控えめに返礼した。

父親は紺色のスーツをきちんと着こみ、左腕にコートをかけ、右腕にダレスバッグをぶら下げていた。小柄で痩《や》せぎす。神経質そうな顔は、緊張のためか白くなっていた。今朝はよほど慌てていたのか、剃刀《かみそり》の真新しい切り傷が顎に見える。母親の美佐江の方は、地味なグレイのスーツ姿で、ベージュ色のコートも着ている。二泊ほどできそうなボストンバッグを両手でぶら下げていた。こちらも小柄だが、夫よりはずっとふっくらとした体型で、愛嬌《あいきょう》のある丸顔が特徴的だった。

「さっそくですが、横浜までお連れします」

「本当にすいません、ご迷惑をおかけして」憲太郎がまた頭を下げる。

「とんでもありません」

二人の荷物を持つべきだろうか、と一瞬迷った。駐車場までは結構距離がある。しかし二人とも、命綱であるかのようにしっかりとバッグを抱えていた。荷物は任せておいて、長い通路をリードして駐車場に向かう。

二人のために後部ドアを開けてやり、落ち着いたのを確認して運転席に滑りこむ。「横浜まですぐですから」とだけ告げて、後は口をつぐんだ。話はしなければならないが、駐車場を出て首都高湾岸線に乗るまで、道路が複雑なのだ。長い間、自分では車を運転していなかったので、話しかけられると気が散る。

空港中央インターチェンジから首都高に乗って、ようやく落ち着いた。大黒《だいこく》ふ頭経由で新山下インターチェンジで下りれば、そこから支局までは十分ほどである。話しかける余裕ができた。

「今朝は早かったんですよね」

「向こうを八時過ぎでした」後部座席に座る父親の憲太郎が答える。

「それは大変でした」

「いえ」

「長崎空港、市内からは結構遠いんですよね」

「車で一時間ぐらいです」

当たり障りのない会話なのに、何故《なぜ》か甲斐の神経はぴりぴりしてきた。言葉少なな二人の緊張感が、嫌でも伝わってくる。話の接ぎ穂にいろいろ調べてはきたのだ。「長崎空港は世界初の海上空港なんですよね」とか、「新幹線の長崎ルートの完成はまだ先になりますね」とか。しかし、そんな呑気《のんき》な話題を持ち出せる雰囲気ではなかった。

「あの」

後部座席に座った母親が遠慮がちに切り出した。バックミラーで蒼い顔を見ながら、甲斐は「はい」と短く答える。

「いったいどういうことなんでしょう。支局長さんからはお話を伺ったんですが、あまりよく事情が呑みこめないんです」

「すいません。今のところ、支局長が話した以上の情報がないんです。申し訳ありません」自分の言葉がかすかな胃痛を引き起こす。痛みの理由の一つが、彼女に対してついた嘘《うそ》だと気づき、この場で謝ることにした。「昨日、緊急連絡先の調査だといってお電話しました」

「ああ、あなたでしたね」美佐江の声に冷ややかな調子が混じった。「あの時もう、息子は行方不明になっていたんですね」

「あの時点では、行方不明と断定はしていませんでした。連絡が取れない、という状態だったんです。ですからご家族に心配させないつもりで、ああいう言い方をしました。結果的に嘘になってしまって、申し訳なく思っています」

「そうですか。でも……」

「よしなさい」父親が鋭い声で警告する。「早く分かっていても、こっちでできることはなかったんだから。会社も警察も、捜してくれているんですよね？」

「それはもちろんです」甲斐は素早く答えた。

「そういうことなら、私たちがばたばたしても仕方ないだろう」

甲斐はちらりとバックミラーを見た。父親は口を閉ざしていたが、不満を象徴するように端が歪んでいる。

「向こうに着いたら、詳しくお話を伺います」車の中で話をすると疲れるとでも言うように、父親が口を閉ざした。再びバックミラーを覗《のぞ》くと、ダレスバッグを抱くようにして目を閉じている。疲労もあるだろう。だが、短いドライブの間に、彼が少しでも眠れるとは思えなかった。

東京から横浜へ向かう首都高は、横羽《よこはね》線を通れば京浜工業地帯の只中《ただなか》を通ることになる。今の時代に見ると、不思議と近未来的な光景なのだが、湾岸線は基本的に海の上を走る。こちらの風景を好む人もいるが、甲斐はまったく和めなかった。

午前中の首都高下り線はがらがらで、空港中央から新山下まで、わずか十五分しかかからなかった。その間言葉はほとんどなく、車内の重圧感は耐えられないほど高まっていた。

首都高を降りた途端に渋滞に巻きこまれる。港沿いの常に渋滞する道路を避けて、国道一三三号線、日本大通りに入った。

「すいません、ちょっと時間がかかりそうです」二人が苛立《いらだ》つのではないかと思い、甲斐は言った。

「いや、分かってます」父親が静かな声で言った。「横浜には何度か学会で来ていますが、いつもこんなものですから」

「横浜で学会をやる時は、みなとみらいですか？」中華街を過ぎる手前で、はるか前方にランドマークタワーが見えてきた。

「ええ、多いですね」

「支局は、こちらから行くとみなとみらいのかなり手前になります。官庁街の中にあるんですよ」

「そうですか」父親が気のない返事をして、頬杖《ほおづえ》をついた。窓から、中華街のけばけばしい風景を眺めているようだが、残念ながらこの道路から見えるあの独特の光景は、中華街東門交差点付近だけである。

二人を車から降ろした後、甲斐は思わず溜息をつき、そんな自分に嫌気が差した。気を遣って遣い過ぎることはないのに、自分が疲れてどうする。二人は不安で仕方ないはずだ。

一つだけほっとしたのは、支局長の牧が道路まで下りて出迎えていたことだ。羽田を出る時に連絡はしておいたのだが、わざわざここに出ているとは思ってもいなかった。晴天で寒い十二月であるにもかかわらず、牧はコートも着ないで直立不動の姿勢を取り、厳しい表情で二人に挨拶《あいさつ》をした。

「取り敢《あ》えず、中でお休み下さい。事情はそこで説明させていただきます。二階君の部屋は、その後で見に行きましょう」

きびきびとスケジュールを告げる。甲斐は少しだけ牧を見直していた。嫌な男だが、礼を守るべきタイミングと方法は心得ている。そうでなければ出世できるはずもないが。

支局に入るなり、二人は合図したように同時に頭を下げた。この時間、ほとんど記者はいないのだが、たまたまいた記者たちが一斉に立ち上がって挨拶をした。それを見て甲斐は、少しだけ落ち着きを失う。まるで二階が死んだようではないか。

「あの」母親の美佐江がすがるような視線を甲斐に向ける。

「何でしょう」

「息子の席はどこでしょうか」

甲斐は無言で、彼女を二階の席に誘導した。正面に書類ラック。そこだけでは取材資料は収まらず、デスクの右側には書類や本がうずたかく積まれている。左側だけが綺麗《きれい》になっているのは、普段そこにノートパソコンを置き、原稿を打っているからだ。美佐江がその場で足を止め、椅子《いす》の背にそっと触れる——

息子の体温を感じ取ろうとするように。甲斐は胸が詰まったが、思わず一言言わざるを得なかった。

「きっと大丈夫ですよ」

美佐江が寂しそうな笑みを甲斐に向ける。余計なことを言ったかと後悔したが、彼女も最後は丁寧に頭を下げた。名残惜しそうにデスクに一瞥《いちべつ》をくれると、牧について支局長室に入って行く。中では既にデスクの浜田《はまだ》が待機していた。

それから数十分、甲斐は沈黙を守り続けた。説明するなら牧が適任だし、余計な口出しをして二人を混乱させるわけにもいかない。牧は淀《よど》みなく説明を続け、二人に質問する暇を与えなかった。

「今は、大学時代の友人関係にまで手を広げて捜しています。そうだな、甲斐」

「はい。今のところ手がかりはありませんが……残念です」

牧のこめかみがかすかにひくついた。両親を不安にさせたくないというよりは、こちらの弱みを見せたくないのだろう。

「当然、警察にも捜査協力を依頼しています。通常ですと、捜索願を出しても、明確に事件性がない場合はまともに捜査してもらえないんですが、今回は圧力をかけています。こちらと完全に情報を共有してやっていますから、少しでも動きがあれば分かるようになっています。ご安心下さい」

本当に？　武藤のちゃらんぽらんな態度、昨夜の黒木のどことなく曖昧な口ぶり。それらは「警察は手を抜いている」という結論に結びつく。甲斐は腿《もも》の上で両手を拳に握り、不安を押し潰《つぶ》そうとした。本当に動揺しているのは、目の前にいる二人である。不安を感じさせるような仕草は、決して見せてはいけない。

「それでは、これから二階君の家の方に案内します。既に申し上げましたが、中はちょっとひどい状態でして……覚悟するというのも変な話ですが、予《あらかじ》めそれだけは了解しておいて下さい。よろしくお願いします」

牧が深々と頭を下げる。妙に堂に入った下げ方であり、甲斐は選挙中の政治家を思い出した。演技を感じさせない、誠実そうな演技。牧は本当は、政治家に向いているのかもしれない。

二人は、荒らされた二階の部屋を見て、ショックを隠し切れない様子だった。先に我に返ったのは、意外にも美佐江の方だった。

「あの、ここは片づけてもいいんでしょうか」

「問題ないと思います」甲斐は答えた。「警察の方の調べは終わっていますから。簡単には片づきそうもないですから、取り敢えず手はつけないでそのままにしていたんです」

「私が片づけてもいいんでしょうか」美佐江が念押しをした。

「でも、大変ですよ。力仕事になります」

「それでも、これじゃ……」

「時間を見つけて私も手伝います。無理はしないで下さい」

美佐江はうなずいたが、甲斐の言葉に納得していないのは明らかだった。ぼんやりと室内を見回していた憲太郎の腕に手をかける。びくりと体を震わせ、彼は妻の顔を見下ろした。腑抜《ふぬ》けたような表情のままうなずきかける。

「それでは」牧が腕時計に視線を落とした。「お昼をいただいて、それから警察に顔を出そうと思います。甲斐、警察との約束は？」

「一時半です」

「そっちはお前一人で行くんだったな」

「ええ。あまり大人数で押しかけても混乱しますし」

「分かった。そっちは任せる。それでは、お昼に――」

「すいません」憲太郎が突然はっきりした声を出した。「お心遣いはありがたいんですが、とても食事をするような気にはなれません。少し二人で話し合いたいんですが」

「そうですか……構いませんよ」牧がもう一度腕時計を見た。「甲斐、この辺でお茶が飲めるような場所があったかな」

「駅前に喫茶店が何軒かあったと思います」

「どうぞ、お構いなく。捜しますから」美佐江が強情さを感じさせる口調で言った。「警察の方も、私たちだけで行けると思います。あまりご迷惑をおかけするわけにもいきませんので」

「そうですか？」

牧が疑わしげに言ったが、自分が邪魔なのだとようやく分かったようだった。唇が不機嫌に結ばれ、右手の親指と薬指をしきりに擦り合わせている。甲斐はとうに気づいていたのだが。

「取り敢えず、私はご一緒しようと思うんですが」邪魔者が誰かをはっきりさせるために、甲斐は申し出た。美佐江がすぐに飛びついてきた。

「ありがたいですけど、申し訳ないですから」とさほど申し訳なさそうな口調で言う。

「とんでもないです。この辺、分かりにくいですから……」牧に顔を向ける。「どこか喫茶店にご案内して、その後警察に向かいます。終わったら連絡しますから」

「頼む」牧が軽く頭を下げた。むしろほっとした様子を甲斐は見て取った。

牧はマンションの前からタクシーを拾い、去って行った。申し合わせたように二人が肩を上下させる。

「お疲れですね」

「ええ」美佐江が寂しそうな笑みを浮かべる。

「本当に食事はいいんですか」

「すいません。とにかく、ちょっとお話ししたいんですけど……」

「駅まで五分ぐらいですけど、歩きますか？　面倒なら車を出しますけど」甲斐の車は近くのコイン式パーキングに停めてあった。

「歩きましょう」憲太郎が言い出した。「今日は座りっ放しで、腰が痛い」

「そうですね。すぐですから」二人の前に立ち、甲斐は歩き始めた。速くなり過ぎないように気をつける。時々聞き耳を立ててみたが、二人は何か話し合っている様子ではなかった。

蒔田《まいた》駅の出入り口は、ほとんど廃墟《はいきょ》のように見える。横浜市営地下鉄の駅は概して古びて汚くなっているが、蒔田駅は度を越していた。三人が向かった出入り口は、薄汚れたタイルで装飾されたトンネルの入り口のようで、すぐ隣に民家、中華料理店などが建ち並んでいる。普通の住宅地の中に、いきなり別の空間への出入り口が開けているようなものだ。

三人は、駅のすぐ近くにある昔ながらの喫茶店に入った。昭和三十年代から続いているような店で、店内には煙草とコーヒーの臭いが染みついている。道路に面した窓は広く、冬の陽射《ひざ》しが柔らかく入りこんでくる。夫婦は並んでテーブルに座り、三人揃《そろ》ってコーヒーを頼んだ。憲太郎がワイシャツのポケットに指先を突っこみ、煙草を引っ張り出す。

「よろしいですか」

「すいません、気が利かなくて」ワイシャツのポケットが四角く膨らんでいるのは気づいていたのだが、急ぐあまり確認もしなかった。彼はもう、半日近く煙草を吸っていないはずだ。

憲太郎が煙草に火を点け、顔を背けて煙を吐き出した。顔が歪んでいるのは、あまり美味《うま》く感じられないせいだろう。忙《せわ》しなくふかし、まだ長いうちにガラス製の灰皿に押しつけて丁寧に消した。

「甲斐さん、何か食べて下さい」

美佐江がメニューに目をやった。喫茶店定番の料理が揃っている。スパゲティはミートソースにナポリタン、カレーにチキンライス。他には各種のサンドウィッチだ。腹は減っているのだが、とても食べる気になれない。取り敢えずコーヒーで空腹を紛らすことにして、いつも入れない砂糖とミルクをたっぷり加えた。ゆっくり飲むと腹が温まり、少しだけ空腹感が誤魔化される。

「甲斐さん、失礼なことを伺っていいですか」美佐江が深刻な表情で切り出す。

「どうぞ」

「あの、本当に何も分かっていないんですか？　支局長さんもいろいろ説明してくれましたけど、あまりはっきりしたことは仰《おっしゃ》いませんでしたし」

「申し訳ありません。私の力不足です。もう少しはっきりした情報をお話ししたかったんですが」

「甲斐さんを責めてるわけじゃありません」美佐江が首を振った。「ただ、本当に釈然としなくて……あの、もしかしたら康平《こうへい》が何か悪いことをしたんじゃ……」

「今のところ、そういう話は一切ありません」一切、に力をこめて甲斐は否定した。「警察の方でも、そういう見方はしていませんから」

「だったら何なんですか？　こんな、何も分からない状態じゃ……」

「母さん、やめなさい」憲太郎がたしなめた。「分からないものは分からない、ということじゃないか」

その通りなのだが、父親に指摘されると、自分の無能さを意識して胸が痛む。憲太郎が新しい煙草を弄《もてあそ》びながら、甲斐の顔を正面から見た。どうなんだ？　何か嘘をついているんじゃないのか？　無言の圧力の方が、露骨な質問よりも応《こた》える。

「仰る通りです」

「何か、方向性のようなものはないんですか？　こういうことを言っても仕方ないかもしれませんけど、このままでは納得しかねます。警察に話を聞いても同じでしょう」

「一つだけ」甲斐は顔の前で人差し指を立てた。「考えられるのは、仕事絡みではないか、ということです。若い新聞記者がトラブルに巻きこまれるとしたら、仕事か——変な話ですが女性関係ぐらいしか考えられません。酒の上でのトラブルということは想定できますが、二階君はそもそも酒を呑みませんからね。呑むとしてもつき合い程度で、今までトラブルはまったくなかったはずです」

「本当に、何か悪いことをやっていたんじゃないですか」美佐江が念押しする。「最近……覚せい剤とか、よくあるじゃないですか」

「ないと思います。私は、ないと信じています」マスコミの人間がドラッグに手を出すことがないというわけではない。実際、逮捕された人間も少なくないのだ。しかし何故か、「新聞記者」はほとんどおらず、テレビか広告関係が多い。覚せい剤に近い位置にいる人間と接する機会が多いということなのか……。

「そうですか」憲太郎が安堵《あんど》の吐息を吐き、美佐江の顔を見やる。「正直言って、それをずっと心配していたんです。馬鹿らしいかもしれませんが、最近東京ではそういう事件が多いじゃないですか。普段、息子とはそんなに話をしませんから、どんな暮らしをしているのか、様子がよく分からないんです」

「心配し過ぎだと思いますよ」二人を元気づけようと、甲斐は強い口調で言った。「私はそれよりも、やはり仕事絡みの問題だと思います。お母さん、私が前に電話をかけた時に、彼が『今度大きな記事を書くから』ってメールしてきた、という話をされましたよね」

「ええ」

「私も彼から、同じような話を聞いているんです。相当気合が入って、自信もあるような様子でした。その件で何かトラブルに巻きこまれた可能性もあると思います」

「記者さんの仕事って、そんなに危険なんですか」美佐江の顔が青褪《あおざ》める。

危険ではない——少なくとも日本では。世界的に見れば毎年数十人の記者が死んでいるのだが、それは主に戦場で、だ。

「日本では、タクシーの運転手並みの危険性しかないと聞いたことがあります」

二人が顔を見合わせた。鏡を覗きこんだように、同時に眉間《みけん》に皺《しわ》が寄る。

「一番多い死因が交通事故で、その次に過労や病気だと」

冗談かどうか、二人は判断できなかったようで、表情が強張《こわば》った。甲斐も、自分が何のためにそんなことを言ったのか、分からなくなっていた。

「とにかく、危険度という点では普通のサラリーマンと変わらないということです。ただ、商売柄、どうしても危険な取材を避けて通れないこともあります」

「例えば……」憲太郎の目が大きく見開かれた。

「それこそ暴力団とか……いや、基本的に暴力団は、新聞記者に手を出したりしないものですけどね。すぐに警察が動き出すのが分かっていますから。すいません、話がまとまらなくて申し訳ないんですが、ほとんど危険性はないけどゼロではない、ということです。それに危ない取材の方が、面白い記事になることも多いんです。だから戦争では、分かっていても多くの記者が危険な現場に無理に突っこんで行く」

二人の顔が揃って青褪めた。大学教授と専業主婦には刺激の強過ぎる話だろう。そうでなくても、息子を心配する気持ちで余裕がなくなっているだろうに。

「すいません。余計なことを言いました」

「いえ」首を振り、美佐江が唇を嚙《か》み締めた。「本当に、康平はどうしてしまったんでしょう」

甲斐は無言で首を振るしかなかった。分かっていれば真っ先に教えたい。自分の力不足を意識するしかなかった。

警察での事情説明と聴取を終えると、午後も半ばになっていた。美佐江は荒らされたままの二階の部屋をどうしても片づけたい、と強硬に言い張る。仕方なく牧に電話をかけ、支局の庶務の女性に手伝わせるように手配した。甲斐も手伝うと申し出たのだが、美佐江はそれを赦《ゆる》さなかった。

「部屋の片づけをするのは私たちの勝手です。甲斐さんは康平のことをお願いします」

実際、当たるべき相手は何人もいるのだ。大学時代の友人たちに話を聴かなければならないし、二階が普段取材で顔を合わせていた刑事たちにも——分かりうる範囲で、ということだが——事情聴取したい。時間はいくらあっても足りなかった。

午後七時に落ち合って一緒に食事をすること、その後でホテルに送るという約束を取りつけて、甲斐は二人と別れた。何だか見捨ててしまっている感じがしないでもなかったが。

甲斐の調査は順調に進んだ。話を聴けた、という点では。支局に戻って、東京で会社勤めをしている大学時代の友人三人に電話で話を聴く。さらに五時過ぎには、県警キャップの若松《わかまつ》の橋渡しで、捜査一課の管理官と会うことができた。結果、ゼロ。誰もがよく喋《しゃべ》ったが、二階の行方につながる手がかりは出てこない。警察の人間にはもっと会わなくてはいけないだろう、と思った。普段の取材現場が警察なのだから、何か情報を握っている人間がいる可能性は低くない。しかし若松が知らない二階のネタ元も少なくないはずだし、そもそも取材相手が刑事とも限らないのだ。どこまで手を広げれば済むのか。しかもそれで何とかなるという保証もない戦い……二階の家に戻りながら、甲斐はハンドルから右手を離し、額をゆっくりと揉んだ。

二人は、二階の部屋をほとんど片づけ終えていた。壊れてしまったものは仕方ないが、取り敢えず、独身男性の部屋とは思えないほど綺麗に片づいている。

「お疲れ様でした」丁寧に頭を下げながら、甲斐は「どうでした」という質問を投げかけられるのを恐れた。特に進展はありません、と答えざるを得ない自分の間抜けさ加減に腹が立つ。「そろそろ行きましょうか。この時間だと結構混むんです」

二人は無言でうなずいた。誰かが合図を出したような動き。夫婦も長くいると、行動も似てくるということか。

蒔田駅の近くから、鎌倉街道を経由し、十六号線で尾上《おのえ》町交差点まで出る。夕方の渋滞にはまってしまい、短い距離を走るのに三十分近くかかった。右折して、横浜スタジアムの脇を抜け、中華街の近くで車を停めた。すぐ近くには加賀町署。

牧は中華街で夕食の予約を取っていた。心労が激しい二人に脂っこいものを食べさせてどうする。さっぱりと和食にすべきではないか——そう思いながら、自分が金を出すわけではないのだからと、甲斐はかすかな怒りを押さえつけようとした。

中華街はいつでも中華街であり、異様な熱気と派手な色合い、まともに歩けないほどの人ごみが独特の空間を形成している。平日の夜だというのに、どこからこれだけの人が集まってくるのだろう。冬なので、店先では肉まんの湯気が歩行者に誘いをかけている。甲斐は午後二人と別れた後、パンを一つ齧《かじ》っただけだったので、激しい空腹を覚えていた。しかし二人は、食欲を感じることすらないだろう。

牧が予約していたのは、中華街でも高級な部類に入る店だった。老舗《しにせ》だが、建物を新築したばかりのようで、この界隈《かいわい》には珍しく、ごてごてした内装には縁のない店だった。茶色と白をベースにしたインテリアは落ち着いた雰囲気を醸し出し、店内には静かにクラシック音楽が流れている。二階の個室に通されると、既に牧と若松が待っていた。原稿の面倒を見なければならないデスク二人は、さすがにこの時間には支局を離れることはできない。

六人がけのテーブルで、支局側の三人が入り口側に、夫婦二人は奥に座った。白いクロスがかけられたテーブルは回転しないもので――ということは、料理はコースで一人一人にサーブされるスタイルになる。「どうも、お疲れ様でした」お茶が行き渡ると、牧が第一声を発した。さすがに今日は、ビールというわけにはいかない。「警察の方はどうでしたか」

既に甲斐は連絡を入れていたのだが、牧の質問には、場つなぎの意味もあるのだろう。憲太郎がぼそぼそと答えたが、声にははっきりと不満を滲《にじ》ませていた。理由は甲斐にも分かる。武藤が応対してくれたのだが、丁寧な仮面の下から時折素っ気無い素顔が覗いたのだ。神経質になっている二人は、それを敏感に感じ取ったのだろう。別れ際、武藤が二人と決して目を合わせようとしなかったことも、甲斐には引っかかっていた――二人に対してだけではない。俺にもだ。

食事はぎこちない雰囲気で進んだ。二人はやはり食が進まず、あまり手をつけられないまま、皿が次々に交換されていく。唯一食べきったのはふかひれのスープだけだった。親というのは、ここまで子どもを心配するものなのか。機械的に箸《はし》を使いながら、甲斐はぎしぎしと胸が痛むのを感じた。

話題に詰まったのか、牧が憲太郎の仕事を話題に持ち出す。最近の学生の様子、大学の雰囲気――憲太郎は多少饒舌《じょうぜつ》になったが、無意識のうちにも話せるような話題なのは明らかで、目は虚《うつ》ろだった。

「すいません」話が途切れたタイミングを見計らうように、美佐江が切り出した。「あの、康平はそんなに危ない仕事をしていたんでしょうか」

「申し訳ありませんが、取材途中のことを全部把握しているわけではないんです」言い訳がましく牧が言った。「記者は個人営業のような部分もありましてね。全て自分で取材して、原稿の形になって初めて何を取材していたかが分かる、ということもあるんです。そうだな、若松？」

「ええ」若松が慎重に箸を置いて答える。「特に二階君は、秘密……できるところまで自分一人でやってみようというタイプでしたから」

「そうですか」美佐江が溜息をついた。「全然変わっていないんですね」

「そうなんですか？」興味を引かれ、甲斐は訊ねた。

「ええ。何でもかんでも自分一人で決めてしまって。受験の時も就職の時も、私たちには何の相談もなしで、決まってからいきなり言われたんです。その度にびっくりしたんですけど、本人の問題ですからね」

「そうですか」

独断専行は昔から変わらないわけか。人生の岐路において自分一人で全てを判断するのは、独立心旺盛《おうせい》な証拠である。しかし、仕事に関してはそうはいかない。牧が言うように、同僚にも情報を隠したがる記者がいるのは確かだが、それは危険なやり方である。原稿が出て初めて、他の人間が裏取りに回らざるを得なくなり、その結果、検証が曖昧になっていい加減な記事が紙面を飾ってしまうこともある。昔は――それこそ昭和三十年代、四十年代にはそういうやり方も珍しくなかったそうだが。締め切りぎりぎりで原稿を出して、有無を言わさず社会面の頭に突っこませる。デスクを騙《だま》すようなやり方だが、今は通用しない。言ってみれば、上層部も記者を信用しなくなったのだ。まず、何か間違っているのではないかという方向で粗探しをする。

「警察の方でも、手がかりはないんですね。本当に、真面目に捜してくれているんでしょうか」憲太郎は言葉の端々に不満を滲ませただけだが、美佐江ははっきりと文句を表明した。

「警察の肩を持つわけではありませんが、それだけ事件性が薄いと見ている証拠かもしれません」牧が答える。「失踪《しっそう》――行方不明ということだと、日本では年間十万人もいるんです。全てに対応していられないというのが、警察の本音でしょうね」

まずい――甲斐は舌打ちして、他の話題はないかと頭をフル回転させた。これでは牧は、警察は真面目に捜さないと言っているのも同然ではないか。

「でも、あの部屋は異常でした」美佐江の顔色が変わり、牧に食ってかかる。「あんな風に荒らされて、普通の行方不明と同じと言われても納得できません」

今までは抑え役に回っていた憲太郎も、今回は割りこんでこなかった。むしろ妻を応援するように、深くうなずいている。

「ですから、これはあくまで一般論でして——」

「私たちは当事者なんです。一般論として片づけて欲しくはありません」美佐江が強い口調で牧の言い訳を遮り、その場の空気が凍りついた。

甲斐は、ズボンのポケットに不快な振動を感じた。携帯電話。この場を抜け出せることにほっとする一方、二人と牧のやり取りが剣呑《けんのん》なものになることを恐れながら電話を引っ張り出した。番号表示、なし。

「ちょっと失礼します」四人に声をかけて個室を出た。そのままエレベーターホールの前まで来て、通話ボタンを押す。

「もしもし」

「甲斐さんですか？」

「甲斐ですが」

聞き覚えのない声だった。中年の男……年齢はもう少し上か。むしろ老境に入る直前という感じで声はかすれ、元気がなかった。電話を左手に持ち替え、背広の内ポケットからメモ帳を取り出す。

「失礼ですが」

「あの、二階さんを捜していらっしゃるんですよね？」

瞬時に、甲斐は警戒レベルを最上位まで引き上げた。いきなりこんなことを言ってくるのはどんな人間だろう。二階の失踪は会社内部——それもごく一部——の人間と捜査当局しか知らない。

「何が仰《おっしゃ》りたいんですか」甲斐は相手にプレッシャーをかけるために、低い声で訊ねた。

「いえ、その、大した話じゃないんです」

相手の慌てようは不自然に感じられた。甲斐は近くにあった椅子に腰を下ろし、自分の太腿《ふともも》をデスク代わりにしてメモ帳にサインペンを走らせた。「初老、男、おどおど」。

「大した話じゃないのに、どうして電話してきたんですか。あなた、二階のことを何かご存じなんですか」

「ええ、知っていると言えば知っている」

「何を知っているんですか」

「それはちょっと……」

「悪戯《いたずら》ですか？　だったら、お話ししている暇はありませんよ」他紙の記者ではないか、と甲斐は警戒した。そ知らぬ振りをして探りを入れてきているのではないか、と。

「すいません、そういうことじゃないんです」相手の声がにわかに動揺した。「疑われるのはもっともなんですけど、あなたにお話ししたいことがあるだけなんです」

「二階のことに関して？」

「そうです。私はマスコミの人間でも警察の人間でもありません」甲斐の疑念を読んでいるかのように、相手が否定した。「二階さんが行方不明になっているのは分かっています。私の方から情報を差し上げることができるんじゃないかと思うんですが」

「そもそもあなた、誰なんですか」甲斐は額を揉んだ。タレこみマニア？　何か大事件があると、新聞社に電話をかけてくる物好きは結構多い。「名前も名乗らないと、こっちも信用できませんよ。悪戯だと思われても仕方ないでしょう」

「ええ、それは分かっています。分かっているんですが……」

相手の声が震えた。どうしてそんなに怯《おび》えている？　逃亡中に、人目を避けて電話してきたようではないか、と甲斐は思った。

「とにかく、どこかで会えませんか。電話は盗聴されているかもしれないし」

「大袈裟ですよ。私の電話を盗聴しようとする人間なんかいない……とにかく、会うのは構いません。そちらの希望は？」胡散臭《うさんくさ》い話だ。「ふざけるな」と電話を切ってしまっても構わなかったが、何かが引っかかる。根拠はなく、勘としか言いようがないのだが。

「今夜はどうですか？」

甲斐は腕時計を見た。八時。食事はあと一時間もすれば終わるだろう。その後は二人をホテルに送り、もしかしたら愚痴に耳を傾けねばならないかもしれないが……大丈夫だ。「二階のことで情報がある」と言えば、解放してくれるだろう。

「十時か十一時なら大丈夫です」

「構いません。野毛の『八丁庵《はっちょうあん》』という店の外にいます。十一時ちょうどでお願いします」

「店の中ではなくて外？」言ってしまってから、相手は何かあったらすぐに逃げられるように用心しているのだろう、と悟った。

「ええ」

「名前を聞かないと、落ち合えませんよ」

「こちらであなたを見つけます」

電話はいきなり切れた。甲斐はかすかに痛み始めた額を揉みながら、からかわれているのかもしれない、という疑問を依然として拭《ぬぐ》えなかった。

5

「八丁庵《はっちょうあん》」は、随分昔から営業している居酒屋のようだ。野毛の街そのものが、闇市《やみいち》の時代からの歴史を感じさせる雰囲気を持っているのだが、八丁庵が入っているビルは黒く汚れ、壁に罅《ひび》が入っており、その一角だけ昭和の匂《にお》いが濃厚である。縄のれんが揺れて引き戸が開く度に、中から野太い笑い声が飛び出してきた。女性が入るような店ではないとすぐに知れる。

寒風が襟足をくすぐり、甲斐《かい》は思わず肩をすくめた。トレンチコートではかなり辛《つら》い。年末の横浜では、もう厚いウールのコートが必要だ。押入れから引っ張り出してこなければならないが……どこにあっただろう。引っ越したといっても荷物を運びこんだだけで、片づけもまだ終わっていないのだ。

電話の男らしき人間の姿は見当たらなかった。酔っ払いが肩を組んで正面から歩いて来る。目が合ったら面倒なことになりそうだと思い、さりげなく後ろへ下がって「八丁庵」の壁に背中を預ける。携帯を取り出し、画面を見詰めるふりをした。

「甲斐さん」

声をかけられ、顔を上げると、目の前に小柄な男が立っていた。中年というよりは、老年に入りかけた年頃。茶色いツイードのジャケットに黒いウールのパンツ。暖かそうなネルシャツを着ているので、コートは省いているようだ。足元は革のスニーカー。耳を覆う程度の長さの髪はまだ黒々としていたが、顔には皺《しわ》が目立つ。シャツのボタンを一番上まで留めていたが、首との間には、指が三本ぐらい入りそうな隙《すき》間《ま》が空いていた。

「電話をくれたのはあなたですか」訊《たず》ねながら、記憶をひっくり返す。会ったことはないはずだ。

「ええ。いきなりですいません」

「構いませんよ」言って周囲を見回した。「どこで話しましょうか」

「ちょっと歩きましょう」言うなり、男がさっさと歩き出してしまった。何なんだ、と舌打ちしながら後に続く。小柄な割に早足で、横に並ぶにはかなりスピードを上げねばならなかった。

男はごちゃごちゃした野毛の繁華街から外れ、川沿いの道に出た。この辺りまで来ると喧騒《けんそう》は届かず、人通りも少ない。時々車が行き過ぎるだけで、話をするのに悪い環境ではなかった。都橋《みやこばし》の途中まで来ると橋の手すりに両手を置き、暗く濁った川面《かわも》に視線を投げる。甲斐は横に並んだが、川から立ち上がる悪臭に思わず顔をしかめた。

「川の臭《にお》いは嫌いですか」男が唐突に訊ねた。

「この川の臭いは、ね。どぶ川じゃないですか」

「こういうのも含めて横浜なんですがね。清濁併せ呑《の》むのがこの街ですよ」

何者なんだ、こいつは？　甲斐はちらちらと男の横顔を盗み見た。品がある……と言ってもいいだろう。少なくとも暴力団関係者ではなさそうだし、犯罪の臭いはしなかった。大学教授、と言われても納得できるような雰囲気を持っている。

「二階《にかい》の話でしたね」甲斐はすかさず本題に切りこんだ。

「ええ」

「どういうことなんですか」

「あなたは、二階さんとは親しかったんですか」

「どうしてそれをあなたに教えないといけないんですか？」

「いや……」男が人差し指で顎《あご》を擦《こす》った。余計な質問をした、と後悔している様子である。「話す相手が正しいかどうか、分からないですから」

「名指しで電話してきたじゃないですか。私のことなんか、とうに調べ上げてるんでしょう？」しかも携帯で。どこからこの番号を割り出したのかも確かめたかったが、話を頓挫《とんざ》させてしまうのを恐れて、それ以上の質問を呑みこむ。

「二階さんは本当に行方不明なんですか」

「ええ」

「手がかりは？」

「今のところはありません」

「そうですか……」男がまた顎を擦った。「いなくなった時、どういう状況だったんでしょう」

「申し訳ないんですが、そういうことについてあなたに教える義務も必要もないと思います。だいたい、あなたの方で私に言うことがあるというから、出て来たんですよ。話があるなら早く教えて下さい。二階のことについては、のんびり話をしている暇なんかないんですよ」

「失礼。そういう事情はよく分かっているつもりですが」

「だったら尚更《なおさら》です」

「申し訳ない」男が甲斐に向き直り、頭を下げた。「しかし、言えないこともあるんです」

「いい加減にして下さい」痺《しび》れを切らして、甲斐は言葉を叩《たた》きつけた。「人を呼び出しておいて、言えないことがあるって……どういうことなんだ。ふざけているなら帰りますよ。こっちは真剣だし、時間もないんだ」

「二階さんを捜すつもりですか」

「もちろんです」

「そうですか……」男が盛大に溜息《ためいき》をつく。「気をつけて下さいよ」

「何に、ですか」

「気をつけて下さい」真面目《まじめ》な表情で男が繰り返す。見ている限り、ふざけている様子ではなかった。内心で舌を出しているとしたら、相当の演技派である。

「あんた、二階の家を荒らした人間と関係があるのか」

「とんでもない」ひどく慌てた様子で、顔の前で手を振った。「私はあなたに忠告しに来ただけですから」

「何の忠告ですか」

「身辺に気をつけて下さい」

甲斐は思わず周囲を見回した。視線が男の顔に戻った瞬間、相手が寂しげな笑みを浮かべているのに気づく。ふざけているのか、と一瞬激昂《げきこう》しかけたが、何故《なぜ》か相手は本気で自分のことを心配している、とすぐに確信できた。もやもやした言い方しかしていないのに、何故か真剣味が感じられる。

「あなたと二階との関係は？」

「間接的な知り合いだ、とだけ言っておきます」

「向こうもあなたのことを知ってるんですね」

「いずれ、会うことになっていたかもしれません」

過去形？　既に二階は死んでいるとでもいうのか。甲斐は首筋に寒い風が当たるのを感じながら訊ねた。

「どうして過去形で喋《しゃべ》っているんですか。二階に何かあったとでも言うんですか」

「そんなことは一言も言ってませんよ」やや力を込めて男が否定し、首を振った。「その辺は、私には何も分からない」

「二階は何かを調べていた。具体的なことは分かりませんが、かなり大きな記事になるようなネタだったのは間違いないんです。その取材過程であなたに会う可能性があった、ということじゃないんですか」

「思った通り、鋭い人だ」男が一瞬、肩を震わせた。

「俺のことなんかどうでもいい」甲斐は橋の手すりを拳《こぶし》で叩いた。「問題は二階なんです。あいつはどこにいるんですか？」

「それは私にも分かりません。とにかく、忠告しておきたかっただけです。二階さんのことを調べるのは、一筋縄ではいきませんよ。十分、警戒すべきです」

男が突然踵《きびす》を返した。野毛の賑《にぎ》わいに背を向けて歩き出す。ゆっくりとした足取りだったが、追跡を拒絶する雰囲気を醸し出していた。

「あなた、名前は」

甲斐の問いかけに、男が足を止める。ゆっくりと振り返ると、甲斐に正対して丁寧に頭を下げた。しかし一言も返さないまま、また背中を向けて去って行く。

何だったんだ。

呆気《あっけ》に取られたまま、甲斐は男の背中を見送るしかできなかった。


支局へ戻ると、牧《まき》が待ち構えていた。謎《なぞ》の男と会うことは言っていないし、話をする用事もないはずだが……牧はひどく真剣な様子で、甲斐をすぐさま支局長室に引っ張りこんだ。いきなり話し始めたので、座るタイミングも失ってしまう。

「明日から、ねじを巻いてやってくれ」

「もうやってますよ」

「今まで以上に、だ」

「急にどうしたんですか」豹変《ひょうへん》した態度を訝《いぶか》しみながら、甲斐は訊ねた。

「随分様子が違いますね」

「本社から指導を受けたんだ」苦虫を噛《か》み潰《つぶ》したように顔をしかめる。

「地方部長ですか」

無言でうなずき、一瞬間を置いてから牧が続ける。

「役員会で問題になったらしい」

当然だ。社員が一人行方《ゆくえ》不明になっており、手がかりは何もなし。事件に巻きこまれていたらどうする、と考えるのが上層部の自然な発想方法である。不祥事かもしれないと不安になって、より詳しい調査を指示してきたのだろうが、無視するよりはましだ。

「分かりました」立ったまま、甲斐は頭を下げた。「明日からさらに力を入れます。でも、応援はいないんですよね」

「そこまでの余力はない」

「だったら、選挙の仕事は放《ほう》り出しますよ。当面、解散の気配はなくなりましたからね。問題ないですね？」

「ああ……とにかく、一刻も早く手がかりが欲しい」

「分かってます。少なくとも、上に報告できるだけの材料を捜します」材料……先ほどまで会っていた男の件は？　話すまでもない。忠告は頭の隅《すみ》に染みついていたが、具体的な情報が何もない状態では、報告などできようはずもない。黙って頭を下げ、支局長室を出た。牧の視線は、何故か絡みついてこなかった。

翌朝、甲斐は二階の両親が泊まっているホテルに向けて車を走らせた。報告することは何もないが、せめて顔を見せて誠意を示しておかないと。それに、牧がいないところで、二人の本音を聞き出したいという気持ちもあった。

運河沿いの道に出てみなとみらい地区を目指し始めた途端に、渋滞に巻きこまれた。こんな時間に混む道路でもないはずだが……不審に思って目をこらすと、前方で赤色灯が凶暴な光を放っている。パトカー。それも一台や二台ではない。甲斐は反射的にハンドルを切り、裏道に車を乗り入れた。どんな事件だろうが、今の俺には関係ない。他の仕事があるんだ——そう思ったが、考えとは関係なく、体が動いてしまう。気づいた時には車を停《と》め、一眼レフのデジカメと腕章を摑《つか》んで飛び出していた。

渋滞している道路に戻ると、百メートルほど先にパトカーが集結しているのが見えた。橋のたもと辺りだが……コートの裾《すそ》を翻しながら小走りに現場に向かうと、橋の左側にずらりとパトカー、それに鑑識車両が停まっているのが見えた。運河で何かあったのか……橋は交互通行にされてしまったようで、制服の警官が交通整理をしている。甲斐は歩道に入り、下の様子が確認できる場所を探した。野次馬が鈴なりになっており、体をこじ入れるようにしなければならなかった。

橋のたもとは倉庫街になっており、その一角にブルーシートのテントが張られている。あそこが現場か……サーカスでもできそうな大きなテントだったが、鑑識課員たちが忙《せわ》しく立ち働き、時折フラッシュが瞬くので、緊迫感が溢《あふ》れていた。隣の若い男に「何なんですか」と訊ねてみたが、首を振るばかりだった。何が起きているか分からないまま、野次馬の中に吸収されたらしい。

甲斐は上のアングルから二、三枚撮影し、橋から離れた。下へ行かないと状況が分からない。しかし倉庫街へ入る道路は、黄色いテープで封鎖されていた。どこか様子を覗《のぞ》ける場所はないかとうろつき始めた途端、一年生のサツ回り、安東《あんどう》と出くわした。

「どうした」

「よく分からないんですが……」まだ顔に幼さの残る安東が、自信なさげに言った。

「変死体か」

「ええ。運河に死体が浮いていたんです。一時間ほど前に引き上げたんですが」

ということは、あの倉庫街は直接の現場というわけではないのだ。殺しの疑いのない変死体だったら、すぐにここから運び出せばいいのに、これだけの警察官が集まっているということは、やはり事件なのか。

「単なる変死体にしては大袈裟《おおげさ》だな」

「それがですね」甲斐の疑問に、安東が暗い調子で答える。「どうも、死んだのは県警の人らしいんですよ」

「何だって?」

「まだ名前が割れてないんですが、本部の生活安全部の刑事らしいんです」

「おいおい――」それでこの大仰な状況にも合点がいった。

「何なんでしょうね」逆に安東が質問をぶつけてくる。

「俺に聞くなよ。それより、もっと詳しい状況は分からないのか」

「自殺は自殺らしいんですよ」安東が運河の方に向けて顎をしゃくった。「近くに靴が揃《そろ》えて置いてあったそうです。走り書きのメモもあったそうで、遺書じゃないかと」

「内容は」

「まだ分かりません」安東が首を振った。「自殺となったら、そんなにむきになって取材する必要はありませんよね」

「相手が刑事なら、そうはいかないぞ」甲斐は声を潜めた。「何か不祥事かもしれないじゃないか」

「どうですかね」安東が耳をそっと触った。「自分が泥を被《かぶ》って自殺した、ですか？　政治家の秘書じゃないんですから」

「油断するなよ」

「分かってます」不機嫌そうに安東が言った。甲斐と視線を合わせようとはしない。「それより甲斐さん、こんなところで何してるんですか」

自分の領分を侵されたと思ったのか、安東が露骨に不満気な表情を浮かべる。子どもみたいに見えるのに、案外骨があるな、と甲斐は感心した。俺の領分に入ってくるな――一種のセクショナリズムでもあるのだが、自分の役割をしっかり守ろうとする態度は褒めてやってもいい。

「たまたま通りかかったんだよ。二階のご両親が、みなとみらいのホテルに泊まってる。これから会いに行くところだったんだ」

「そうなんですか」ほっとしたように緊張感を抜き、肩を下げる。「ここはちゃんとやっておきますから」

「ああ、邪魔して悪かったな。橋の上から撮った写真があるけど、必要か？」

「それは俺も押さえてます」少し憮然《ぶぜん》とした面持ちで安東が言った。

「当然だよな。余計なお世話だった」

肩を叩いてやろうかと思ったが、安東とそれなりに長い会話を交わしたのはこれが初めてだと気づく。彼だって、急に馴《な》れ馴《な》れしい態度を取られても困るだろう。うなずきかけるだけにして、甲斐はその場を離れた。

刑事だって死ぬ。事故や自殺は誰にでも起こり得ることだ。それにしてはやはり大袈裟過ぎる感じがするが……警察は身内に対して厚い組織だから、普通の変死事案よりも徹底的に調べているのかもしれない。これが殺しだったら大変なことだが……甲斐の想像は、違法駐車した自分の車が小さな渋滞を巻き起こしている状況に断ち切られた。

ひとまず忘れよう。これは俺の事件じゃない。やるべきことを一刻も早くやらなくては。

慌てて車に乗りこんだが、自分が「やるべきこと」が何なのか、一向に分からないままなのが腹立たしい。記者になって十五年以上が経《た》つが、これほど手探りの状態で取材を続けたことは一度もなかった。

「自殺か……」一人つぶやき、甲斐は自分の声の大きさに驚いた。二階の両親に会い、ホテルから二階の部屋に送り届けて支局に戻る道すがら、念のために先ほどの現場に立ち寄ってみたのだが、既に鑑識活動は終わり、青いテントも撤去されていた。最初見た時の大袈裟さからすれば、あまりにも呆気ない。

橋のたもとに車を停め、人気のなくなった現場を見て回る。倉庫の裏、鉄製の手すりの下に、チョークで描いた白い円が見て取れた。大きさからしてここに靴を置いていたのか……。

おかしい。

飛び降り自殺ならともかく、入水《じゆすい》自殺で靴を脱ぐというのはあまり聞いたことがない。水に飛びこんで死のうとすれば、靴を脱がない方が確実なはずだ。手すりから身を乗り出して川面を覗きこんでみると、足元から一メートルもない。流れは緩やか、というよりもほとんど淀《よど》んでいる。

手すりに背中を預け、低く雲が流れる空を眺める。安東の奴、このまま自殺で片づける気じゃないだろうな。

携帯電話を取り出し、弄《もてあそ》ぶ。どうしたものか……余計なことをすれば、支局の和を乱すことにもなる。そもそもこれは自分の仕事ではないのだから。だが好奇心を抑えることはできず、黒木《くろき》に電話をかけてしまった。

「おやおや、珍しい。サツ回りに復帰するつもりなんですか」黒木の声は軽かった。

「まさか……あんなきついこと、いくら金を積まれても願い下げですよ」

黒木が声を上げて笑った。今日は上機嫌なようだ。それも妙な話だが——刑事が一人死んだというのに。

「刑事が自殺したそうですが」

「早耳だね」

「たまたま今朝、現場を通りかかったんですよ」

「優秀な記者は、事件の方から寄ってくるもんだね」

「これは事件なんですか」

甲斐の突っこみに、黒木が咳払《せきばら》いで答え、すぐに誤魔化《ごまか》した。

「いやいや、それは言葉の綾《あや》でね。今回の件は自殺だと聞いてるよ。広報は正式には発表しない」

「刑事が自殺したのに？」

「個人的な問題なんですよ」暗い声で黒木が答える。

「というと？」

「私の口から詳しく言うことはできないけど、まったく個人的な問題です」

「金絡み？」

「いや、違う」

答えが少しだけ早過ぎる気がしたが、そこは追及せずに続ける。

「だったら何なんですか」

「口外しない？」

「そんなこと、今の段階で約束できませんよ。基本的にオフレコは嫌いなんで。聞いてから決めます」

「参ったね」黒木が困ったように言った。「相変わらず話しにくい人だ」

「自殺だというんなら、そんなに隠すこともないじゃないですか。自殺に対して俺たちがどんな報道をするかは分かるでしょう？」

基本的に書かない。例外は幾つかあり、他人を巻きこんだもの——焼身自殺の火が延焼して隣近所の家まで燃え広がったとか、投身自殺して誰かに衝突したとか——や、有名人の場合は記事になるが、今回は当てはまりそうになかった。

「病気でね」黒木が認めた。

「深刻な症状だったんですか」

「まあ、死にたくなるほどには深刻だった、ということです」

「具体的には？」

「故人の名誉のために、あまり話したくないですね」

「ヒントぐらいは」

「しつこい人だね」黒木の声に笑いが混じった。「こんなにしつこい人だとは思わなかった」

「黒木さんが警察庁にいた頃は、シビアな話はしませんでしたからね。分からなかったんでしょう」

「……とにかく、あまり大っぴらには言えない話です。体の方じゃないわけで」

「ああ」精神的な病気か。だが、隠すほどのことだろうか……今では珍しくもない。「入水自殺ですよね」

「そう聞いてるけど」

「靴を脱いでます」

「ああ」

「変じゃないですか」

「言いたいことは分かるよ」黒木の話すスピードが急に上がった。「飛び降りでもない限り、靴は脱がないのが普通だよね。でも警察が扱う事案には、百パーセント絶対っていうものはないんだ。常識や前例が通用しないこともあるし、それはあなたもよく知ってるでしょう。だからこそ、捜査が混乱することもまあるわけだし……決めつけない方がいいですよ」

「遺書があったそうですが」随分言い訳めいた話だな、と訝りながら甲斐は質問を続けた。

「遺書というか、走り書きのメモです。内容はほとんど理解不能」

「何て書いてあったんですか」

「だから、理解不能」

「それでも字は読めるでしょう。意味が分からないのとは別問題ですよ」

「耐えるって書いてあったよ」渋々黒木が打ち明ける。

「何ですか、それ。耐えられないから自殺するんじゃないですか」

「だから意味が分からないってこと」黒木がぴしゃりと言った。「とにかくそういうことなんです。家族も、最近様子がおかしかったって言ってるしね」

「そうですか……」

「まあまあ、この件はこれでおしまいだからね」黒木が急に強い口調で断言した。「うちとしては職員管理の問題が出てくるけど、それはどこの組織でも同じだから。ちゃんとやりますから」

「分かりました」

「まさか、書かないよね」

「そもそも俺の担当でもないですよ」

「ああ」挨拶《あいさつ》もそこそこに、黒木は電話を切ってしまった。

おかしい。どうしてしつこく念を押したのだろう。黒木とはそれなりに互いの腹のうちが分かっていると思っていた。こんなことをわざわざ確認しなくてもいいはずなのに。よほど書かれたくない……隠したい事情があるのか。

「何なんだよ、いったい」甲斐の疑問は、運河を吹き渡る風にかき消された。


「書きませんよ」若松《わかまつ》が電話の向こうで言った。

「どうして」

「どうしてって……」若松が戸惑いの声を上げた。「自殺じゃないですか。しかも病気を苦にして、ですよ。刑事だからって、書くほどのことじゃないでしょう。個人的な問題です」

「本当にそれでいいのか?」黒木と同じようなことを言ってやがる、と舌打ちした。

「何なんですか? これはこっちの仕事なんですよ」若松が低い声で抵抗した。「何で甲斐さんが首を突っこんでくるんですか」

「忠告してるだけだ。俺が書くとは言ってない。書かないと決める前に、もう少し詳しく突っこんでみたらどうなんだ」

「必要ありません。俺がそう判断しました」

「その判断は百パーセント正しいのか?」

「どんな仕事だって、百パーセントってことはないでしょう。いい加減にして下さい。変な因縁つけないで欲しいな」

「何が因縁なんだ？　疑問に思ったら調べるのが記者の仕事だろうが」

「何が疑問なんですか。具体的なことを言って下さいよ」

言葉に詰まる。新聞記者はへ理屈の多い人種であり、甲斐もその例に漏れない。しかし嫌な記憶が、それ以上の追及を躊躇《ためら》わせる。一言多かったが故に、社会部から追い出されたのだ。同じことを何度も繰り返していたら、単なる愚か者である。

「自殺したのは平の刑事か？」

「いや、生活安全部の警部です」

「管理職か……住所は割ってるんだろうな」

「割れてますけど、それが何か？」一瞬普通の口調に戻りかけた若松が、またむっとした声で言った。

「ちょっと行ってみようと思ってね」

「やっぱり首を突っこむんですか」

「そういうわけじゃない。ちょっと気になってるだけだ」

押し問答の末、結局若松は自殺した警部の住所と名前を教えてくれた。所詮《しょせん》何も出てこないだろうと、高をくくっているのだ。甲斐とて、思いもかけない真実が判明すると期待しているわけではない。現場の状況、それに黒木の態度が引っかかっているだけなのだ。

これから数時間、無駄足を踏むことになるのは分かっていた。それでも動かざるを得ない自分の頑固さに、苦笑が漏れてしまう。新聞記者に関しては、抱えているネタのうち、一割を記事にできれば十分だという説がある。だが今の俺には、情報はゼロ。ゼロから一割を生み出すことはできない。

警部にして生活経済課の管理官、時松一郎《ときまついちろう》の家は、海老名《えびな》にあった。まだ真新しい一戸建て。死者の家を訪ねる時にいつも感じる後ろめたさを抱きながら、甲斐はインタフォンのボタンを押した。返事はない。遺体はまだ戻ってきていないようだ。家族は所轄署で、あるいは県警本部で、時松の上司の追悼と部下の慰めを受けているのかもしれない。表札を確認する。四人家族か……時松と妻、それに男性の名前が二つ。息子二人、ということだろう。もう一度押してみたが、やはり返事はない。

一歩下がり、家全体を見回した。新興住宅地の中の狭い敷地に、無理矢理押しこめるように建てられた家。正面の面積は狭いが、奥行きが深い作りのようだ。玄関の脇にはガレージがしつらえられており、ガンメタリックのベンツが停まっている。ベンツ？　警察官がベンツに乗っていてもおかしくはないが、妙な違和感を感じた。小さめのセダンだが、価格は四百万円を下回ることはないだろう。時松は四十五歳。二人の息子はまだ学生だろう。金のかかる子どもを抱えていて、こんな高級車を乗り回す余裕があるだろうか。

近所の家の聞き込みを始める。隣の家――松坂《まつざか》家で、早くもヒットがあった。

「ああ、大変だったみたいだね。奥さん、飛び出して行きましたよ」松坂家の主人は七十歳ぐらいに見える老人で、わずかに腰が曲がっていた。動く度に顔をしかめるのは、高齢のためではなく腰を痛めているせいではないか、と甲斐は思った。

「じゃあ、何があったかはご存じなんですね」

「あまりよく分からないんだけどね。奥さん、うちに飛びこんできて、『主人が死んだ』ってそれだけ言って、すぐに出て行ったんです。事故？　自殺？」

「私もまだ詳しい事情は知りません」

「大変だよね、そういう取材も」

松坂が理解を示したので、甲斐は一気に突っこんだ質問を続けた。家族構成は？　奥さんと、高校生、中学生の息子が一人ずつ。いつからここに？　二年前に新築して引っ越してきた。近所のつき合いは？　奥さんの方が熱心にやっていた。時松本人はどんな人間だったのか？　静かで物腰が丁寧な人。警察官らしい感じではなかった。

「でも、偉い人なんでしょう？」探りを入れるように松坂が訊ねる。

「そうですね。幹部、と言っていいと思います」

「それで記者さんも訪ねてくるわけか」

「ええ、やはり幹部の方が亡くなったとなると、一応調べないと……」

「いやいや、あなたのことじゃなくて」松坂が首を振り、手の中の名刺に視線を落とした。「日報さんですか。そう、あの時も日報の記者だったな」

「あの時？」

「ええとね……」松坂が顎に拳を当て、顔を押し上げるようにして天を仰ぐ。「車は真っ赤なスポーツカーだったからよく覚えてるんだけど……」

「二階、じゃないですか」まさかと思いながら甲斐は助け船を出した。二階の車は、赤いロードスター。仕事で乗り回す車ではないが、あれなら間違いなく、「スポーツカー」と認識されるだろう。

「いや、名前は知らないんですけどね」松坂が拳に固めた右手を左の掌《てのひら》に打ちつけた。「すっかり物覚えが悪くなって。情けない話です」

「どうして記者だって分かったんですか」

「フロントガラスのところに、何か書類が置いてあって」

県警が発行する駐車場の許可証だ、とすぐに分かった。県警の駐車場に停められる、というだけのものだが、実質的には非常時の免罪符になっている。事件現場などでこれを掲げておけば、違法駐車も見逃してもらえるという寸法だ。しかしそれを、普段から見える場所に置いておくとは……配慮が足りない、と甲斐は舌打ちをした。時松の家を訪ねて来たことを、近所の人にアピールするようなものである。

「うちの前に停めてあったんで、ちょっと気になって見ちゃってね」

「すいません、ご迷惑をおかけしたんじゃないですか」

「いや、そういうわけじゃないけど、記者さんも大変だと思ってね。夜中の十二時頃だったから」

「いつ頃ですか？」

「五日……一週間ぐらい前かな」

二階がいなくなる直前、「大きいネタがある」と吹聴《ふいちょう》していた頃だ。甲斐は急に鼓動が激しくなり、軽い目眩《めまい》を覚えた。失踪《しっそう》した新聞記者。自殺した警部。二人は会っていた可能性がある。少なくとも二階は、時松に会おうとしていたのではないか。二人の間に何かあった、と考えるのは不自然ではないはずだ。それが二つの事件を引き起こした。

「どうかしました？」松坂が気楽な調子で訊ねた。

「いや……その時、二階――その記者を直接見たんですか？」

「いえ」

「車だけですね？」

「ええ」

「その時一回だけ？」

「私が知る限りでは……あ、奥さん、帰って来たかな」松坂が玄関先から身を乗り出した。体を捻《ひね》って隣家を見ると、タクシーから中年の女性と詰め襟の制服を着た高校生らしい若者が降りてくるところだった。女性の方はうなだれ、足下がおぼつかない。ようやくタクシーを降りたものの、自分の足で立っているのも難儀そうだった。若者が肩を支え、玄関に向かって歩き出す。

「正《しょう》ちゃんがついてるのか……あれなら大丈夫だな」

「正ちゃん？」

「ご長男でね。高校二年生。しっかりした子だから……さて、こっちもお手伝いの準備をしないとね。ご近所のよしみです」

松坂が頭を下げたので、潮時だと判断し、辞去する。その足で時松の家に向かった。二人は家の中に入ったものの、ドアは細く開いている。妻からは話を聞けそうにないから、長男か……叩き出されるのを覚悟しながら、甲斐はインタフォンのボタンを押した。返事はなかったが、すぐにドアが大きく開く。制服姿の正太郎《しょうたろう》――表札で名前を確認していた――が不安気な表情を浮かべて顔を見せる。

「お忙しいところ申し訳ない。正太郎君ですね？」

「はい」甲斐の顔にじっと視線を据えたまま認める。意志の強そうながっしりした顎が目にとまった。

「日報の甲斐と言います。この度はご愁傷様でした」語尾まではっきり言い切って、深々と頭を下げる。顔を上げた時には正太郎は消えているのではないかと思ったが、まだ玄関先に立って、わずかに怒りが滲《にじ》んだ表情で甲斐を見ていた。小さく深呼吸して切り出す。「一つだけ、話を聞かせてもらえないですか」

「マスコミの人とはお話ししないように言われています」

「誰から？」

「誰からって……父の上の人からです」

口止め？　おかしい。黒木の「書かないよね」という念押しが脳裏に蘇《よみがえ》った。マスコミが動き出すと予想しての、家族への忠告なのだろうか。

「君の判断で話してもらえませんか」

「僕の判断？」正太郎が首を傾《かし》げる。

「そう。君なら、話していいことと悪いことの区別はつくと思う。何も、幹部に言われたことを鵜呑《うの》みにしなくてもいいんだ。うちの……日報の二階という記者を知りませんか」

「二階さん」繰り返し言って、正太郎がうなずく。言葉よりも先に態度で認めてしまった。

「若い記者です。ここへ来たことがあるはずだけど」

「ええ、一度」

当たり、だ。内心の興奮を押し隠すために下唇を嚙み締め、甲斐はうなずいた。

「随分遅い時間にお邪魔して、迷惑をかけたようですけど」

「そうですね」

やはり迷惑だったのだと思い、苦笑が零《こぼ》れ出そうになる。

「どんな話をしていたか、分かりますか」

「いえ、それは……」正太郎が迷っているうちに、家の奥から彼の名前を呼ぶ声が聞こえた。

「今行くよ」怒鳴り返しておいてから、甲斐に頭を下げる。「すいません。こういう時なんで。とにかく何も話さないように言われていますから」

「どうしてそんなことを言われたと思う？」

「はい？」

「口封じだと思わなかったかな」

「父が何かやったって言うんですか？　ずっと病気で苦しんでいたんですよ」

そういう風に言うよう指示されたのか、と口にしかけたが、何とか呑みこむ。今の段階では、そこまで厳しく追及するだけの材料もない。

「申し訳ない。大変な時にお邪魔して」甲斐は丁寧に頭を下げた。頭上から、正太郎の質問が降ってくる。

「まさか、記事にするんじゃないでしょうね」

「それは、今の段階では何とも言えない」

「困ります。自殺なんて、記事にならないでしょう」

生意気な言い方は気に食わなかったが、ここで刺激するわけにはいかない、と自分に言い聞かせる。

「お取りこみ中のところ、申し訳ない」と謝ってからその場を離れた。車に乗りこむまでずっと、正太郎の鋭い視線が突き刺さってくるのを意識する。

何かおかしい。何かがずれている。しかし何が起きていたのか、推論するだけの材料すら持っていないのに気づいた。

これじゃ駄目だ。「勘」など、あらゆる場面で何の説得力も持たない。


「自殺の原稿は出ないんですか」

「そうだけど、どうして」浜田《はまだ》がパソコンのモニターから顔も上げずに訊ねた。

「県警の管理職ですよ？　ノータッチでいいんですか」

「若松からは、病気を苦にした自殺と聞いてるぜ。そういう状況だったら、何も水に落ちた犬を叩くような真似《まね》をしなくてもいいじゃないか」

「二階が、時松と接触しているんです」

「何だって？」ようやく浜田が甲斐の顔をまともに見た。だがその目に潜んでいたのは、「心配」ではなく「迷惑」だった。「いつの話だ」

「一週間ほど前です」

「あいつがいなくなる前か」浜田がほっと息を漏らした。「お前さんは二階の失踪に関係あると思っているかもしれないけど、随分昔の話じゃないか」

「でも、会っていた人間のうち一人が失踪して、一人が自殺しているんですよ？　何かあると思いませんか」

「考え過ぎだって」浜田がまたモニターに視線を戻す。「物事は、そんなに複雑なものじゃないぞ。たまたまだよ、たまたま。だって相手は、県警の管理官なんだろう？　普通に夜回りにだって行くだろうが。会った時に何かトラブルになっていたというならともかく……その辺は割り出せているのか？」

「当事者が二人ともいないんです。無理ですよ」

「つまり、二人の間に何があったかは、分からないわけだ……なあ、甲斐、あまり人の仕事に首を突っこむなよ」指をキーボードから離し、浜田が椅子《いす》ごと回して甲斐に向き直った。「若松たちが頼りなく見えるのは分かる。社会部でばりばりやってきたお前さんから見れば、まだまだガキみたいなものだろう。だけど支局は、人を育てる場でもあるんだからな。余計な口出しをしないで、成長を見守ってやるのも大事だ」

あんたが面倒臭がっているだけではないか、と思った。辛うじて言葉を呑みこみ、無言で一礼する。こいつには、話すだけ無駄だった、と後悔した。牧に話しておくべきかもしれないと思ったが、この状況では同じことを言われるだけだろう。俺の取材が甘いんだ、と自分を戒め、甲斐は脱いだばかりのコートを着こんで支局を出た。

誰も、自分に注目していなかった。

「何でそんなことを聞いてくるの？」背広に袖《そで》を通しながら、武藤《むとう》が鬱陶《うっとう》しそうな表情を浮かべた。五時過ぎ……確かに退庁時刻だが、所轄の刑事課長が引き上げるには早過ぎるのではないだろうか。「うちの管内の案件でもないのに」

「本当にそうですか？」

「どうして」武藤の視線が鋭く尖《とが》った。デスクの上に身を乗り出すようにして甲斐に近づき、低い声で耳打ちする。「こんなこと言いたくないけど、自殺なんて、こっちとしては恥なんだぜ。警察官っていうのは、強くて健全だっていうイメージを持ってなくちゃいけないんだから。あまりでかい声で言いふらすなよ、な？」

「この件、刑事課の人は皆知ってるんでしょう？　それにここには、関係者以外、誰も入らないはずだ」

「あんた以外はね」武藤がゆっくりと背筋を伸ばしながら、にやりと笑って言った。「あんたは特例ということですよ。つまり、記者としてここにいるわけじゃない。二階さんの関係者だから、出入りをフリーにしているんです。そこのところ、勘違いしないで欲しいな。警察は記者さんには厳しいけど、関係者には最大限気を遣うんだ」

そんなことはない、と分かっていた。警察の気遣いのない一言で傷つく被害者や遺族がどれだけ多いか、甲斐はよく知っている。

「それで、他の署の案件とうちと何の関係があるんですか」

一瞬躊躇った。記者と刑事の関係――仮に時松が二階のネタ元だったら、その事実は伏せておかねばならない。しかし二階の安否と天秤《てんびん》にかけたら……独断で、甲斐は二階が時松の家を訪ねたことがある、と明かした。

「別に珍しい話じゃないでしょう。あんただって夜回りぐらいはするんじゃないの」

「しかし、一人は行方不明で一人は自殺したんですよ。何かあると考えるのが自然でしょう」

「あのね、時松はしばらく休職していたんですよ。そう、一月ぐらい前からかな。状態がかなり悪化してね。仕事にならなかった」依然として立ったままで、武藤が告げる。

「そんな人のところに夜回りに行くのは変だと思いませんか」

「その理由を俺に聞かれても困る。お見舞いだったかもしれないし」

「夜中の十二時に、ですか？」

武藤が首を振った。いつの間にか背広を完全に着こんでおり、話が終わればすぐに立ち去ろうという勢いだ。

「調べないんですか？　関係あるかもしれませんよ」

「そうは思えないな。もう少しはっきりした話ならともかく、今は曖昧《あいまい》過ぎる」

「この事実、武藤さんは知らなかったんですか」

「知ってないとまずいかね」

「二階の動きを調べれば、すぐに分かることだと思いますが」

「何だか、俺が仕事をしていないみたいな言い方だね」静かな言い方だが、武藤の声には怒りが滲んでいた。

「そうは言ってません。だけど、俺の方が大分先に進んでいるのは間違いないみたいですね」

「そんなに自信があるなら、自分で調べてみればいいじゃないか。俺は別に止めないよ」武藤が別れの挨拶もなしに鞄《かばん》を摑み、自席を離れた。追いかけようかとも思ったが、彼の背中はあらゆる質問も非難も拒否していた。


「ヘマしたみたいですね」翔子《しょうこ》が階段の所で待ち構えていた。

「馬鹿にするためにわざわざ待ってたのか」甲斐は翔子の顔を一睨《ひとにら》みした。

「そこまで性格は悪くありませんよ」

「あの課長の下にいたら、悪い影響を受けるんじゃないかな」

すり抜けて階段を下りようとしたが、翔子に腕を摑まれた。しばし目線が絡み合った後、甲斐は腕をふるって彼女の戒めから逃れた。

「何が言いたい？」

「時松さん、自宅療養なんかしてませんよ」

「何だって？」

「精神的に調子が悪かったのは事実ですけど、毎日ちゃんと出勤してました」

「じゃあ、課長が嘘《うそ》をついたっていうのか」

「そういうことになりますね」

警察官が記者に嘘をつく。珍しい話ではない。だが、少し頭の回る警察官なら、嘘ではなく「ノーコメント」で押し通すはずだ。嘘がばれた時には、倍返しで報復される。ノーコメントなら、その後で何とでも言い抜けできるのだ。

「それをどうして、俺に教えてくれるんですか」

「それは……」翔子の顔に、初めて見る戸惑いが浮かんだ。「ちょっと、外で会えませんか」

「どうしてここじゃ駄目なんだ」事態が急に動き始めるのを意識しながら、甲斐は言った。彼女は情報源になるかもしれないが、この面会自体が罠《わな》である可能性も捨てられない。

「誰かに聞かれてもいいんですか」

「聞かれちゃまずい話なんだな」

「甲斐さん、少し頭の回転が鈍いんじゃないですか？　……二十分後に駅前のファミレスでどうでしょう」

「分かった。そっちこそ、すっぽかすなよ。それと他の人間を連れてきたり、録音してることが分かったら、そのまま書くからな」

「そんなこと、するわけないでしょう」翔子の耳が赤くなった。見透かされたと思っているのではなく、疑われた怒りだと信じることにして、甲斐はその場を立ち去った。何が何だか分からないが、今は一人でも味方が欲しかった。

翔子が先にファミレスに入っていた。当然のように喫煙席に座り、外を向いて煙を噴き出している。窓に当たった煙が拡散し、周辺を白く染めていった。顔の前で手を振って煙を払いながら、彼女の前の席に滑りこんだ。どうせならと思い、翔子の煙草《タバコ》を一本いただく。

「吸わないんじゃないですか」

勝手にライターで火を点《つ》け、口の中で煙を転がしながら甲斐は首を振った。まだ喉《のど》にまで入れる気にはなれない。

「そろそろ禁煙を解いてもいい頃だよ」

「一本、貸しですよ」

「案外ケチなんだな」

「一本からなし崩しになりますから」

「何が？」

翔子が口の中で何かもごもごとつぶやいた。単に言葉を転がしているだけであり、意味がないことはお互いに分かっていた。

「それで、本題は？」

「私たちは、二階さんを捜してません」

いきなりの言葉に、甲斐はすっと背筋を伸ばした。

「捜索願を出しているのに？」

「何もするな、という指示が出ています」

「何だって？」甲斐は煙草を灰皿に置いた。真っ直《ます》ぐ立ち上がった煙が広がり、二人の間に薄い幕を作る。

「どういう意味だ」

「言った通りですよ」翔子が肩をすくめる。「それ以上でもそれ以下でもありません」

「どこからの指示なんだ」

「それは私には分かりません。課長から言われただけですからね。当然、課長レベルで決められる話じゃないと思いますけど」

「どういうことなんだ」甲斐は煙草を取り上げたが、口元に持っていく途中で思い直して灰皿に押しつけた。まだ長い煙草が折れ、それを見た翔子が眉《まゆ》をひそめる。

「分かりません。とにかく、『何もしないでいい』と言われただけですから」

「いつ？」

「最初から」

「あなたは、ちゃんと捜していると言ったはずだ。あれは嘘だったんですか」

翔子が無言で甲斐を睨みつける。しかし耳が赤くなっており、己の嘘を悔いているのは明らかだった。そこをあまり突っこまず、甲斐は少しだけ声のトーンを落とした。

「どうして今になって言う気になったんだ」

「それは……」翔子が一瞬視線をテーブルに落とした。すぐに顔を上げたが、その時には目に強い光が蘇っていた。「やるべきことをやらないのはおかしいでしょう」

「建前じゃないんですか」

「刑事の仕事に本音も建前もありませんよ」

「馘《くび》になっても？」

「この状態で私が馘になったら、上の方が間違ってると思いませんか？」

「それは分からない」短い間目を閉じ、可能性を考える。捜さない理由……すぐには思いつかない。一瞬、警察官が二階を殺したのではないかと思った。身内の殺人犯を庇《かば》うために、捜査の手を抜く——あり得ない。あらゆる犯罪の中で殺しだけは別格なのだ。たとえ犯人が誰であっても、隠蔽《いんぺい》は許されない。少なくとも甲斐はそう信じたかった。

「どうして捜査しないと思う？　はっきりした話じゃなくても、可能性でいいから聞かせてくれないか」

「想像もつきませんね」翔子が首を傾げる。「捜されるとまずい事情……ということなんでしょうけど」

「分かった。それで、時松さんの方はどういう事情なんだ？」

「さっき言った通りです。自殺するような状況じゃなかったって聞いてます」

「それでも県警の中では、精神的な問題で自殺した、というシナリオになってるんだな」

「ええ」

「さっき、俺と武藤課長が話していたのは聞いただろう？　二階は時松さんと接触していたんだ。それは裏が取れている」

「二人の間に何かあったと思いますか？」

「分からないけど、偶然とは思えない」

「探ってみます」翔子が両手をきつく握り合わせた。

「本当に？　君が武藤課長のスパイじゃないという証拠は？」

「ないです」あっさりと言い切った。「あとは、甲斐さんが私を信じるかどうかです」

「信じる理由は何もないよな」

「お互いの血でも飲めば、納得してもらえますか」

「話が大袈裟なんだよ。あなたはそういうキャラじゃないと思ってたけど」

「私のことなんか、何も知らないでしょう」翔子の目が怒りで輝く。

「二階の記事で読んだことぐらいしか知らないな」

「あんな短い記事で何が分かりますか？」

「あなたの正義感」

何か言いかけた翔子の口が、かすかに開いたまま動かなくなる。ゆっくりと口がすぼみ、唇の両端に深い皺ができる。ややあって、搾り出すような低い声で言った。

「それだけじゃ、私が二階さんを捜す理由にはなりませんか」

「さっきも言ったけど、孤立する可能性もあるよ。警察みたいな組織の中で、誰にも相手にされなくなるのは辛いと思う」

「それでも……」

「歓迎するよ」握手を求めるべきだろうかと思ったが、甲斐は結局手を差し伸べなかった。そういうのは柄ではないと分かっている。「こっちは誰も味方がいないんだ。誰でも助かる」

「誰でも、ね」翔子が鼻を鳴らした。

簡単には信用するなよ。自分に言い聞かせながら、甲斐は一つの疑問を頭の中で転がしていた。警察も日報も、二階の捜索に力を入れていない。何故だ？　両者が結託して何かを企《たくら》んでいる？　何も知らないのは俺だけ、ということも考えられる。

もしもそうなら……謎の男が「気をつけろ」と警告したのは、この意味ではないかと思った。

6

「記事になります。いや、するべきです」甲斐《かい》は浜田《はまだ》のデスクに両手をつき、顔を近づけた。浜田が迷惑そうに椅子《いす》を引いて距離を置く。

「お前、何をむきになってるんだ」

「警察が明らかに嘘《うそ》をついてるんですよ。何か隠していると考えるのが自然でしょう。何かあるんです」

「あのな」浜田が膝《ひざ》を一つ叩《たた》いて顔を上げ、甲斐と向き合った。「確かに嘘はあったかもしれない。だけどそれは、死んだ警部の病状についてだろう？　自殺したという事実に変わりはないじゃないか。敢《あ》えて記事にするほどの理由があるのか」

甲斐は言葉を呑《の》んだ。浜田の言うことは正論である。たとえ時松《ときまつ》がどれほど病気に苦しんでいたとしても、自殺の動機がそういう個人的な問題なら、書けない。警察の嘘は重大な問題だが、果たして紙面で非難するようなことなのか。先走りし過ぎたか……一瞬反省してみるものの、やはりあの嘘は気になる。

理由なく嘘をつく人間はいないのだ。

「人を貸してもらえませんか？　誰かサツ回りを。もう少し突っこんで調べてみたいんです。支局長も、上から圧力をかけられていますし」

「この件、二《に》階《かい》の失踪《しっそう》と関係あるかどうかも分からないだろう。曖昧《あいまい》なんだよ。夜回り先だ、なんていう理屈は通用しないからな」浜田が釘《くぎ》を刺した。そうしながらも、視線はパソコンのモニターにちらちら向いている。

「関係ないかどうか、調べてみないと分からないでしょう」

「そのためにあんたをフリーハンドにしてるんだぜ？」浜田が声に怒気を滲《にじ》ませた。「何かはっきりと分かったならともかく、こんな曖昧な状態で人手は割けないよ。そうでなくても、いろいろあって忙しいんだ。皆自分の仕事を抱えてる」

「しかし――」

「この件はこれで終わり」浜田がぴしゃりと言って椅子を回した。「もちろん、二階を捜してもらわないと困るけど、寄り道してるといつまで経《た》っても見つからないぜ」

「これが寄り道かどうかも分からないんですよ。しかも、警察は真面目《まじめ》に二階を捜していないんです」

カーソルに乗せた浜田の指が止まった。ゆっくりと甲斐の顔を見て、「どういうことだ」と低い声で訊《たず》ねる。

「理由は分かりません。しかし、県警は最初から二階の行方をまともに捜していない、という情報があります」

「裏は取れてるのか、その話は」

「いや、まだ筋は一本ですね」

「お前の情報源は信用できるのか？　話はまずそこからだろうが」

翔子《しょうこ》の話を信じられるかどうか。極論すればそういうことになる。甲斐自身言ったことだが、彼女が武藤《むとう》のスパイである可能性も捨てきれないのだ。何らかの事情があって、翔子が甲斐を騙《だま》している――しかし、騙す事情とは何だ？　それこそ怪しいではないか。

頭がぐちゃぐちゃになってきた。外に出て少し冷やそうと思い、階段にさしかかると、コンビニの袋をぶら下げた小松《こまつ》と出くわす。

「何だよ、怖い顔して」にやにや笑いながら声をかけてくる。

「何でもないです」

「二階はどうした？」

「あいつを隠したがっている奴がいるみたいですね」

「何だい、それ」

「そんなこと分かりませんよ――失礼」携帯電話が鳴り出したので、慌てて階段を駆け下りる。小松と突っこんだ話をしないで済んだことを感謝する。踊り場を曲がったところで電話に出ると、真琴《まこと》の声が飛びこんできた。少ししわがれた、既に懐かしくなっている声。相変わらず煙草《タバコ》が手放せないようだ。

「どうしてる？」

「どうしてるもこうしてるもないよ」いきなり愚痴っぽくなってしまったのに、自分でも驚く。俺はこんなに情けない人間だったのか？

「話は聞いてるけど、深刻なの？」

「ちょっと待て」階段を降り切り、日本大通りに足を踏み出した途端、コートを着てこなかったことを後悔する。寒風が広い道路を吹き抜け、思わず身震いした。一階の駐車場に入ると、辛うじて風は避けられる。

「どうかした？」

「いや、そうじゃなくて、本社ではそんなに噂《うわさ》になってるのか」

「噂じゃなくて、皆知ってるわよ。箝口令《かんこうれい》は敷かれてるけど、こういうことって隠しておけないでしょう」

「参ったな……」駐車場の汚れた天井を見上げ、嘆息をつく。「どうせいろいろ無責任なことを言われてるんだろう」

「でもね、入社二年目の子だから。本社にはほとんど知り合いはいないし、『よく分からない』っていう話よ。どうなの？　あなたが調べてるんだって？」

「暇な人間は俺しかいない」

「全力で調べなきゃいけない話なのにね」呆《あき》れたように真琴が言った。「手が空いていれば、私が助けたいところよ」

「期待してないよ。デスクさんはいろいろ忙しいんだろう？　人の原稿の尻拭《しりぬぐ》いやら何やらで」

「何だか、そっちに行ってから皮肉っぽくなった？」彼女の口調の方がよほど皮肉を感じさせた。「そこで腐ってるのもいいけど、それじゃ本当に駄目になるわよ」

「分かってるって。腐ってるわけじゃない。状況がはっきりしないから、苛々《いらいら》してるだけだよ」

「あのね」急に真面目な口調に変わる。「社会部長がにやにやしてるわよ」

一気に顔が紅潮するのが分かる。脳出血でも起こしたのではないかと思えるほどの衝撃で、目の前が赤くなった。

「何だよ、それ」搾り出した言葉は情けなく震えた。

「あなたの失敗を待ってる人だっているのよ。水に落ちた犬を叩きたいわけね」

「俺は犬かよ」

「今だったら犬以下じゃない？」からかうように真琴が言った。「何もできてないんだから」

「分かってるよ」次第にクールダウンしてきた。同期ならではの、遠慮ない物言いが頭を冷やしてくれた。

「何とかする」

「支局の方、どんな様子なの？」

「困った話で、行方不明になってる奴は、嫌われ者だったんだ」

真琴が声を上げて笑った。

「嫌われ者が嫌われ者を捜すっていうわけね」

「言い過ぎだぜ」

「ごめん、ごめん」謝罪する真琴の口調は実に軽かった。「ということは、横浜支局には協力してくれる人間もいないわけね」

「皆、どうでもいいような感じだな。本社の地方部は発破をかけてるけど、人手も割いてくれない」

「ひどい話ね……でも、あなたにも味方がいないわけじゃないんだから。頼ってみたら？」

「誰を」

「そんなの、自分で考えなさいよ。もちろん、私は駄目だからね。そもそも、そういう荒っぽい仕事が性に合わなくて、生活部に来たんだから。でも、そういうことが得意な人はいくらでもいるでしょう」

「まあな」

「一つ、忠告しておくわ。ちゃんと頭を下げるのよ」

「それぐらい、分かってる」

「分かってないでしょう？　頭を下げるっていうことは、誠心誠意、相手を信用して全《すべ》てを委《ゆだ》ねることよ。自分以外誰も信じていないっていう態度は、相手にも気づかれるから」

「俺はそこまで傲慢《ごうまん》じゃないよ」

「傲慢じゃなかったら、社会部を追い出されることもなかったでしょうね……ごめんね、口が悪くて。でも、同期の忠告だと思って、聞いておいた方がいいわよ」

真琴はペースを崩さず軽い口調で喋《しゃべ》り続けた。電話を切った後、甲斐の頭には、一人の人間の顔が浮かんでいた。頼るとしたらあいつしかいないだろう。問題は、真琴が言う通りで、素直に頭を下げられるかどうかだ。自分では特にプライドの高い人間だとも思っていないのだが……。とにかく今は、頭を下げることも厭《いと》わない、という気持ちが強かった。謎《なぞ》の洪水の中で溺《おぼ》れてしまうよりは、「頼む」の一言を素直に吐く方がいい。

こういう時に限って、会いたい相手が捕まらない。携帯電話にはメッセージを残したのだが、返事はなかった。ただぼうっと時間を潰《つぶ》すのも馬鹿らしく、甲斐はもう一度美春《みはる》に会っておくことにした。時松の話を出せば、何か思い出すかもしれない。具体的な情報はいつでも、記憶を蘇《よみがえ》らせるよすがになるのだ。

電話をかけると、美春は面会を快諾した。「手がかりはない」と正直に話したのだが、それでも構わない、という。かなり切羽詰まった状態ではないかと、甲斐は不安を覚えた。何でもいいから、とにかく恋人の話を聞きたい――追いこまれている。

今回は、美春の会社がある品川で会うことにした。彼女との面談を終えたら、その足で本社に向かうつもりでいる。問題はその後。どうやって切り出すかを考えているうちに、京浜東北線はいつの間にか蒲田《かまた》駅に着いていた。東京か……久しぶりと言えば久しぶりだ。いや、そんなこともない。ついこの間まで、東京で暮らし、仕事をしていたのだから。二階の両親を迎えに羽田にも行った。いつの間にか、感覚が横浜の人間のそれになってしまったのだろうか。

美春の会社の最寄り駅は大井町である。JR、東急、りんかい線と二つの路線が乗り入れるターミナル駅なのだが、駅周辺は地味な雰囲気が濃い。駅の西側はロータリーの周辺に新しい商業ビルが建ち並ぶ郊外の街だが、東側は小さな商店や飲食店がずらりと軒を並べており、下町の気配が濃い。既に街は夕暮れに染まり、商店街は買い物客で溢《あふ》れていた。人波を縫うように歩きながら、甲斐は美春の会社が入っている雑居ビルに辿《たど》り着いた。全体に古びた街の中で、そのビルだけが新しく、異質な雰囲気を放っている。ガラスを多用した清潔感溢れる建物で、白い外観は闇《やみ》の中に浮き上がるようだった。

美春は建物の外に出て立っていた。コートを着ているのに、寒そうに自分の上体を抱いている。実際、水の中を歩いているように、足元を冷たい風が吹きぬける陽気ではあるのだが。

「どうもすいません、遅れました」甲斐は手首を返して腕時計を確認した。約束の時間まではまだ五分ある……美春はいつからここで待っていたのだろう。

「いえ、大丈夫です」

「仕事は平気ですか？」本来なら、業務は終わる時間だろう。半端に待たせてしまったのではないか、と不安になった。

「ええ。今日は遅くなりますから。ちょっと抜け出して来たんです」

「取り敢えず、どこかでお茶でも飲みましょう。こう寒いと、外で話はできませんよ」

「任せてもらっていいですか？」

「構いません。この辺はよく知りませんから」昔の大井町なら、少しは知っていた。十年以上前には、二方面のサツ回り——品川区と大田区内の警察署と街が担当だ——をしていたのだから。比較的事件の少ない時期で、街をよく歩いた記憶がある。もっともその頃はまだ、りんかい線も全通していなかったし、街の光景も今よりずっと地味な感じだった。今歩いてみると、初めて訪れる街のような感じが消えない。

美春が案内してくれたのは、会社のすぐ側《そば》にある喫茶店だった。古い三階建てのビルの一階にあるが、店自体は新しいようだ。全面がガラス張りで、中の様子が丸見えだった。木の質感を生かしたインテリアに、白を中心にした什器《じゅうき》類。そういう店か、と甲斐は鼻白んだ。大して美味《うま》くもないコーヒーに、小鳥の餌《えさ》のような量の料理を出す。当然全面禁煙だろう。そう考えると、妙に煙草が吸いたくなってくる。

予想に反して、日本茶しか出さない店だった。雰囲気は、すかしたカフェそのものなのだが。

「珍しい店ですね」

「よく来るんです。コーヒーや紅茶の気分じゃない時、ありますよね」脱いだコートを丁寧に畳みながら美春が言った。

「日本人はやっぱり緑茶かな」

高い。お茶の種類ではなく産地で区別しているのだが、八女茶《やめちゃ》七百円、宇治茶六百五十円と結構高い。それを指摘すると、美春がくすりと笑った。

「この値段だと、当然和菓子とかついてるんでしょうね」

「お茶だけですよ。もちろん、お菓子もありますけど……食べますか?」

「いやいや」苦笑しながら顔の前で手を振った。「甘いものは苦手なんです。ただ、お茶だけにしては高いな」

「ポットにたっぷり入ってきますから」弁解するように美春が言った。

確かに、量はたっぷりだったし、香りも高かった。普段、緑茶をじっくり味わう機会などないのだが、これも悪くない、と甲斐は思った。

「それで……二階君のことは……」

「すいません。無駄話が多かったですね。申し訳ないんですけど、彼の行方に関する直接の手がかりはまだないんです」

「そうですか……」

「ただ、いなくなる直前に彼が会っていた人が分かったんですよ」

「誰ですか」美春の目つきが鋭くなった。女の存在を疑っているのかもしれない。

「神奈川県警の警部なんです。取材だと思うんですけど、この警部がその後——今朝、自殺しました」

美春の背筋がすっと伸び、目に暗い光が宿った。

「どういうことなんですか」

「まだ関係は分かりません。ただ、関係の……面識のある二人が、一人は行方不明になって、一人が自殺というのは奇妙な感じもします」

「そうですね」

美春が唇に拳《こぶし》を押し当てた。目が潤み、頬《ほお》が震え出す。甲斐は敢えて慰めの言葉をかけず、質問を続けた。

「時松という生活経済課の警部なんですが、名前を聞いたことはありませんか」

「ない、です。ないと思います」

「はっきり断言はできませんか」

「ええ。仕事のことをはっきり言う人じゃありませんでしたから」

「秘密もあるからなあ」

「何か、嫌な感じですね」美春がうつむいた。「何でも喋れるわけじゃないのは分かりますけど、何も知らないのは馬鹿みたいですよね」

「そんなことはない」甲斐は強い口調で否定した。「我々の仕事は、秘密が多いんです。大抵は隠すほどの話でもないんですけど、つい、秘密にしてしまう癖がつくんですよ。一度喋り出すと、全部喋ることになってしまいますしね。二階なりに、用心していたんでしょう」

「何だか、彼のこと、何も知らなかったんじゃないかって思えてきて」

「そんなことはない。あなたが一番、二階のことについては詳しいはずですよ……そうだ、あいつのご両親が上京してきているんです」

「そうなんですか」美春が目を見開く。

「会ったことは？」

「ないです……まだ」

両親に紹介するまでの仲ではない、ということか。実家が東京なら、気楽に家に連れて行くかもしれないが、九州となると、それなりの覚悟がなければ行けないだろう。

「会っておいた方がいいんでしょうか」

「それはどうかな。面識があれば会った方がいいけど、知らないとなると、やめておいた方がいいかもしれませんね。どうしても会いたいということだったら、私が仲介してもいいですけど」

「そうですね……やめておいた方がいいでしょうね、今は」美春が目を伏せる。

「ご両親も心配していますけど、今の段階では、会ってもプラスになることはないんじゃないかな」

「分かりました」さっとうなずき、青磁の湯呑みに手を伸ばす。掴《つか》み上げようとして手が震え、少し茶を零《こぼ》してしまった。

「落ち着いて」

「駄目なんです」お絞りで濡《ぬ》れたテーブルを拭《ふ》きながら、美春が震える声で言った。「最近、眠れなくて……私も捜したいんですけど、何をどうしていいのか全然分からないんです」

「分かります」甲斐は茶を一口飲んだ。深い味わいだが、それを楽しんでいる気持ちの余裕はない。「焦っても仕方がない。気持ちを楽に持って……と言っても無理かもしれませんね。でも、今の私にはそれぐらいしか言えません。いい報告ができないのは残念なんですけど」

「いいえ……でも、警察が捜していても見つからないんですか」

警察は捜していない。しかし、その事実を告げることはできなかった。彼女は、まるで見捨てられたように感じてしまうだろう。

「仮定の話ですけど、二階は本人の意思で姿を隠しているのかもしれません。本人がその気になって身を隠せば、捜し出すのは意外と難しいですからね」

「自分の意思でって……家出ということですか」大きな目から今にも涙を零しそうになりながら、美春が強い口調で抗議した。

「そういう意味じゃありませんよ」甲斐は慌てて否定した。「例えば、二階の身に危険が迫っているとします。そういう時、どうしますか？」

「逃げるでしょうね」

「それが自然な反応でしょう？　危険から逃れるために身を隠す、それは十分ありうることです」

「そんなに危ない状況だったんですか」

「それが分からないから困っているんです」甲斐はがしがしと頭を掻《か》いた。「申し訳ないです、力不足で」

「いえ……」

美春の否定は、語尾が力なく消えた。本当に力不足だと思っているのだ、と甲斐は情けなく思った。このまま二階を見つけられなければ、俺はまた笑い者になるだろう。もしかしたら全部が陰謀なのか？　二階が見つからないという前提で、俺に捜索を押しつける。結局は失敗に終わり、「だからあいつは駄目なんだ」と失笑する……まさか。そんなことをして何になる？　だいたい俺を会社から放《ほう》り出すなら、こんなややこしい手を使わずとも何とでもなるはずだ。ただ「馘《くび》」を言い渡せば済む。理由など、何とでもつけられるだろう。

まずい。俺が被害妄想に浸っている場合ではないのだ。傷ついているのは目の前の美春なのだから。優しい慰めの一つも口にできなくてどうする。しかし適当な言葉がまったく出てこない。

自分の語彙《ごい》の乏しさにうんざりするだけだった。


「何ですって？」

「返事ぐらい寄越せよ」思わず愚痴が口を突いて出る。

「今戻って来たばかりなんですよ」すかさず橋元《はしもと》が言い訳した。「ちょっと電話に出られない感じだったんで」

「それは分かるけどさ、留守電ぐらいはすぐに確認するもんだろう」

「分かりました、それは謝りますよ……それで、何ですか」

「ちょっと会えないかな」甲斐は腕時計で時間を確認した。七時半。原稿を抱えていれば、ちょうど忙しい時間帯だ。

「これからですか？　どこで？」

「そうだな……」

甲斐は道路の向こうにそびえる日報の本社ビルを見上げた。十年前に建てられた二十五階建ての本社ビルは、古いビジネス街のランドマークになっている。この建物に関して特別な感慨を抱いたことはなかったが、今は違う。自分でも驚いたが、足がすくんでしまった。

「あそこでどうだろう、『しおじま』は」

「いいですけど……」橋元の声に疑念が滲んだ。「甲斐さん、どこにいるんですか」

「ああ、ええと……本社のすぐ前だ」

「何だ、だったら中で待ってて下さいよ。あと三十分ぐらいかかりますから」

「いや、それはいい」甲斐は即座に断った。「じゃあ、三十分後に、『しおじま』で会おう」

「構いませんけど、やっぱり会社には入りにくいんですか？」

「嫌なこと聞くね、お前も」

橋元がくすくす笑いながら電話を切った。甲斐はぶらぶらと街を歩き出した。ただ歩いているだけで、考えがまとまってくることもある。今夜もそれを期待したのだが、細かい木片が河に流されるように、散り散りに砕けた思考の断片が頭の中を漂うだけだった。二階と時松の関係……時松の家にあったベンツ……嘘をつく警察。気づいた時には、約束の時間を五分過ぎていた。慌てて、本社から少し離れた場所にある「しおじま」まで小走りに急ぐ。

「しおじま」は、日報社会部の溜《た》まり場で、特に酒を呑まない人間は愛用していた。昼に店を開けると、夜十一時の閉店まで休憩はなし。料理はそこそこの味だがコーヒーが美味く、午後になるとこの店で昼寝をしたり、打ち合わせをしている記者の姿がよく見られる。

先に来ていた橋元が甲斐を見つけ、手を挙げる。一番奥の席に一人座り、コーヒーをスプーンでかき回していた。甲斐は彼の前に座ると、コートも脱がないままコーヒーを注文した。

「飯は？」

「話をしてからにしませんか？　飯ぐらい、落ち着いて食いたいから」

「何で落ち着かないって思う？」

「甲斐さんがわざわざ横浜から出て来たんですから、難しい話に決まってるでしょう。ここのチーズハンバーグを食いながら聞けるような話じゃないはずですよね」

「当たり、だな」

腹は減っていないと思っていたのに、急にこの店のハンバーグの味が懐かしくなった。中にたっぷりチーズをしこんだハンバーグステーキはこの店の名物で、昼のランチでは八割の客がこれを頼む、と聞いたことがある。夜も同じメニューがあるが、少し量が多く、少し値段が高い。

橋元がメニューを取り上げ、料理を吟味し始める。

「チーズハンバーグに決まってるんじゃないのか」

「いや、最近フライが美味くてですね。試してみたらどうです？」

「そうだな」

「横浜も飯が美味いでしょう？　太りませんか？」

「今のところ、太っている暇もない」

「へえ。でも、忙しいのは結構なことですよね」ぱたりとメニューを伏せ、甲斐の顔を凝視する。「例の若い記者の件でしょう」

「ああ」

相変わらず鋭い。外見上は、まったく鋭さを感じさせない男なのだが……小柄で小太り。丸顔はパンパンに張り、垂れ目のせいもあって、相手に警戒感を抱かせない。いつもだらしなくネクタイを緩め、サイズの合わないズボンを始終引っ張り上げるのが癖だった。

「本社でも、あれこれ噂になってますよ」

「どんな風に」

「まあ、いろいろ」橋元が言葉を濁した。「要するに、全部嘘だと思います。俺が調べた限りではね」

「何が分かったんだ」

「何も分からない、ということですね」

「そういうことなんだ」甲斐は溜息《ためいき》をついた。後輩に弱点を指摘されたような気分になる。

橋元は甲斐の二年後輩で、入れ違いに警察庁を担当した。離れて遊軍になった後は、甲斐の方で何かと橋元の取材を手伝うことがあった。見た目と裏腹の洞察の深さと鋭さには、何度も驚かされたものである。後輩の中では一番気の合う仲間だった。同期や先輩に頼みにくいことでも、後輩になら……という甘えもあった。

「どうしちゃったんでしょうね、本当に」橋元が眉《まゆ》をひそめながら、指を折り始めた。「個人的な問題はない、取材で行き詰まっていたわけでもない、支局内の人間関係にもトラブルはない……」

「その辺は当たってるよ。支局内のトラブルについては、ちょっと怪しいけどな」

「何かあったんですか？」

「奴は嫌われ者だった」

「それを気に病んで自殺したとか、ですかね」橋元がさらりと言った。

「そこまで深刻じゃないと思う。要するに『困った奴だ』っていうレベルだ」

「なるほど、ですね」橋元が腕を組み、首を傾《かし》げた。「どんなタイプだったんですか」

「マイペースの秘密主義。空気は読めないタイプだな」

「ああ」橋元が皮肉に笑った。「ということは、他人が何を言おうが気にするタイプじゃない、ということか」

「そうだな。だから、人間関係で悩んで、というのはあり得ないと思う。俺が気にしてるのは、むしろ警察の動きだよ」

「どういうことですか」

警察が実質的に捜査をしていない、という状況を説明した。続いて二階が接触していた警部が自殺した件。いつもの癖で、顔も挙げずにメモ帳に殴り書きしていたが、話が進むに連れ、橋元の眉間《みけん》の皺《しわ》が深くなる。

「何か隠しているわけですね」

「ああ。神奈川県警だからな……またやばいことになってるのかもしれない」

「あそこはひどいですからねえ。警察庁から見れば、未《いま》だに要注意ですよ」

「何か具体的な問題でもあるのか？」

「今は特にないはずですけど、前科が前科ですから。どうも、ああいう体質は簡単には治らないんですね。不祥事を起こした連中は根こそぎ辞めさせているはずなのに、また別の問題が起きる……体質としか言いようがありませんよ」

「警視庁にだって、問題を起こす奴はいるんだけどな」

「警視庁の場合は四万人もいますから、目立たないんでしょうね。それに神奈川県警は脇《わき》が甘いから、よくマスコミ先行で問題が発覚するでしょう？　それでダメージが大きくなるんだから、自業自得ですよ」

「それは、県警の中に正義感の強い人間が多い証拠じゃないか？　だから内部告発で発覚するケースが多い」

「そういう問題じゃないと思いますけどね」橋元が苦笑した。「どう考えても、褒められた話じゃないですよ」

「まあね……でも、警察が行方不明者の捜査をしない理由なんて考えられるか？」

「もう死んでるって分かってる場合とか」

「それだったら、普通に事実関係を話すだろう。隠す理由がない」

「そうですよねえ。これといった理由は見つからないなあ。もう一つ、その女性刑事ですけど……」

「浅羽《あさば》翔子」

「そうそう、その浅羽翔子が嘘をついてる可能性はありませんか」

「ないとは言えない。ただその場合も、彼女がどうしてそんなことをするのか、分からないんだ」

「重度の虚言癖とか」

「そういう感じじゃないんだよな……今年の春、二階がその浅羽翔子を取材してるんだ。県警の推薦でね。

虚言癖のあるような人間を、新聞に取り上げてもらおうとは思わないだろう」

「うーん」橋元は簡単には引き下がらなかった。「だったら、その女性刑事が二階を殺したとか」

「おいおい」

甲斐は目を細めたが、橋元は大真面目に続けた。

「男女関係がもつれて殺してしまった。死体は今頃、横浜港の底に沈んでいるか、丹沢の山の中でしょう。それを隠すために、妙な嘘をついたとか」

「あり得ないな。だって、そんなことを言われたら、こっちは疑ってますますむきになって二階を捜すじゃないか。こっちの捜索を打ち切りたいんだったら、もっと別の嘘をつかないと」

「そうですか……」低い唸《うな》り声を上げながら、橋元がきつく腕を組んだ。「いろいろあるけど、関連性がまったく分からない状況なんですね」

「ああ」

「それで？　愚痴を零しに来たわけじゃないでしょう？」

「探りを入れて欲しいんだ。県警に何か変な動きがないか、何かを隠していないか。神奈川県警に関しては、警察庁も警戒してるはずだよな？」

「それはそうですけど、俺は今、専門に警察庁を回っているわけじゃないですよ。そんなに簡単に情報が取れるとも思えないし。まあ、担当の甲本《こうもと》には耳打ちしておいてもいいけど」

「それは待ってくれないか。話を広げたくないんだ。できればお前のところで話を留《とど》めておいて欲しい」

「分かりました……これ、事件だと思いますか」

「可能性は否定できないな」

「嫌な話ですねえ」橋元がようやく腕を解く。それで緊張の栓が抜けたように、深く吐息をついた。

「嫌な話だよ」認めて、運ばれてきたコーヒーに口をつけた。相変わらず美味いが、味を感じられるのは一瞬で、すぐに舌と喉《のど》を素通りしていく。「しかし、ちょっと悔しい気もする」

「何がですか」

「二階はまだ二年生なんだ。そいつが、身に危険が迫るほどの重要なネタを摑んでいたかもしれないんだぜ？　そう考えると、何だか出し抜かれたような気がする」

橋元が乾いた笑い声を上げた。

「何だよ」

「いや、そんな若い記者をライバル視しても仕方ないでしょう」

「それはそうだけど……おい、飯を食べようよ。用件はこれで終わりだから」

「そうしましょう。やっぱりチーズハンバーグにしよう。甲斐さんも同じでいいですか？」

「ああ」

この店のチーズハンバーグを美味く食べるコツは、最初に必ず真ん中から切ることだ。チーズがどろりと流れ出すのを、まず視覚で楽しむ。しかし何十回と経験したその光景を思い浮かべても、一向に食欲は湧《わ》いてこないのだった。

「甲斐さん、他の可能性はどうなんですか」注文を終えると、橋元がいきなり切り出した。

「他って？」コーヒーを啜《すす》りながら確認する。

「その、二階という男本人に何か問題はなかったか、ということですよ。仕事とは関係なく、個人的な事情で行方をくらますような理由はないのか……」

「今のところ、そういう情報はないな」

「突っこみが甘いんじゃないですか」

橋元の指摘に思わずむっとしたが、次の瞬間にはもっともだ、と思い直す。俺は彼のことをどれだけ知っているのだろう。普段どんな人間と会っていたのか、あったかどうかも分からないが、私生活はどんな具合だったのか。

「例えば、ですよ」橋元がシュガーポットの位置を直した。「下半身の問題があったとしたらどうします？　県警はそれをとっくに摑んでいる。ただし、事件化できるようなものではない。だから捜査しない、という方針を立てた」

「分かってるなら、俺に正直に言わないのはおかしいだろうが」

「そうですけど、何か事情があるかもしれないじゃないですか。本人の名誉のため、とか。それを甲斐さんが自分で探り出すのは問題ないとしても、警察として教えるわけにはいかないと思っている、とかね」

「分からんな」甲斐はコーヒーカップを押しやった。「そもそも、そういう下半身の事情が想像できない。あいつ、ちゃんと恋人がいるんだぜ」

「恋人がいようが奥さんがいようが、馬鹿なことをする人間はいくらでもいるでしょう？　甲斐さんがそんなことを分からないわけがないと思うけどな……横浜に行って、少し甘くなりました？」

「そんなはず、ないだろう。まだ一月も経ってないんだ」

「気をつけて下さいよ」橋元が声を潜め、周囲に視線を投げる。会社の人間がいないか、確かめているようだった。「まだ終わった訳じゃないんです」

「どういう意味だ」釣られて、甲斐も声を低くした。

「甲斐さんを横浜へ出しただけじゃ、まだ満足してない人間がいるってことですよ。俺は本当に下らないと思うけど、会社っていうところには、下司《げす》な人間も少なくないですからね」

「なるほど……」軽く返事しながら、甲斐は鼓動が跳ね上がるのを感じた。水に落ちた犬は溺れるまで叩く。真琴も同じようなことを言っていた。「最近、社会部の様子はどうなんだ」「戦時中の情報統制もかくや、という暗黒時代ですね」

「阿呆《あほう》でも、恐怖政治ぐらいはできるわけだ」

「だから」橋元が唇の前で人差し指を立てた。「そういうことを大きい声で言うから、こんな目に遭ってるんでしょう？　甲斐さん、そろそろ大人になって下さいよ」

「だけどお前だって、あの男は阿呆だと思ってるだろう？」

「それは当然ですけど、永遠に俺の上司ってわけじゃないですからね。いつかはいなくなるんです。少しの間、我慢すればいいだけじゃないですか。甲斐さんは、我慢できない人だからな……今時、そういうのは流行《はや》らないですよ」

いいんだ、時代遅れで。言葉にせずに開き直ってみたが、空しい風が胸に吹くだけだった。

橋元と別れた途端に、彼の言葉が気になり出した。下半身の問題。二階の私生活。美春の他に女がいた可能性は……あるいはギャンブルとか。借金がかさんで身動きが取れなくなり、どこかに姿を隠している可能性もないとは言えない。

だが、様々な要素がその可能性を否定した。そもそも、甲斐に声をかけてきたあの男の存在はどうなる。棘《とげ》のように気持ちに引っかかっているのだが、考えれば考えるほど、忠告の意味が分からなくなる。想像するだけなら簡単だ——二階は何か大きな存在を相手にしていた。それは日報の若手記者など簡単に呑みこんでしまうほどの相手なのだろう。

毎年、世界中で多くの記者が死ぬ。多くは戦争取材の現場なのだが、南米やロシアでは、テロや暗殺に近い形で殺されるケースも少なくない。二階がそういう組織の牙《きば》にかかったら……あり得ない。日本で危険な組織といえばまず暴力団だが、その取材で記者が命を落としそうになったケースはほとんどないのだ。暴力団は基本的に馬鹿ではない。記者に危害を加えると、後にどれだけ厄介な問題が控えているか、嫌というほど分かっているはずだ。そういうことを気にしない組織……すぐには思い浮かばない。

橋元のアドバイスは、無視するわけにもいかないだろう。あらゆる可能性を潰して、最後に残るのが真実なのだ。

事情聴取できる人間がいる。そう思い直し、甲斐は雑踏を抜けて駅に向かった。不景気だと言われる割に、人出は多い。それは悪いことではないのだろうが、人波の中で呼吸さえ困難になる状況は、今は煩わしいだけだった。


二階と同期で横浜支局に赴任してきたのは長谷《はせ》だけである。そもそもこの男にちゃんと話を聴いていなかった、と思い出して、甲斐は支局の外から呼び出した。衆人環視の支局の中では、何となく話しにくい。

原稿を書き終えたばかりの長谷が、目をしょぼしょぼさせながら支局から出て来るのが見えた。自分の車に乗りこんで待機していた甲斐は、その姿を認めると同時にクラクションを鳴らした。間の抜けた音が夜の街に響き渡り、長谷が不審気に周囲を見渡す。ドアを開けて甲斐が外に出ると、ようやく気づいたようで、小走りに道路を横断した。禁煙は続行中で、相変わらずガムを噛《か》んでいる。何か気に食わないことでもあったのか、顎《あご》の運動をするような激しさだった。

「何なんですか、いきなり」

「まあ、乗れよ」

「支局で話せばいいじゃないですか」長谷が身を震わせる。コートも着ていないのだ。

「とにかく乗れって。寒いだろう？　外じゃ話もできないぜ」

長い足を折り畳むようにしながら、長谷が渋々助手席に腰を下ろした。甲斐はエアコンの温度設定を上げ、彼の方に温風が向くように吹き出し口の向きを調整した。長谷の表情が少しだけ緩むのを見て、甲斐は車を出した。どこへ行く当てもなく、慎重にアクセルを踏みこむ。支局の建物がすぐに小さくなり、林立するビルの隙間《すきま》から見えるランドマークタワーが少しずつ大きくなった。

「用事は何ですか」

「二階のことだ」

「ええ」

「あいつ、どんな奴だった？」

「何なんですか、今更」長谷が鼻を鳴らした。「見つかってないんでしょう？」

「依然として手がかりなし、だ」

「それで、今になって『どんな奴だった』ですか？　いいですよ。喋ります。あいつは皆に嫌われていた。俺だって大嫌いでしたよ。約束は破る、ルーティーンの仕事はすっぽかす、自分勝手な理屈で単独行動はする……大した記者でもないのに、大物ぶってただけなんだ」

長谷の憤りに驚きながらも、甲斐は冷静に指摘した。

「どうして過去形で喋った？」

「はい？」

「君は今、『大嫌いでした』と言った。もう、あいつが死んでるみたいな口ぶりだな」

「俺が殺したとでも言うんですか！」長谷が声を荒らげた。「停《と》めて下さい！　降ります」

「落ち着け」長谷がドアに手をかけるのを見て、甲斐はアクセルを深く踏みこんだ。大した車ではないが、あっという間にスピードメーターの針が八十キロを越える。このスピードで走る車から飛び降りるのは不可能だ。

「誰も、お前がやったなんて言ってない。ただな、隠してることがあるなら早く言ってくれ。今回の一件は、どう考えても異常だ。状況がおかし過ぎる」

「何が異常なんですか」荒い息を整えようと、苦しそうな口調で長谷が訊ねる。

「全部、かな。筋が合わないことが多過ぎるんだ。だから俺は、原点に戻って考えてみようと思った」

「原点？」

長谷の声が落ち着いていたので、甲斐はアクセルを戻した。夜で交通量が少ないとはいえ、横浜の市街地をこのスピードで走るのは心臓に良くない。

「二階が自分の意思で失踪したとしたらどうか、ということだ。姿を隠すような理由があったのかどうか、それを知りたい。仕事上のトラブルなのか、支局の人間関係なのか……」

不意に、あり得ない可能性ではない、と思いついた。例えば部屋が荒らされていたこと。あれも、二階が自分でやったと仮定できる。そしてあいつは、何人かの人間を味方につけ、隠蔽《いんぺい》工作を図った。例えば甲斐に接触してきた謎の男。あるいは武藤。この二人を籠絡《ろうらく》しておけば、こっちの動きが鈍ると踏んだのかもしれない。

「人間関係は最悪でしょう」長谷が覚めた口調で言った。「上には嫌われてる、下の連中にも煙たがられてる。あれで、たまに独材を書かなければ、とっくに放り出されてるはずですよ」

「仲良くやるだけが正しいとは思えないけどな」

「あいつの肩を持つんですか」

「そういう意味じゃない。だけど二階は、自分が嫌われているのも苦にしていなかったんだろう？」

「太い神経が二、三本抜けてるんですよ、あいつは。どうしてそんなことになったかは、分からないけど」

「どっちにしても、支局内の人間関係を苦にして失踪するようなことは考えられないんだな？」

「少なくとも俺には、想像もつきません」

「取材先はどうだ？　態度が悪いと、取材相手が敵になることもある」

「あいつは秘密主義だから」長谷がまた鼻を鳴らす。ガムを噛むスピードが一段と上がった。「そもそも誰にどんな取材をしていたかも分かりませんね」

「自殺した警部……時松とはどうなんだ？　昔からの取材先なのか」

「違いますね」今度はやけにはっきりした断言。

「どうしてそう言い切れる？」

「俺たち、一年生の後半から本部も回るようになったんですけど、あいつは生活安全部を担当してませんでしたから。そっちは俺の担当でした」

「じゃあ、君は時松を知ってるのか？」

「挨拶《あいさつ》したぐらいですね。名刺は持ってるはずだけど、直接取材するようなネタはなかったですから」

ネタはなくても、無駄話でもいい。ただ名刺を渡しておしまいではなく、何とかして顔をつないでおくことで、いざという時に協力してもらえるのだ——そんな説教をするのはいかにも自分らしくない感じがして、甲斐は言葉を呑みこんだ。

「会ってはいるんだよな？　どんな感じの人だった？　最近は病気を患っていたようだけど」

「俺が会っていた頃は、そんな雰囲気は全然なかったですね。体も大きくて、豪快なタイプでした。趣味はカラオケだって言ってたな。下の人は、あの人と一緒に行くとマイクを独占されるから嫌だって言ってたけど」

「自殺するようなタイプじゃない？」

「違いますね。あくまで俺の印象では、ですけど」長谷が慎重に言った。「本当のところがどうかは、分かりません。そこまで深いつき合いはしてませんでしたから」

「二階が時松を取材していた可能性は……」

「今なら、当然あるでしょうね。サブキャップなんだから、普段は本部に詰めてるわけでしょう？　取材しない方が変じゃないかな」

「最近、生活安全部では大きな事件はなかったのか？」

「そんなの、知りませんよ」長谷が呆れたように言った。「俺は市役所の担当ですからね。もう、サツ回りは卒業したんです」

その経験が忌むべきものであるかのような、乱暴な口調だった。サツ回り時代に痛い目に遭う記者は多いのだが……彼の口ぶりは、全人格を否定されるような経験をした者のそれだった。

「同期だろう？　話もしなかったのか」

「そういうことです」長谷がしれっとした口調で言った。「だって、話すこともないですからね」

「お前ね……」甲斐は呆れて首を振った。その拍子に赤信号を見落としそうになり、慌ててブレーキを踏みこむ。シートベルトをしていなかった長谷が、慌てて両手をダッシュボードに突っ張った。

「勘弁して下さいよ、甲斐さん」

「ああ……」甲斐は手の甲で額を拭《ぬぐ》った。汗をかいているわけではないのだが、何故《なぜ》か体が濡れている感じがする。「しかし、嫌われてるにしても、もう少し心配するのが普通だと思うぜ」

「甲斐さんは、二階のことをよく知らないんですよ。長い間一緒にいれば、本当にウザくなるから……」

「確認するけど、本当に最近のあいつが何を取材していたか、知らないんだな」甲斐は馬車道の駅前で左折した。桜木町の駅前でもう一度左折して、支局方面に戻る腹積もりである。この男は本当に何も知らないようで、これ以上拘束していても意味はなさそうだ。

「知りません」長谷の返事は相変わらず素っ気無い。

「あいつ、女の問題か何かでトラブってなかったか？」

「ないんじゃないですか？」長谷が頭の後ろで両手を組む。「それほど甲斐性はないと思いますよ」

「ギャンブルは？」

「マージャン牌《パイ》の並べ方も知らないんじゃないかな。パチンコもやらないし」

女でも金でもないというわけか。個人的なトラブルの可能性がどんどん薄れていく。

「支局中の嫌われ者だったんだろう？　あいつを殺そうとするほど憎んでいた奴はいないかな」

「いい加減にして下さい、甲斐さん」長谷が苛立ちを言葉に乗せた。「支局員を疑うんですか？　そんなこと、あり得ないでしょう」

「どうしてあり得ないって言える？　根拠は」

「本当に、いい加減にして下さい！」半ば叫ぶように言って、長谷がドアに手をかけた。走っている最中なのに、ドアを押し開ける。甲斐は慌ててブレーキを踏みこんだ。車が停まる寸前、長谷が完全にドアを開け放し、足を出した。

「危ないぞ！」

「ここで甲斐さんに因縁をつけられているよりはましですから」

背後からクラクション。大江橋の途中である。長谷は抗議を無視し、車の間を縫うように車道を走って渡って行った。ガードレールを飛び越して歩道に入ると、甲斐を一睨《ひとにら》みし、すぐに肩を怒らせて、足早に歩き出した。激怒のあまり、寒さを忘れてしまっているようだった。

こんな風に、二階も仲間を失ったのだろうか。甲斐は何度も浴びせかけられるクラクションに背中を押されて車を出したが、気持ちはどこか遠くへ飛んでしまっていた。

また煙草を吸ってしまった……甲斐は少しばかり後悔しながら、車のボディに背中を預けた。支局のすぐ近くの路上。どうしてもあの建物に入る気になれず、灯《あか》りが灯《とも》った窓を見詰め続けている。俺も二階と同じように、嫌われ者になるのか。今頃支局の中では、長谷が俺の悪口を言いふらしているかもしれない。「悪口」のレベルなら構わないのだが、問題視されたら……下らないことを考えるな、と自分に言い聞かせる。俺の仕事は何だ。二階を捜し出し、場合によっては記事にすること――そう考えるのも嫌になった。記事になるということは、すなわち二階が重大なトラブルに巻きこまれているということなのだから。

溜息を一つ。寒風が襟首をくすぐり、思わず首をすくめた。横浜は東京に比べて寒いのか暖かいのか……少なくとも首は寒いな、と下らない冗談を考えた。

携帯電話が鳴り出す。出るのも面倒臭いが、習慣で思わず手に取ってしまった。

「これから会えますか」翔子だった。

「会ってどうする」

「何かあったんですか？」翔子が声を潜めた。「元気ないですけど」

「刑事さんに心配してもらうことはないよ」

「いじけてるのは勝手ですけど、話を聞きたくないんですか」

「今は何を聞いても無駄だな」

「いい加減にして下さい」翔子がぴしゃりと言った。「二階さんと時松さんの接点が見つかったんですよ。聞きたくないんですか」

すぐ行く、とすぐには言えなかった。だがほんの数瞬間を空けた後には、気合が入り直す。「すぐ行く」と告げた口調は、本来の自分のものだと信じたかった。

7

深夜、県警本部から遠く離れた保土ヶ谷《ほどや》のファミリーレストラン。首都高のインターチェンジが近いせいで車の流れが多く、二階の客席から見下ろす道路は、ヘッドライトの流れで明るく染まっていた。翔子《しょうこ》に気を遣って喫煙席に陣取り、他人の煙草《タバコ》の煙に耐えながら、甲斐《かい》は彼女の到着を待っていた。たっぷり十分経《た》った頃、翔子が息せき切って店に入って来る。周囲を見回しながら、早足で甲斐の席に向かった。ソファに滑りこむと、肩を上下させて荒い息を整える。

「それで？」

「飲み物ぐらい、頼ませて下さい」

甲斐は水の入った自分のコップを押しやった。翔子が疑わしげに凝視する。

「口はつけてないから」

うなずき、翔子が水滴のびっしりついたコップを取り上げ、一気に飲み干す。小さく溜息《ためいき》を漏らして紙ナプキンを何枚か摑《つか》み、濡《ぬ》れた指先を拭《ふ》いた。すかさず煙草に火を点《つ》け、深い吐息と一緒に煙を吐き出す。

「二階《にかい》と時松《ときまつ》警部の接点だったな」声を潜めて甲斐は訊《たず》ねた。

「ええ」ほとんど聞こえないような声で言って、翔子がうなずく。「二階さんは、時松さんを取材してました」

「それは知ってる——」

「一週間前の話じゃないですよ」翔子が甲斐の言葉を遮った。「もっと前からです。しかも県警本部では会ってなくて、常に夜回り」

「どうしてそんなことが分かったんだ」

「聞き込みですよ」翔子が胸を張った。「甲斐さんはやってないんですか？　二階さん、時松警部の自宅の周辺で、結構目撃されてたんですよ」

「不用心な奴だ」

「不用心？」

聞き込みはやってみるべきだった。自分のミスを嚙《か》み締めながら、甲斐は無愛想に言った。

「車を目立つところに停《と》めたりしてたんだろう？　新聞記者が来ているって、周りに知らせるようなものだ」

「ああ」翔子がうなずく。「でもそのせいで、接点が分かったんですから……とにかく二階さんは、二月《ふたつき》ほど前から、何度も時松さんの家の近くで目撃されてます」

「しかし、それは変だな」甲斐は首を傾《かし》げた。時松の長男……正太郎《しょうたろう》の言葉を思い出す。二階が家に来たことがあるか、と訊ねた時の答え、「ええ、一度」。それは翔子の話と矛盾する。その疑問を彼女にぶつけてみた。

「常に家で会っていたとは限りませんよ」翔子が煙草を吹かしながら指摘する。「帰って来るところを待ち構えていて、そのまま外へ連れ出したとか、車の中で話をしていたとか」

「ああ、それはあり得る」家に記者を上げるのを嫌がる警察官でも、外なら話をする、というのは珍しくない。

「記者さんはしつこいですからね」

翔子が皮肉を飛ばしたが無視する。甲斐はコーヒーをスプーンで無意味にかき回し、二階と時松の会話に想像を馳《は》せる。目的は何だったのか……二つ考えられる。一つは、二階は時松の行状に関して取材していた。もう一つは、他の事案に関して、時松をネタ元にしていた。後者の可能性が高いだろう、と推測する。不祥事を起こした本人に直《じか》当たりする段階になっていたら、いくら独断専行型の二階でも、さすがに他の記者に話していたはずだ。

「二人の関係、分からないだろうか」

「さあ」翔子が肩をすくめる。

「二階が時松さんをネタ元にしていた可能性は……」

「ないとは言えないでしょうけど、それだったら表に出るはずがないですよ」

「まあ、そうだな」甲斐は掌《てのひら》で顔を擦《こす》った。疲労がべっとりとついてくるような感じがした。「ところで、時松さんの仕事は？」

「生活経済課ですからね。それこそ何でもありじゃないですか」

一般に生活安全部は、「刑法に引っかからない全《すべ》ての事件を担当する」と言われるほど守備範囲が広い。生活経済課はその中でも遊軍的な役割を負っており、悪徳商法、闇《やみ》金融、偽ブランド商品やネット犯罪まで、取り締まりの対象は多岐にわたる。

「だけど、管理職としての担当はあるだろう」

「それなら、闇金融ですね」

「なるほど」違法な金融業者は、いつの時代でもはびこっている。そして規制と摘発は、業者のやり口に追いつかないのが常態だ。記事としても、警告の意味も含めて出す価値はある。だが……「特ダネ」というには小さい情報しか出てこないような気がした。むしろ悪徳商法の方が、広がりは大きい。被害者が全国に広がり、被害金額も数十億、数百億になるから、場合によっては一面トップを占める記事になることもあるのだ。二階は独特の嗅覚《きゅうかく》で、そういう事件を嗅《か》ぎつけていたのかもしれない。

ただしこういう記事の場合、警察からだけの情報で書くことはない。被害者は警察と同時に弁護士に相談しているケースも多いのだ——金を取り戻すなら、警察よりも弁護士が頼りになるから、両方から話を聞き、さらには被害者の事情も確認して、記事に仕上げていくのが普通だ。悪徳業者に直撃取材ができればベストである。

翔子に自分の考えを話したが、首を捻《ひね》るばかりで納得する様子はない。

「そういう事件を捜査していたかどうか、分からないかな」

「分かるわけないじゃないですか」少しだけ悔しそうに、翔子が唇を尖《とが》らせる。「所轄の平刑事に、本部がやっている事件のことなんか、分かりませんよ」

「そうか……まあ、そうだな」

「ちょっと探ってみましょうか」

「できるのか」

甲斐がくいっと眉《まゆ》を上げると、馬鹿にされたと思ったのか、翔子が目を細める。

「心配してるんだよ、俺は」

「そうですか?」疑わしげに首を傾げる。

「警察の中のことに刑事が首を突っこんだら、怪しまれる」

「ええ、そうかもしれませんけど……そこは上手《うま》くやりますから」

「だったら、お手並み拝見といこう」甲斐は伝票を取り上げた。「また連絡します。こっちでも何か分かったら伝えるから」

「そうですね」

「それと」

立ち上がりながら甲斐は言った。翔子は不思議そうな——無邪気と言ってもいい目つきで甲斐を見上げている。

「できたら、煙草、やめてくれないかな」

「今時流行《はや》りませんか」

「というより、いつまで煙草を我慢できるか、自信がないから」

翔子の顔にゆっくりと笑みが広がった。手探りで煙草のパッケージを引き寄せると、ことさら気取った仕草でくわえ、火を点ける。やけに様になっており、甲斐はニコチンへの渇望が募るのを意識した。クソ、吸いたいなら俺がいないところで吸ってくれ。


支局へは寄らず、自宅へ直行する。特に報告すべきこともないし、少し疲れを感じていた。車を降りて、大きく背伸びをする。一人暮らしのマンションに戻っても、まったく寛《くつろ》げないのだが……荷物が詰まった段ボール箱はまだそのまま積み重なっているし、脱ぎ散らかしたままのワイシャツが、ソファの上で山になっている。明日辺り、クリーニングに出さないと、着る服がなくなってしまう。確かこの近くに、朝八時から開いているクリーニング屋があったから、そこへ持っていこう。

駐車場は昇降式で、甲斐が契約しているのは地下二階部分だ。このパレットを上げるのにかかる時間が鬱陶《うっとう》しい。キーを差しこんだまま、「上昇」ボタンをずっと押していないといけないのだ。マンション自体がそれほど新しくないので、パレットも動く度に軋《きし》み音を立てる。夜中にこんな音をたてると迷惑だろうな、と思うがどうしようもない。

車が上がり切る直前、突然息が詰まった。何だ——訳も分からずもがく。だが、首と肩ががっちり固められており、動きが取れなかった。柔道か何かの絞め技のようで、もがけばもがくほど、空気が奪われていく。殺される——身の危険をはっきり感じながら、甲斐は力を抜いた。後ろから絞め上げられていることだけは分かる。相手はおそらく一人。強盗？　まさか。マンションの駐車場で待ち伏せする強盗の話など、聞いたこともない。目だけ動かして、自分の首を絞め上げている物を見る。腕。グレイのジャージ生地だ。力を入れているので、盛り上がった筋肉の動きがはっきりと感じられる。

「余計なことをするな」イントネーションのない、平板な声が耳元で聞こえる。機械で合成したようで、感情が感じられなかった。

「な——」声を出すと息が漏れ、目の前がちかちかし出す。クソ、絶対的に酸素が足りない。

「二階の件は、これ以上調べるな。警告したぞ」

どういうことだ。疑問が頭に渦巻いた瞬間、首に回された腕の力が抜ける。慌てて体を下へ落とした瞬間、ひゅっと空気を切る音が聞こえ、耳の上に鋭い痛みが走った。同時に、頭蓋骨《ずがいこつ》の中で何かを鳴らされたような音。膝《ひざ》から力が抜けるのを意識しながら、甲斐の目は、迫りくる駐車場の地面を捉《とら》えていた。

どうせなら激突の直前に意識がなくなってくれ、と祈る余裕はあったが、受け身を取る時間はなかった。

「——ちょっと、大丈夫ですか」

体を揺り動かされる感覚で目が覚める。やめてくれ、と大声で叫びたかったが、喉《のど》が張りついて動かない。かすかな吐き気と、頭の痛み。ずきずきと間断なく襲う頭痛は、重傷を示唆していた。

自分に気合を入れ、取り敢えず右手の先を動かしてみる。何とか感覚はあるようだ。これで、原稿を書けなくなるという最大の悲劇は回避できたな、と思いながら、力を振るって体のあちこちを動かしてみた。

結果、頭はひどく痛むが、他には異常がなさそうなことが分かった。絞め上げられた喉にも異常はなさそうだ。両膝をついて上半身を起こし、その場で正座してみる。両手を腿《もも》につけて頭を軽く振ってみると、痛みは頭の中ではなく、外側で生じているのが分かった。恐る恐る手を伸ばし、右耳の上を触ってみる。触れた途端に鈍い痛みが走ったが、指先に濡れた感触はなかった。出血、なし。かなり腫《は》れているが、冷やせば何とかなるだろう。

慌てて左手を持ち上げ、時刻を確認する。駐車場に入ってから十分ほどしか経っていない。それほど長く気絶していたわけではないのだと思い、一安心した。

立ち上がろうとすると、声をかけてくれた男——ジャージの上下にベンチコートという格好だった——が、「ちょっと、立って大丈夫？」と心配そうに言った。四十歳ぐらい……このマンションの住人だろう。

「ええ」ゆっくり頭を振る。痛みは急速に引いている。いい傾向だ。

「何があったんですか」

「それは——」襲われた。その事実を告げられない。自分でも理由は分からなかったが、明らかにすべきではない、と脳の一部が忠告している。「ちょっと転んで」

「本当に？」男の目が細くなった。親切だが詮索《せんさく》好きだと分かって、鬱陶しくなる。「ずっとパレットの音が鳴ってたから、どうしたのかなと思って」

男が、操作盤から抜いたキーを指先でぶらぶらさせた。甲斐が掌を広げて出すと、そこにキーを落とす。冷たい手触りが、全身の感覚を鋭敏にした。

「どうも、お騒がせしまして」

「いやいや」男が手を振ったが、不審気な表情は消えなかった。「本当にいいの？　救急車とか呼ばなくて」

「大したことはないですよ」無理に笑ってみせると激しい頭痛が襲った。頭蓋骨に罅《ひび》ぐらい入っているのかもしれない――いや、それだったら、今頃自分の足で立っていないだろう。

「そうですか。それならいいんだけど」首を振りながら、男が駐車場の出入り口に向かって歩いて行った。

甲斐は、胸までの高さがある操作盤にもたれかかり、呼吸を整えた。意識ははっきりしているが、鼓動とともに耳の上の痛みが脈打つ。もう一度触れてみると、瘤《こぶ》は大きくなってはいなかった。大したことはないと自分に言い聞かせ、ふらつく足取りでマンションに入る。足が自然に郵便受けに向いてしまうのは、十五年以上新聞記者を続けてきた結果身についた習慣だ。夕刊を抜き取り、念のために郵便受けに手を突っこんで中を入念に確認する。脅迫状の類《たぐい》は入っていなかった。

相手は、証拠は残さないつもりらしい。ぐるりと周囲を見回した。それほど大きくないマンションなのでロビーも小さい。オートロックのドアの正面、天井に防犯カメラがあるのを見つけた。自分を襲った犯人がどうやってここに入って来たか分からないが、防犯カメラに写っている可能性は高い。管理人は……会ったことがないが、昼間しか来ていないはずだ。明日、映像をチェックさせてもらうように頼んでみよう。

夕刊を手に、ふらふらと自室に戻る。鍵《かぎ》に異常はないようだが……これ以上用心するには、頭痛が激し過ぎる。しっかり鍵をかけ、室内を見て回った。とはいえ、それほど広くない1LDKなので、誰かが潜んでいないことはすぐに分かった。

灯《あか》りを点けないまま、道路に面した部屋のカーテンを開け、外を見やる。二階なので道路の様子は手に取るように分かるが、人気はないし、見慣れない車が停まっているわけでもなかった。誰の物か分からない自転車が電柱に立てかけてあるが、あれは引っ越してきた時からずっと同じ状態だ。

ベッドが呼んでいたが、このまま寝てしまってはまずい。新聞をベッドに放《ほう》り出し、ふらふらと風呂場に歩いて行く。タオルを取り出し、冷凍庫の氷をくるんで耳の上に押し当てた。痛いほどの冷たさで、本来の痛みが麻痺《まひ》してくる。我慢、我慢だ……ゆっくりとベッドに歩いて行き、灯りを点けてからそっと腰を下ろす。右手で急造の氷枕を支えながら、左手で新聞をめくっていく。一面トップは『ネットで仲間募る　連続暴行犯逮捕へ』。

『インターネットの掲示板で仲間を募り、女性5人を次々と暴行していた3人に対し、警視庁は7日、逮捕状を取る方針を固めた。被害者は判明しているよりもさらに多いと見られ、ネットを悪用した悪質な犯罪の典型として、警視庁は犯人グループの全容解明を目指す』

特ダネだな、と直感的に分かる。まったく、ろくでもないことを考える人間がいるものだ……いいネタだ、と羨《うらや》ましくなる。もしかしたら警視庁側からのリークかもしれないが、リークされる側からすれば、普段の取材の賜物《たまもの》だ。

それに比べて俺は……横浜に来てから何本記事を書いただろう。書けばいいというものではない──横浜支局は、二ページしかない地方版の面積に比して記者の人数が多過ぎる──が、それでも書かなければ記者ではない。それなのに俺は、行方不明になった後輩を捜しているだけだ。得体の知れない情報源から忠告を受けたにも係《かか》わらず、自宅で待ち伏せしていた何者かに襲われ……あの忠告は本当だったのだ、と改めて思い知る。

冗談じゃないぞ。

新聞を乱暴に畳み、立ち上がる。耳の痛みはだいぶ引いていたが、代わりに氷が溶け出し、タオルが吸いきれなかった水がこめかみから顎《あご》を伝って不快感を与える。ぶつぶつ文句を言いながら、水が零《こぼ》れないようにそっとキッチンに向かった。氷を流し台にぶちまけ、瘤をそっと触ってみる。腫れが引いたわけではないが、痛みはかなり小さくなっていた。冷たさで麻痺したのだろう。もう少し氷があったか……冷凍庫を漁《あさ》って、先ほどよりは少量の氷をタオルに包み、また耳の上に当てる。氷がなくなってしまったので製氷皿に水を補給し、冷蔵庫の中身を確認した。

ろくなものがない。原稿も書いていないのに、毎晩遅くまで家に帰らないからだ。夕食にはちゃんとチーズハンバーグを食べたのに、唐突に空腹を覚える。とはいっても、冷蔵庫の中にあるのは缶ビールが三本と、半分空いたミネラルウォーターのボトルが一本だけ。冷凍庫には食パンが二枚。あとは……粉末のスープぐらいか。仕方ない。何もないよりはましだと思い、お湯を沸かし、パンをトーストした。バターを塗り、塩を振ったトーストとスープ、それに缶ビール一本。どうせ頭が痛くてまともな物は食べられないし、夜食なのだからこの程度でいいのだ。そう考え、自分を納得させようとする。

侘《わび》しさは誤魔化せなかったが。

丸いダイニングテーブルで、携帯電話が鳴り出す。こんな時間に……氷を包んだタオルの始末に困り、冷凍庫に突っこんでおいてから電話に出る。いつも左耳に当てる習慣を強いておいてよかった、と思った。

「甲斐です」

「どうも、橋元《はしもと》ですよ」

「ああ」

こんな時間なのにやけに元気だ。よく通る彼の声を聞いていると、頭痛がぶり返してくる。

「どうした。もう何か分かったのか？」

「いやいや、そんな急には。一応種まきを始めましたから、そのご報告で」

「ああ、ありがとう……でも、しばらく時間がかかりそうだな」

「それはそうです。覚悟はしておいて下さいね……甲斐さん？」

「何だ」

「どうかしましたか？　元気がないですけど。もう寝てたとか？」

「いや、そういうわけじゃないんだけど」パンの皿を脇に押しやり、ビールを一口呑《の》んで口中の脂っこさを洗い流す。「実は、襲われた」

「はい？」

駐車場での襲撃を説明する。最初は「またまた」と笑っていた橋元が、すぐに真剣になった。

「待ち伏せ、ですか。そこのマンション、セキュリティはどうなんですか」

「普通のオートロックだよ。ということは、入るのはそんなに難しくない」

「甲斐さんぐらいになったら、コンシェルジュのいるようなマンションに住まないと」

「馬鹿言うな」苦笑すると、また頭痛が蘇《よみがえ》る。「一人暮らしのオッサンが、そんなところに住んでも意味ないだろう」

「襲われる可能性は低くなりますけどね」皮肉に言って橋元が笑った。「防犯カメラは？」

「明日、テープをチェックしてみようと思う」

「怪我《けが》は大丈夫なんですね？」

「でかい瘤ができただけだよ」

「タフな探偵を気取ってるのもいいですけど、素人判断で無理しちゃ駄目ですよ」

「警告、どうも」自分では大丈夫だと思っていたのに、人に言われると急に心配になる。

「警察にも届けてないんですね」

「ああ」

「いいんですか？」

「いいんだ。どうせ……ろくに捜査してもらえないような気がする」

「そっちへ行って何日ですか？　もう嫌われているとしたら、ある意味才能ですね」

「からかうなよ。とにかく、あまり大袈裟《おおげさ》にしたくないんだ。この件も何か分かったら連絡するから……

ちょっと待った」キャッチホンだ。

「キャッチホンですね。また電話しますよ」

「ああ、悪いな」

電話を切り替える。しばらく沈黙があった後、相手が喋《しゃべ》り出した。

「甲斐さん？」

「ええ」すぐに分かった。あの男――俺に警告を発してきた男だ。

「どうして私の警告をちゃんと聞いてくれなかったんですか」

甲斐は、一気に警戒心が高まるのを感じた。どうして知っている？　まさか、マンションの敷地内に隠
れて、俺が襲われる所を見ていたのか？

「何のことですか」相手の出方を見るために、甲斐はとぼけた。

「怪我は大丈夫なんですか」

「何のことを言っているのか分かりませんね」

「いや……」相手が首を振る様が目に浮かぶ。「本当に、大丈夫なんですか」

「大丈夫じゃなければ、電話に出ていませんよ。それよりあなた、どうして俺が怪我したことを知ってい
るんですか」襲われた、という言葉は敢えて避けた。

「それは、まあ。とにかくこれで、私の忠告が本物だということは分かっていただけたでしょう」

「あんたが襲ったかもしれない」

「まさか」相手の声が引き攣《つ》った。「どうしてそんなことをしなければいけないんですか」

「それを知りたいのはこっちだ」甲斐は声を荒らげた。「思わせぶりな忠告をするのは勝手だけど、こんなことがあったら、あんたを疑わざるを得ないでしょう。こんなことをして、何の利益になるんですか」

「私ではない」相手の口調が強張《こわば》る。それまで聞いたことのない、迫力のあるものだった。「私はあなたを心配して忠告しただけだ」

「忠告はいつでもありがたく受け取りますけど、もう少し具体的なことを言ってもらわないと、信用できない」

「実際に襲われたのに?」

「あなたは論点を外して話してますよ。だいたい、何が目的なんですか? 二階を捜したい? だったら知っていることを全部話して下さい。思わせぶりに抽象的なことを言っても、事態は進まないんですよ。そもそも俺は、あなたの名前も知らないし」

「名乗れるなら名乗っています」

埒《らち》が明かない。甲斐は頭痛を我慢しながら、ゆっくり頭を振った。いくら話しても、この男は具体的な情報を微塵《みじん》も漏らさないような気がする。ふと思いついて、まったく違う話題を出してみた。情報が漏れる危険性は承知の上である。

「県警生活経済課の管理官、時松一郎《いちろう》という警部が自殺した件は知ってますか」

「さあ」相手が言葉を濁したが、甲斐は「知っている」と確信した。

「彼は、二階の知り合いだった。二階が何度も取材を試みています。それは——」

「甲斐さん」相手が少しだけ強い口調で甲斐の言葉を遮った。「その線は悪くありません。その線を追って下さい」

「二階の失踪《しっそう》と時松さんの自殺と、何か関係あるんですか」

「その線は悪くありません」もう一度言って、男が電話を切ってしまった。

何なんだ。甲斐は電話を睨《にら》みつけ、終話ボタンを強く押した。残ったビールを一気に呷《あお》ると、鼓動に合った痛みの脈動が蘇る。もしかしたら明日の朝、俺は目覚めないかもしれないな——どうでもいいか。日報の記者の行方不明に続いて、死体が自宅で発見されれば、本社も大騒ぎになるだろう。

それを面白いと感じてしまう自分の心が許せなかった。


翌朝、奇跡的に痛みは引いていた。瘤はまだ残っているが、鏡で見た限り、髪の毛で隠されて外からは分からない、と判断する。シャワーを浴びて慎重に髪を洗い、着替える。残っていた食パンは昨夜食べてしまったので、朝食はなし。どこかで食べようと決め、七時半に家を出た。今日は二階の両親に会うことから始めるつもりだった。

ホテルの近くまで車を走らせてから、思いついて二階の父親の携帯に電話をかける。少し早いかとも思ったが、父親は完全に目が覚めた声で電話に出た。

「少し分かったことがありまして、その件でお話ししたいんですが」本当に少しであり、しかも両親に答えられる問題だとは思えなかったが。

「ええ、ええ、もちろん」父親の声に、初めて明るい調子が混じった。「今すぐですか?」

「よろしければ。ホテルのすぐ近くまで来ています」

「そうですか……それじゃあ、そうですね、朝食でも一緒にいかがですか?」

「大丈夫なんですか」甲斐の見た限り、両親は食欲を完全になくしている様子だったが。

「もちろんです。いい話……何か手がかりがあるんでしょう?」

「手がかりというか、ヒントと言うべきかもしれません」

「何でも結構ですよ」父親の声は、今にも走り出しそうだった。「一階のカフェでお会いしましょう。我々もすぐに行きますから」

「分かりました」

電話を切り、ホテルの駐車場に車を乗り入れる。このホテルの駐車場はやたらに広く、しかも入り組んでいる。一階にあるカフェに行くまで十分はかかるのではないかと思いながら、手近な駐車場を探した。やはり十分かかった。走ってカフェに入り、窓際の席に陣取っている二階夫妻を見つける。二人は揃《そろ》って立ち上がり、明るい表情で甲斐を迎えた。そんなに期待されても困るのだが、と困惑しながら席につく。父親の憲太郎《けんたろう》がすぐに話を切り出そうとしたが、母親の美佐江《みさえ》が小さな声でたしなめた。

「お食事ぐらい、食べていただいたら」

「ああ、おう、そうだな」

冷静な姿しか見たことのない大学教授の父親があたふたしている様を見て、甲斐は少しだけほっとした。

「どうぞ……」美佐江がメニューを差し出した。「朝ごはん、まだですよね」

「ええ。同じもので構いません」あれこれ考えるのも面倒臭い。

すぐに出て来た朝食は、黄みの強い綺麗《きれい》なオムレツとかりかりに焼いたベーコン、薄いトーストだった。昨夜の夜食でひどい目に遭ったからな……そう思い、一口一口味わうようにゆっくりと食べる。コーヒーをお代わりし、オムレツを食べ終える頃には、すっかり腹が一杯になっていた。

「あの、ちょっと気になるんですけど」美佐江が切り出した。

「何でしょう」

「この……耳の上のところ、どうかしたんですか」美佐江が自分の右耳の上を指差した。

「ああ」急に食欲がなくなり、甲斐はフォークを皿に置いた。「ちょっといろいろありまして。でもこの件は、食べ終えてからの方がいいと思います」

二人が慌てて、残りの食事を片づけ始めた。甲斐は二杯目のコーヒーをゆっくりと飲みながら、煙草が吸いたいな、とふと思った。憲太郎に頼めば一本譲ってくれるだろうが、ねだるのもみっともない。濃いコーヒーで舌を麻痺させて、ニコチンへの欲求を誤魔化すことにした。

二人がほぼ同時に食べ終え、甲斐の顔に視線を浴びせる。自分の話で二人をどれだけ納得させることができるか——あるいはこちらが情報を得られるかは分からなかったが、とにかく順を追って話し出す。時松の自殺について説明すると、美佐江の顔がすっと青褪《あおざ》めた。瞬時に、息子の失踪と自殺を一本の線で結びつけてしまったのだろう。

「まだ何も分からないんです」慌ててフォローしたが、それがかえって二人の疑念を高めてしまったようだった。

「つまり、息子が行方不明になる直前に、その自殺した警部さんと会っていたということなんですね」憲太郎が念押しする。

「そういうことです。最後に会った人物かどうかは分かりませんが」

「そうですか……やはりな」

「何か心当たりでも？」甲斐は思わず身を乗り出した。

「いや、息子と電話で話した時に、『警察の取材は大変だ』って言っていたんです」

「あなた、そんなこと一言も言ってなかったじゃないですか」美佐江が色をなして言った。

「いや、今話を聞いて思い出したんだ」父親が慌てて言い訳する。「甲斐さん、これはどういう意味でしょうか」

「一般論、ですかね」甲斐は腕組みをして首を捻《ひね》った。警察の取材——つまり事件取材ということか。確かに、簡単な事件取材などあり得ない。「あるいは、警察そのものを取材していたとか」

「どういう意味ですか」憲太郎が訝《いぶか》しげに目を細める。

「警察の不祥事とか、そういう問題です。それなら、取材はものすごく大変ですよ」同時に、一級品のネタになりうる。二階が興奮して「でかい記事だ」と触れ回りたくなる気持ちも理解できた。ただしそれは、非常に迂闊《うかつ》なことだが――嫌な予感が脳裏を走る。二階が、自分が摑んだ事実を誰かに漏らしてしまっていたとしたら。関係者の耳に入り、「都合の悪い人間は始末しろ」ということにもなりかねない……考え過ぎだ。首を振ってその可能性を押し出すと、鈍い頭痛が蘇ってくる。

「その、自殺した警部さんに取材していたとすると……」憲太郎の言葉が宙に消える。

「まだ何とも言えません。もう少し調べてみるつもりです」

「そうですか」憲太郎がそっぽを向き、小さく溜息をついた。美佐江がすかさず腕に触れ、慰める。こういう時は母親――妻の方が強いのかもしれない、と甲斐は思った。

「ところで、横浜にはいつまでおられる予定ですか」

「それは、息子が見つかるまで……何か手がかりが分かるまで――というわけにもいかないと思います」

今度は露骨に憲太郎が溜息をついた。「こちらも仕事がありますから」

「そうですね。情報はできるだけ速く、細大漏らさず伝えますから」

「それにしても、何だか冷たいですね」今度は美佐江が溜息をついた。「支局長さんも、最初にお会いしただけで……甲斐さんが全部お一人でやられているんですか？」

甲斐は一瞬、言葉に詰まった。まさにその通り。否定したり嘘《うそ》をついたりしたら、ばれた時に申し開きができなくなる。だが自分が一人でやっている理由は――誰も二階を心配していないからだ。さらには、こんな面倒な仕事を押しつけられる相手は、自分しかいないからだ。

小さな嘘で、全てを解決することにした。

「こういうことは、大人数でやっていると目立ちます」甲斐は声を潜めて言った。「記者が失踪……行方不明になっているとなると、スキャンダル扱いされるかもしれないんですよ。雑誌なんかが、喜んで書くかもしれません。そういうことにならないようにするためには、できるだけ目立たないでやるしかないんです。私一人では頼りないかもしれませんが」

「とんでもない、そんなつもりで言ったんじゃありませんから」美佐江が慌てて手を振った。

食事を終え、二人と別れる時には、会う前よりも気が重くなっていたが、一つだけほっとしたこともあった。

どさくさに紛れ、瘤のことをあまり追及されずに済んだのだ。この件について話し出すと、話は一気に非常事態の様相を見せ始める。風が吹けば倒れてしまいそうな二人を、これ以上心配させるわけにはいかなかった。


昼前、甲斐は時松の自宅近くにいた。最初に家を訪ねてみたのだが、インタフォンからは返事がない。近所の家を回ってみて、今夜が通夜、明日が葬儀という日程になっていることを聞き出す。家族はもう、葬儀場に詰めているようだ。近所の人たちも、夜になればそちらに向かうだろう。聞き込みをするなら今のうちと、甲斐は精力的に動いた。

まず、先日訪ねた松坂《まつざか》の家。向こうも甲斐を覚えていて、家に上げてくれた。どうやら一人暮らしのようで、通された応接間は乱雑に散らかっている。壁から壁へ洗濯紐《ひも》を張り渡し、そこに洗濯物を干しているのには驚いた。確かにこの部屋は日当たりがいいのだが……松坂は、洗濯物が汚れるのも気にならない様子で、しきりに煙草を吹かした。

「まだ時松さんのことを調べてるんだ」

「ええ、ちょっと気になりましてね……警察の幹部だから」

「そんな風には見えない人だったけどね」松坂が首を捻る。「そういう、偉そうな感じには」

「でも、管理職なんですよ」

「そうは言ってもねえ。制服を着てるわけじゃないし、私らには分からんですよ」力なく首を振り、煙草を灰皿に押しつける。すぐさま新しい一本に火を点け、洗濯物を煙で汚し始めた。

「あの車ですけど」

「車？」

「時松さんのベンツ」

「ああ、ベンツ」

松坂が、がくがくとうなずいた。車にはあまり詳しくないのかもしれない。

「外車ですけど、あれはここへ引っ越してきてから買ったんですか」

「どうだったかな」松坂が顎に手を当てる。「来た時は……普通の国産車だったと思うけど。あの、箱みたいな」

「ワンボックスカー？」

「そう、なんでしょうね」松坂が頭を掻《か》いた。「申し訳ないけど、車のことはよく分からなくてね。でも、警察の人も外車とかに乗るんだねえ。そういう贅沢《ぜいたく》はしないもんだと思ってたけど」

「あまりいないでしょうね」

「何かあったの？」松坂が身を乗り出す。嬉《うれ》しそうに目が輝いていた。「あれですか、賄賂《わいろ》を貰《もら》ってたとか」

「そういう話は一切ありません」

あるいは俺は、「そういう話」を期待していたのかもしれないが。羽振りの良さそうな男たちが家を訪ねて来たりとか、普通のサラリーマンでは入れそうにない高級な会員制のバーで呑み歩いていたとか。

「まあ、どんな人かもよく知らないから、いい加減なことは言えないけどね」

「近所付き合いはあまりなかったんですか」

「そうねえ。忙しい人だったみたいだから。まあ、普通の勤め人は皆そうだよね。家族サービスなんて二の次なのが普通でしょう」

「ええ」

「でも毎日、帰りは遅かったみたいだね。日付が変わる前に帰って来ることなんて、ほとんどなかったはずだけど」

「よく見てますね」

甲斐が指摘すると、松坂の耳が一瞬赤く染まった。

「だって、隣の家だよ？　部屋でテレビを見てると、帰って来るところが窓から見えるから……まあ、あの人の場合はそんなに忙しいわけでもなかったかな」

急に前言を翻したので、甲斐は目を細めて説明を求めた。甲斐の疑念に気づいたようで、松坂は慌てて弁明を始める。

「いやね、だいたい呑んでたみたいだから。酒を呑んでたら仕事にならないでしょう」

「そうですね」

「それで毎晩タクシーで帰って来るんだから、いいご身分だな、と思って」

この男はどこまで近所の家を監視していたのだろう。毎夜、テレビを見る振りをしながら、隣家の動向に注意を向けていたということか。娯楽にしても、あまり楽しそうには思えなかったが。

「毎晩タクシーですか」その状況は引っかかる。

県警本部の最寄り駅は、地下鉄の馬車道《ばしゃみち》か日本大通りだ。海老名《えびな》からだと、相鉄線で横浜まで出て地下鉄を利用することになる。毎晩県警本部の近くで呑んでタクシーで帰ることなど、まず不可能だ。とすると、自宅の最寄り駅である海老名駅の周辺に、行きつけの店を持っていたのか。駅から自宅までは歩いて十五分以上。ちょっと呑み過ぎたか疲れた時にはタクシーを使ってもおかしくはないが、それでも毎日となると……警察官の給料は決して低くない。同じ年代の他の公務員に比べれば高い方だが、まだ学校に通う息子二人がいる状態では、それほど贅沢はできなかったはずだ。

スポンサー？

生活安全部は誘惑の多い部署である。許認可問題なども絡むし、夜の街とのつき合いも多い。その結果、取り締まるつもりが、逆に利権でがんじがらめにされてしまうことも珍しくはないのだ。たいていは、警察内部でそういう事情を察知しており、問題にならないうちに異動させて事実関係をもみ消してしまうのだが。記事にはできなかった警官の不祥事を、甲斐は何件も抱えている。飲食業や風俗業との癒着《ゆちゃく》は、当の警官が管轄を離れてしまえば、検証はひどく難しくなるのだ。

「他に、時松さんが誰かと一緒にいるところとか、見たことはありませんか」

「ああ、それはありますよ。人を連れてきたりね。でもあれは、たぶん部下の人だな」したり顔で松坂がうなずく。「様子を見れば分かるでしょう？　上司の家に呼ばれた時は、それ相応の振る舞いをするものだから。上手く説明するのは難しいですけどね」

「何となく分かりますよ」

プライベートで——おそらく飲み会からの流れで——上司の家を訪ねる。かつては珍しくもない光景だったが、最近は――特に都会では、あまりないのではないだろうか。

「ところで、うちの記者の二階なんですが」

「ああ、あのスポーツカーに乗ってた記者さんね」

「ええ。見かけたのは本当に一度だけなんですか」

「私が見たのは、ね」松坂が両の人差し指で自分の目を指した。「もちろん、四六時中外を見てるわけじゃないから、分かりませんよ。何度も訪ねて来たかもしれないし、あれが初めてだったかもしれないし」

「そうですか……」防犯カメラ並みのチェックを期待していたのだが、さすがにそこまでは無理か。甲斐は礼を言って、家を辞去した。

「甲斐さん」

歩き始めるとすぐに、声をかけられる。振り返ると、翔子が腰に手を当てて立っていた。人差し指を鉤《かぎ》に曲げて関節で眼鏡を押し上げると、大股《おおまた》で歩いて来る。

「何してるんですか、こんなところで」悪事の打ち合わせでもするように、小声で訊ねる――いや、ほとんど非難しているような口調だった。

「何って、聞き込みに決まってるじゃないか」

「勝手に動き回らないで下さい。私がやるって言ったでしょう」

「警察が捜査していても、任せきりにするわけにはいかない」

「かき回されると困るんですよね」

「あのね、聞き込みに関しては、君より俺の方がはるかに経験が多いんだよ」

翔子の顔が一瞬赤く染まる。しかしすぐに平静を取り戻して、咳払《せきばら》いをした。

「立ち話してるわけにはいきませんから……甲斐さん、近くに車、ありますか」

「ああ、公園の向こうに」

「随分遠いですね」

歩けば十分ほどもかかるだろう。しかしこれは、記者の聞き込みの鉄則だ。「そこに記者がいる」と分からないようにするために、聞き込み先から一駅も離れた場所に車を置くこともしばしばある。そんなことを若い刑事に言っても仕方ないだろうな、と思いながら甲斐は歩き出した。すぐに翔子が追いついて来る。何しろ足が長いのだ。並んで歩いていると、自分と頭の位置が変わらないのも気に食わない。

車に乗りこみ、すぐに発進させる。昼間の住宅街に車を停め、話し合っている姿はいかにも怪しい。どう見てもこの組み合わせは、営業に回っているサラリーマンには見えないだろう。

「頭、どうしたんですか」

「参ったな」翔子の視線を感じながら、甲斐は頭にそっと手をやった。「そんなに目立つか？」

「すぐ分かりましたよ」

「昨夜、襲われた」

翔子が一瞬沈黙する。冗談か本気か、判断がつかない様子だった。それに耐え切れず、甲斐はぼそりと告げる。

「本当なんだけど」

「どういうことですか」

昨夜の状況を説明する。翔子は無言で、甲斐が話し終えるのを待っていた。

「もしかしたら、私と会っている時に、もうつけられていた可能性がありますね」

「ああ」

それは考えてもいなかった。事前に家を割り出し、待ち伏せしているとばかり思っていたのだが。

「ということは、私の方も家がばれている可能性がありますね」

「だろうな」

「どうして警察に届けなかったんですか」

「信用できないから」

さらりと言ったが、翔子はすぐに言葉尻を捕まえた。

「私も信用できないんですか」

「面倒なこと、言わないでくれよ」甲斐は平手でハンドルを叩《たた》いた。「そういう不信感を植えつけたのはあなたじゃないか」

「それはそうですけど……」

甲斐は首を捻り、窓の外に目をやった。海老名も駅の周辺はそれなりに賑《にぎ》わっているのだが、少し離れたこの辺り——東名高速の南側は鄙《ひな》びた田舎町の風情が強い。細い道路はどこも傷んでおり、タイヤから突き上げが伝わってくる。住宅街の中に小さな畑が点在しているのも、田舎臭い雰囲気を増長させた。雪を予感させる暗い雲が低く垂れこめ、見ているだけで溜息が出てくるほどだった。

「とにかく、大したことはなかったわけだし」

「犯人について、心当たりはないんですか」

「声からして男。グレイのトレーナーか何かを着ていた。身長は……」甲斐は首をぐっと引っ張り上げられた感覚を思い出した。「俺よりは高いと思う」

「それぐらいじゃ、何の手がかりにもなりませんね」助手席で翔子が肩をすくめる。「言葉はどうですか。訛《なま》りは」

「訛りが分かるほど、会話を交わしてないから」

「昨夜のうちに調べておけば、犯人が分かったかもしれませんよ。一晩経ってしまったら……」翔子が爪《つめ》を噛んだ。全体に身綺麗にしているのに、爪にはあまり気を遣っていないようだ。

「忘れてた。手がかりになるかもしれないことがあるんだ」

甲斐はT字路で右折し、強引にUターンした。

「今のは道交法違反——」翔子がすかさず忠告する。

「いいから。カメラがあるんだ」

「防犯カメラ?」

「そう。マンションのロビーに」

「それを早く言って下さい」

「ただし、あなたに見てもらうかどうかは決めていない」

「何ですか、それ」

「警察に届けたわけじゃないからね」

「何だか、変なところで意地を張ってるんですね……でも、警察が信用できないって言うなら仕方がないです。ただし、今後何があっても面倒をみませんよ」

「少なくとも俺が殺されたら、手がかりはあるんじゃないかな」

「そのためにも、防犯カメラを見ないと」

素直にうなずけなかった。翔子を信じていいかどうか、未《いま》だに分からないせいもある。

「まあ……取り敢えず見てみましょう」

海老名から横浜まで車で約一時間。二四六号線を走り始めてすぐ、失敗だったと気づく。彼女と二人きりで一時間というのは、息が詰まりそうだ。

「二階という人間について、どんな印象を持ってましたか」

「さあ、どうでしょう。あの取材だってしばらく前の話だし」

「あまり好感は持ってなかった」

「まあ、それは……」翔子が拳《こぶし》を顎に当てた。

「取材のためなら無理するようなタイプに見えましたか？」

「そんなこと、分かりませんよ。短いつき合いだったんだから……でも、あのしつこさは、確かにそういう感じがしましたね」

「さっきの聞き込みは？　何か手ごたえは？」

「甲斐さんはどうだったんですか」すぐに質問を切り返してきた。

「二階があの辺りで目撃されたのは一度だけだ。でも、時松さんは毎日帰りが遅かったようだね」

「それは私も聞いています」

「いつもタクシーで帰ってきて」

「車はベンツ」

「どう考える？」

「癒着、ですかね」

「随分簡単に言うんだね」

「死んだ人は反論できないから」

翔子が肩をすくめた。ひどい言い草だと思いながら、甲斐もその可能性を否定できなかった。しかし、誰と？

「二階はその癒着を追っていた可能性もあるな」

「そうですね。記者にとっては美味《おい》しいネタでしょう?」

「それは否定できない」

「冗談じゃないわ」翔子が拳を自分の腿に叩きつけた。「県警にとっては恥です。そんな……」

「まさか」

「二階が書けなくても、俺が引き継ぐかもしれない」

「どうしてまさかなんだ?」

「それは……」

赤信号でブレーキを踏みこむ。ちらりと横を見ると、唇を噛み締めてフロントグラスを凝視していた。

「警察の中でそんなことがあるとは信じたくないよな。しかも新聞記者が引っ掻き回しているとなったら、いい気分はしない」

「それはそうですけど」翔子の言葉は歯切れが悪い。

「取材される、記事にされるのを避けようとしたらどうする? 買収が通用しないとなったら、記者を消してしまおうと考える人間がいてもおかしくない」

「まさか、警察内部の人間が二階さんを殺したって言うんですか? それはあり得ませんよ。リスクが大き過ぎます」

「そうだな。考え過ぎか」

ひとまず自説を取り下げたが、その考えは甲斐の心の奥深くに根づいた。警察官が記者を殺す……実際に捜査をしない武藤《むとう》の態度は、その犯行を示唆《しさ》していないか。

会話が途切れる。甲斐は、「リスクが大き過ぎる」という翔子の説を否定すべく、あらゆる可能性を頭の中で弄《もてあそ》び続けた。

「ああ、ビデオね」翔子がバッジを見せると、日勤の管理人は、すぐにビデオを見せることに同意した。狭い管理人室に三人で入ると、管理人がパソコンをすぐに操作し始めた。

「何時頃ですか？」

「昨夜の――昨日の午後十時頃からの映像を見られますか」翔子が言った。

「大丈夫ですよ」

すぐに再生が始まった。人気のないロビー。まったく動きがないので、翔子は早送りするよう命じた。しばらくすると、一人の男の姿をカメラが捕らえる。ニット帽を目深に被《かぶ》っているので顔は見えないが、グレイのスウェットシャツを着ていた。下は濃い色のジーンズ。その格好では寒いだろうと思ったが、特に気にする様子もない。真っ直《す》ぐカメラの方に歩いて来たが、途中で迷わず右側に足を向けた。曲がった瞬間、一瞬だけカメラの方を見上げる。顔がはっきり見えた……しかし上半分は、大きなサングラスに隠れてしまっている。分厚い唇と、黴《かび》のように顎を覆う髭《ひげ》が目立ったが、他に特徴はない。後で静止画像をプリントアウトしてもらおう、と甲斐は思った。

「待って」翔子が鋭い声を飛ばす。「止めて下さい」

画面が静止する。荒れた画像をもっとはっきり見ようと、翔子が画面に顔を近づけた。

「これ……何でしょうね」

翔子が画面を指差した。男の左の耳――ピアスが飾っている。単純な図形のデザインではないが、画面を見た限りでは、何なのか、はっきりとは分からなかった。

8

そろそろ、こちらから反撃しなければならない。そのための手助けを、甲斐《かい》は翔子《しょうこ》に求めた。完全に信用していいのかどうか、まだ分からなかったが、自分でできることには限りがある。

自分の携帯電話の通話記録を調べなければならない——まず、謎《なぞ》の男の正体を知るために。思わせぶりに忠告してきた男を摑《つか》まえて絞り上げれば、何か情報が出てくるはずだ。あの男は自分が想像しているよりもずっと多くの情報を握っている、と甲斐は確信していた。

「少し時間がかかりますよ」その一言を残し、翔子は去って行った。

支局へ戻る道すがら、本当に彼女を信じていいのだろうか、と甲斐は自問し続けた。警察は基本的に強固な一枚岩の組織であり、はみ出した人間の居場所はなくなる。彼女がそんな危険を冒してまで、身内を裏切るような行為をするとは思えなかった。そもそもどうして俺に協力しているのか——並外れた正義感のためかもしれないが、むしろ俺を監視している、あるいはミスリードしようとしているのかもしれない。女を使ってこっちの動向を探らせる……武藤《むとう》はそこまで狡猾《こうかつ》な人間なのだろうか。あるいは武藤ではなく、もっと上の人間、例えば黒木《くろき》が糸を引いているとしたら。

キャリア警官は、無理をしないものだ。手柄もミスもなく、無難に任期を勤め上げれば、その先の道は開けている。黒木は関係ないか——そう思いこもうとしたが、どうにも釈然としない。

信号待ちになった時、甲斐は背広の内ポケットからプリントアウトした防犯カメラの画像を取り出した。

男の顔を斜め上から捉《とら》えた画像。耳にぶら下がるピアスのデザインは……花のように見える。百合《ゆり》のように、先が開いた少し長い花。ピアスにしては珍しいデザインではないだろうか。

この花は何なのだろう。気になり始めると、意識がそこに集中した。後ろからクラクションを鳴らされ、慌ててブレーキから足を離して車を発進させる。交差点を渡ってすぐ左側に車を寄せて停《と》め、ハザードランプを灯してサイドブレーキを引いた。

インターネットでも調べられるが、植物図鑑をめくった方が早いかもしれない。携帯電話で図書館の場所を検索し、後部座席に置きっ放しにしてある住宅地図を見て場所を確認した。市立の中央図書館が、日ノ出町、野毛山公園のすぐ近くにある。車を出し、横浜公園の西側を通って根岸線の南側に出た。ごちゃごちゃした繁華街の中に車を乗り入れ、ナビを頼りに図書館を目指す。この辺りは町が入り組み、非常に分かりにくい場所だ。通りによっては、風俗店の看板が堂々とアピールしている場所もある。横浜らしいと言えば横浜らしいが……。

図書館で、植物図鑑を借り出す。自分が植物の分類にいかに疎《うと》いか、すぐに思い知ることになった。そもそもどの科なのか見当がつかず、図鑑を最初のページからめくっていく羽目になった。やはり百合のような気もするが、シルバーのピアスなので、元々どんな色の花を模したのかが分からない。三十分も図鑑をめくり続けるうちに、目がしばしばし、肩が凝ってきた。

「イペー？」

不意に声をかけられ、慌てて顔を起こす。振り返ると、一人の青年が甲斐の背後に立っていた。無意識のうちに、写真の上に掌《てのひら》を乗せる。声をかけてきた男が何者か分からないが、この写真を迂闊《うかつ》に見せるわけにはいかない。

「イペー？」言い返しながら、甲斐は男の様子を観察した。二十歳……二十代前半といったところ。すっきりした顔立ちのハンサムな男で、冬だというのに綺麗《きれい》に日焼けしていた。艶々《つやつや》とした髪を後ろに撫《な》でつけ、大きな耳を露《あらわ》にしている。寒さをものともせず、シャツの袖《そで》をめくり上げ、筋肉質の前腕部を見せていた。

若者が素早くうなずき、甲斐の横に立って植物図鑑をぱらぱらとめくった。やがて目当てのページを見つけ出し、黄色い花を指差す。

「これがイペー？」

「そう、イペー」

ざっと説明に目を通す。ノウゼンカズラ科の南米東部に分布する落葉高木で、樹高は三十メートル程度にまで達する。ブラジルの国花として知られているようだ。

「有名なのかな」甲斐は青年に訊《たず》ねた。

「もちろん。ブラジルの国の花だから。サッカー代表チームのユニフォームの色も、イペーの花と葉っぱから」

「よく知ってるね」

微笑《ほほえ》みかけると、青年がにっこりと笑い返してきた。

「僕の国だから」

「ああ」日系ブラジル人か。相当の人数が日本で働いている。ただし、自動車工業の盛んな街に集中しており、横浜にはあまりいないはずだ。「あなた、ブラジルの人ですね」

「そうそう。でも、日本にもう十年いる」

「ああ、それで日本語も上手《うま》いんだ」

「まあまあ」青年が親指と人差し指の間に五ミリほどの隙間《すきま》を作って見せた。

この男に聞けば、少しは事情が分かるかもしれない。図書館でおしゃべりともいかないから、外へ出るか。

「ちょっと話を聞かせてくれませんか」

甲斐は名刺を差し出した。青年が目を細め、確認する。顔を上げると「新聞記者？」と疑わしげに言った。

「そう。ちょっとこの写真について調べていて。あなたなら分かるんじゃないかな」

「いいです」青年がまたにこりと笑い、うなずいた。完全に日本人の顔だが、どことなく異国の雰囲気が混じっている。

「じゃあ、お茶でも奢《おご》ろう。ちょっとコピーしてくるから、外で待っていてもらえませんか」

青年がうなずき、ゆっくりと図書館の出入り口に足を運んだ。その背中を見送りながら、甲斐はどうしてこんなところに日系ブラジル人の青年がいるのだろう、とぼんやり考えていた。


青年の名前は複雑で、一度聞いただけでは覚えられそうになかった。「ブラジルの名前のつけかたは難しいんですよ」ということで、呼び方は「カルロス・オノ」にすることになった。もっとも「カルロスでいい」と青年はにこにこしながら言ったのだが。

近くのハンバーガーショップで買ったコーヒーを手に、二人は甲斐の車に座っていた。思い切って、カルロスに防犯ビデオの写真のコピーを見せる。

「そう、間違いなくイペー」カルロスがうなずきながら言った。

「そういうピアスは珍しいと思うけど」

「ブラジルではよく見る……みたい」

「みたい？」

「もう、覚えてないから。日本へ来てから十年になるし、それから一回しかブラジルへ行ってないから。それももう、八年ぐらい前」

「日本へ来たのは何歳の時？」

「十歳」

「そうか。じゃあ、ブラジルと日本が半々なんだね」

「でも、日本の方が長い感じがする」カルロスが肩をすくめる。「ブラジルにいたのは昔過ぎて、もうあまり覚えてないから」

「そうか……」

「イペーはブラジルのシンボル。さっきも言ったけど。うちの妹も、イペーのネックレスをしてる。たぶん、ブラジルでもしてる人は多いんじゃないかな」

「なるほど。ところで、この男の顔に見覚えはないかな」甲斐は、カルロスが広げたコピーを指先で叩《たた》いた。ブラジルのシンボル、イペーをデザインしたピアスをつけた男。

「さあ？」カルロスが首を捻《ひね》る。「顔見えてないじゃないですか」

「まあね」

もしかしたらこの男は、単にデザインの好みでイペーのピアスを選んだのかもしれない。その辺に売っているものかどうかは分からないが。コーヒーを啜《すす》りながら、甲斐は頭の中でもやもやと渦巻く思いに何とか説明をつけようとした。難しい。

「この人が、何か？」

「俺の頭に瘤《こぶ》を作ってくれたんだ」甲斐は耳の上を人差し指で叩いた。

「それはよくない」カルロスが顔をしかめる。「暴力は、ね」

「それでちょっと、懲《こ》らしめてやろうと思ってね」

「暴力に対して暴力はよくないと思う」

「いや、別に殴ってやろうとかそういうことを考えてるわけじゃないから」慌てて甲斐は言い訳した。

「俺は新聞記者だからね。暴力は振るわないよ」

「それならいいけど……でも、こういう感じの人は知らない。僕の仲間にはいないと思う」

「仲間？　横浜に、そんなにたくさんブラジルの人がいるのか？」

「そんなに多くはないけど、何人かは。僕の周りには五人ぐらいかな。皆、仕事も違うけど、仲間だから」

「君は元々、どこにいたんだ？」

「愛知。父親が日本へ来て、自動車の部品製造会社で働いていたから。ブラジルから一緒についてきて。それで普通に高校まで出たんだけど、就職が厳しくて」

「ああ、時期が悪いよね」カルロスが高校を卒業したのは二年前だろうか。ちょうど景気が悪くなり、就職率がぐっと悪くなった時期だ。ましてや日系ブラジル人となれば……。

「父さんも、何とか馘《くび》にならないで働いてるぐらいだから、迷惑はかけられないし。愛知では仕事が見つからなかったから、こっちへ出て来たんだ」

「それで今は何を？」

「中華料理店」

「なるほど」

横浜は懐が深い。中国人が経営する店で日系ブラジル人の青年が働き、生活していく。それも特に不思議な感じではない。

「今日は？」

「休みで、ちょっと勉強に。本当は大学に行きたかったけど、それは難しいから」

「今からお金を貯《た》めれば、大学ぐらい、行けるんじゃないか？」

「でも、なかなかね」カルロスが肩をすくめる。「そう簡単にはいきません。お金も貯まらないし」

「そうか……頑張ってくれ、としか言えないけど頑張ってくれよな」我ながら無責任だと思いながら甲斐は言った。バブルの時代に、安い労働力を確保するために入管法を改正し、日系の人を働きやすくした経緯があるぐらいは甲斐も知っていた。短期間に金を稼いでブラジルへ帰るつもりが、ずっと長く日本に住んでいる人がいることも。その結果、様々な歪《ゆが》みが生じているであろうことも、想像に難くない。

「まあ、どうなるか分からないけど」カルロスが寂しげな笑みを浮かべた。

「それは誰でも同じだよ……悪かったな、説教臭いことを言って」

「いや、いいです」カルロスがコピーを甲斐に返した。「それよりこれ、大事なことなんですか」

「まだ分からないけど、軽い問題じゃないよ。人の命が懸かっているかもしれない」

「人って、甲斐さんの？」

「いや、自分の命だったら、こんなに難しく考えないかもしれないな」

「人の命も自分の命も、どっちも大事だと思うけど」

一本取られた。修行が足りないな、と甲斐は苦笑いを浮かべた。

失敗だった、と思う。最近は二階《にかい》を追いかけ回したり、殴られたりで、まともな原稿は一本も出していない。そうこうしているうちに、書かなければならない原稿の締め切りが来てしまった。とはいっても、暇ネタだ。第二県版で毎週木曜日に連載している「横浜モダン物語」である。取材は赴任直後に終えており、後は原稿を書くだけだったのだが、締め切りになる今日まで先延ばしにしていたのである。まあ、こんな原稿——わずか五十行の原稿ぐらい、三十分で書き上げてやると思っていたのだが、いざ始めるとどうにも筆が進まない。ふと気づくと、キーボードの上で手が完全に止まっている。

「そっちの原稿、そろそろ出る？」小松《こまつ》が訊《たず》ねてきた。軟派な続き物の原稿は、彼の担当なのだ。

「ああ、もうちょっと待って下さい。あと十分」本当に？　最後の締めがどうにも浮かばないのだ。

「横浜モダン物語」は、基本的に「人物《ひともの》」とジャンル分けされる種類の記事である。毎回一人の人物に焦点を当て、その人に徹底的に語らせるスタイル。テーマは「横浜らしいモダンさ」と曖昧《あいまい》で、誰を取り上げても、何を書いてもいい分難しい。甲斐はよりによって、自分の一番苦手なテーマであるファッションを取り上げてしまった。登場人物は、馬車道で明治時代から商売をしている男性洋品店の四代目。靴を中心とする薀蓄《うんちく》をあれこれ聞かされて、取材はほとんど空回りしてしまったのを思い出す。

『ファッションのブームは何度も繰り返す。それに乗るか、乗らないか。《越後屋》は乗らぬまま、百年以上の歳月を地元密着でやってきた。日本人の体型の変化があっても、スーツの基本的な型は、初代が作り出したものと変わっていないという。つまりそれが、《越後屋》の産み出したモダンなのである』

どうも、イマイチだ。しかしいくらこねくり回しても、ファッション音痴の自分にはこれ以上の原稿は書けまい。諦《あきら》め、甲斐は原稿を送信した。写真を選んでいると、にやにやしながら小松が声をかけてくる。

「苦労した？」

「多少、ね」

「慣れない原稿は辛《つら》いねえ」

「まあ、お願いします。次はもう少し書きやすいネタにしますから」

「写真、頼むな」

「今出しますよ」

ぼんやりとパソコンの画面を見詰める。まったく、写真が下手だな……社会部時代は、常にカメラを持ち歩いてはいたものの、自分の撮った写真が紙面を飾ることはなかった。その結果、元々下手だった写真の腕はますます落ちたようである。そのために給料を貰《もら》っているわけじゃないからな、と自分を慰めたが、今回の写真もどうにもいただけない。カメラマン兼記者でいくと、どうしても写真がおざなりになる。相手の豊かな表情を捉えきれず、ポーズ写真なのに、選挙用の顔写真のようなものしか撮れないのだ。

携帯電話が鳴り出した。翔子……慌てて電話を引っつかみ、支局を飛び出す。階段の踊り場で電話に出たが、よほど慌てて聞こえたのかもしれない。翔子が怪訝《けげん》そうな口調で訊ねた。

「今、まずいですか」

「いや、支局にいたから……」呼吸を整えながら甲斐は言った。「中では話しにくい」

「そうですか。電話の相手、分かりましたよ」

「ああ」甲斐は思わず電話をきつく握り締めた。

「名前と住所、それに携帯の番号だけですけど」

「当面、それで十分じゃないかな」甲斐はその場にしゃがみこみ、膝《ひざ》の上でメモ帳を広げてペンを構えた。

「どうぞ」

「福沢俊夫《ふくざわとしお》。住所は横浜市青葉区青葉台」

「どの辺だろう」

「田園都市線の青葉台付近じゃないですかね。まだ確認してないけど」

「ああ、あの辺か……結構いいところだよね」

「ベッドタウンで。そういう街が好きな人ならば」

「何かベッドタウンに恨みでも？」

「特に何も思ってませんけど……どうします？　訪ねてみますか？」

「もちろん」腕時計で時間を確認する。四時。あの男は働いているのだろうか。普通のサラリーマンなら家にはいない時刻だが……取り敢えず、家を訪ねて場所を確認し、夜になってから出直してもいい。

「私も行きますよ」

「勝手に動き回ってて大丈夫なのか？　他の仕事は」

「今、うちの署は暇ですから」

本当なら、二階の捜索に力を入れていなければいけないところだ。ちゃらんぽらんな武藤の態度を思い出すと、苛立《いらだ》ちが募る。

「分かった。じゃあ、現地で落ち合う形でいいかな」

「この時間だったら電車を使った方が早いですよ。夕方の渋滞が始まってますから」

「了解」頭の中で、電車の路線図を思い出す。横浜線で長津田《ながつた》まで出て、田園都市線に乗り換えだろうか。

「横浜線なんか使っちゃ駄目ですよ」甲斐の考えを読んだように、翔子が言った。「地下鉄であざみ野まで出た方が早いですから」

「了解……それと、あのピアスだけど、イペーだと思う」

「何ですか、それ」

甲斐は図書館での出来事を話したが、翔子の反応は鈍かった。

「ちょっと……何とも言えませんね、それは」

「いい線だと思うけど」

「たまたま、ですね。だって、本当にイペーかどうかも分からないじゃないですか。もしかしたら百合かもしれないし」

指摘されると、急に自信が揺らいでくる。完全に食いついたわけではないと思っていたが、やはり自分では可能性にしがみついていたのだ、と意識する。

「まあ、無駄な話じゃないと思いますから」翔子が慰めた。

「そうかもしれない、という程度に考えておいた方がいいだろうね」

「今の段階だと、一つのことに固執しない方がいいと思いますよ」

「いや、固執しなくちゃいけないことが一つはある」甲斐はメモ帳を胸ポケットに落としこみ、立ち上がった。「福沢。こいつは間違いなくキーパーソンだ」


青葉台の駅前には、印象的なアーチがある。バスターミナルの出入り口にかかっているのだが、鉄骨を組み合わせて竜の背骨をイメージさせるようなオブジェになっているのだ。それを横目に見ながら、駅前の通りを早足で歩き出す。陽《ひ》は落ちかけ、冷たい風が首筋を撫でていく。

横浜は多彩な表情を持つ街だ。古くからの歴史ある港町の顔を持つ一方、田園都市線沿線は、完全に東京のベッドタウンとして開発されている。瀟洒《しょうしゃ》な住宅地で、駅前の繁華街もごく短く、質素なものである。黄金町《こがねちょう》と同じ市内にあるとはまったく思えない。

背中を丸めたまま、枯れた街路樹の下を真《ま》っ直《す》ぐ北へ向かって歩いていく。地図を確認した限りでは、このまま一キロほど直進し、さらに小学校を目印にして歩いていけばいいらしい。しかし甲斐はすぐに、道に迷ってしまったのを悟った。左へ曲がる角は分かったのだが、一度住宅街の中に入ってしまうと、方向感覚を狂わされたように自分の居場所が分からなくなってしまう。新しい住宅地のはずなのに、東西南北整然とした道路網を整備するつもりはなかったようである。改めて地図を見てみると、道路はまるで複雑な一筆書きのように入り組んでいる。

苛々し始めた時、携帯電話が鳴り出した。原稿の問い合わせかと思い、電話に出ると翔子である。

「申しわけないですが、行けません」

低い、用心した声に、甲斐は警戒感を強めた。翔子は、詳しくは話したくない様子である。

「まさか、動きが漏れた？」

「そういうわけでは……」

「漏れそうになって監視が厳しくなった？」

「そんなところです」

「分かった。無理しないで下さい。こっちも、将来性ある刑事のキャリアが無駄になるのは望まないから」

「すいません」

翔子の声は消え入りそうだった。何か励ましの言葉をかけるべきかもしれないと思ったが、言葉は呑《の》みこむ。もしかしたらこれがすべて芝居である可能性もあるのだ——それは、彼女がもたらした情報を検証すれば分かる。ようやく目当ての家を探し出した結果、少なくとも電話の男に関する情報は当たっていることが分かった。

二階建ての民家で、表札には確かに「福沢」とあった。家族の名前はない。玄関脇のカーポートは空。玄関の前には自転車が一台、置いてあった。人の気配は感じられないが……甲斐は思い切ってインタフォンを鳴らした。電子音が家の中から聞こえてきたが、返事はない。不在か、呼びかけに応じないだけか。甲斐は次の行動に少しだけ迷った。近所に聞き込みをしてみる手はある。言い訳はいくらでも考えられるが、最近は用心している人も多いから、疑われる可能性も高い。だったら、取り敢えず本人が戻って来るまで待つか。しかしそれは時間の無駄だ。

結局、近所の家のドアをたて続けにノックし始めた。あまり策を弄《ろう》さずに「福沢さんについて知りたい」「取材の関係で」という言い分を盾にした。露骨に不審がってドアを閉めてしまう家も多かったが、時に取材に応じてもらえることもあった。

しかししばらく聞き込みを続けた結果得た結論は、「どういう人か分からない」。

福沢は数年前に中古住宅を買って引っ越してきたようだが、その当時から一人暮らしで、近所とのつき合いも皆無だった。顔を合わせれば挨拶《あいさつ》はするのだが、町内会の会合などにもまったく顔を見せない。

「まあ、最近はそういう人も珍しくないので」五軒目でぶつかった町内会長が、渋い顔で答えた。

「分かります」玄関先に立ったままの甲斐は、愚痴でも聞かないよりはましだと思い、相槌《あいづち》を打った。

「本当に一人暮らしなんですか？」

「だと思いますよ。ご家族の顔は見たことがないんで」

「お仕事は？」

「それも、ねえ」町内会長が首を捻《ひね》る。「家に籠《こも》りきりじゃなくて、よく出歩いてるんですけど、特に出勤している感じでもなくて。勤め人なら、毎日決まった時間に家を出るでしょう？」

「でしょうね」

福沢は、年齢的にはリタイヤしていてもおかしくはない。だが、会った時に感じた気配は、現役のそれだった。最初に感じた印象通りに、大学教授なのかもしれない。それなら講義の時間に合わせて出勤時刻も変わるだろう。毎日家を出なくてもおかしくはない。それに、大学で教えている先生には、変わり者が多い気がする。

「福沢さんは、どんなタイプに見えました？」

「どんなって……」困ったように、町内会長が目を細める。「イメージ？」

「ええ。退職している人なのか、今も働いているのか？」

「リタイヤした人には見えませんよね。動きがきびきびしてるっていうか……退職すると、焦ることがなくなるから、何となく動きものんびりするでしょう。私もそうでしたよ。会社を辞めた後、駅まで歩いてみたら、現役時代は十五分で行けたのが二十分かかりましたからね。私としては、いつもと同じペースで歩いているつもりだったのに」

「そうですか……誰か、近所で特に親しい人はいなかったですかね」

「私は知りませんねえ」町内会長が首を傾《かし》げる。

結局、張りこんで本人に直接聞くしかないようだ。時間がかかるし、無駄に終わる可能性もないではないが……一緒に動ける相手が欲しい、とつくづく思った。背中を守ってくれる相手、自分の不在をカバーしてくれる相手がいないのがこんなにも心細いということを、甲斐は改めて思い知った。

次第に街が暗くなり、人の家を訪ねるには躊躇《ちゅうちょ》する時間帯になってきた。夕飯時は、できれば外すべきタイミングである。どうするか……どこかで食事をしてから夜の張り込みに備える、あるいは支局に戻る選択肢もある。考えながら駅の方に向かって歩き出すと、携帯が鳴った。見慣れぬ電話番号が浮かんでいる。また得体の知れない情報提供者から電話か……しかし、耳に飛びこんできたのは、数時間前に聞いた爽《さわ》やかな声だった。

「甲斐さん？　カルロスです。カルロス・オノ」

「ああ、どうも」安心するよりも、警戒心の方が先に立った。確かに話はしたし、ある程度の情報は手に入れることができたのだが、それからあまり時間も経《た》たないうちにまた電話してきたのはどういうことか。

たかりだな、と判断する。時には、情報提供にかこつけて、飯や酒を奢れと言ってくる人間もいる。そこから金品の要求にエスカレートする場合も少なくない。基本的に新聞記者は、そういう要求は受けないのだが……飯ぐらいは奢ってやってもいいかな、と警戒心を少しだけ緩めた。悪い男ではなさそうだし、一人で食べる夕食が味気ないのはよく知っている。

「ちょっと話したいことがあるんですけど……あの、ピアスのことで」

「何か分かった？」

「売ってる店。横浜にあるよ」

「わざわざ調べてくれたのか？」

「ちょっと友だちに聞いただけだから」遠慮がちにカルロスが説明した。「大したことじゃないし」

「じゃあ、飯でも奢ろうか」電話してくれた好意に応《こた》えることにした。疑ってかかっていたらきりがない。

「今、ちょっと遠くにいるんだ。君は？」

「阪東橋《ばんどうばし》」

「じゃあ、関内で落ち合おうか。阪東橋じゃ、あまり飯を食う場所もない」

「そのお店、阪東橋にあるんだけど」

「そうか……」頭の中で、横浜の交通地図をひっくり返す。ここからだと、また田園都市線から地下鉄を乗り継ぐルートになるはずだ。「じゃあ、阪東橋で。店の場所は？」

教えられるままメモし、甲斐は駅の方に向かって歩みを速めた。阪東橋か……馴染《なじ》みのない街に行くのは少し気が引ける。あの辺も町がごちゃごちゃに入り混じり、歩きにくい場所だったのではないか。

いつになったら横浜に慣れるのだろう——いや、慣れる必要があるのかと甲斐は自問した。もちろん、答えは簡単には出てこない。

阪東橋は、関内・横浜駅付近のオフィス街のベッドタウンの位置づけなのだろうか。駅はそれほど綺麗ではないのだが、比較的新しいマンションが建ち並び、街並みは整然としている。大岡川を渡って黄金町に入ると、また独特の雑然とした雰囲気が出てくるのだが。

カルロスが教えてくれた店は、大岡川沿いのマンションの二階にあるようだった。マンションの前で寒さに震えているカルロスを見つけ、手を振る。彼が人懐こい笑みを浮かべた。結構女の子にもてそうな顔だな、と思う。

「悪い。待たせたね」

「大丈夫。分かりにくい場所だから」

「そうだな」ビルを見上げる。看板もかかっていなかった。それでまた警戒感が強まる。「本当にここに店が？」

「心配？」

「多少、ね」

「騙《だま》したりしないから」またも人懐こい笑みを浮かべる。笑顔に魅力がある人間にはいろいろなタイプがあるが、少なくともカルロスは、詐欺師タイプの笑みを浮かべる人間ではない、と判断する。記者は警察官ではないのだ。最初に疑ってかかる必要はない。

「どんな店なんだ？」

「日本人のデザイナーがやってる店」川面《かわも》を渡った寒風が吹き抜け、カルロスが肩をすくめる。「そんなに売れてないけど、知ってる人は知ってる」

「知る人ぞ知る、か。じゃあ、あまり儲《もう》かってないんだ」

「たぶん、ね」カルロスがにやりと笑った。

「じゃあ、行ってみるか」

うなずき、カルロスが先に立ってホールに入った。事務所も入っていれば住宅もある雑居ビル。

「そこの店には顔を出したのか?」カルロスの尻を階段の上に見上げながら訊ねる。

「ちょっとね。品物を見る振りをして。ちょっと、僕には買えない」

「そんなに高いんだ」

「ピアス一つ——一組、二十万円とか」

「ダイヤでも使ってるのか?」

「シルバーだけどね」

甲斐はアクセサリーの類《たぐい》には弱い。それを言えばファッション全般に関して知識に乏しいが、カルロスもそれほど詳しいようには見えなかった。

「ここ」

カルロスが立ち止まる。すぐ先で、ストッパーをかましたドアが開いていた。壁には「Ｓｋｕｌｌ」と店名を書いたシルバーのプレートがかかっている。どくろか……何ともおどろおどろしく、イペーの花のイメージには結びつかなかった。しかし、ドアを開け放しているのだから、それほど怪しいこともないだろうと自分に言い聞かせ、カルロスを先に立てて中に入った。

想像していたよりも店らしい店だった。玄関で靴を脱ぐようになっているが、上がってすぐにガラス製のショーケースがあり、そこに余裕を持って装飾具が並べてある。黒い布地の上なので、銀色の製品はひどく目立って見えたが、中には他の色の製品もある。甲斐はさっと視線を走らせ、イペーのような花のデザインの物が幾つかあるのを見つけた。

ショーケースはカウンター代わりでもあり、上にも一枚、黒い布が置いてある。玄関を入った部屋は、元々十畳ほどの広さがあるようだが、そのうち大部分を、カウンターの向こうにある作業台が占めていた。甲斐たちが入って来たのに気づき、背中を丸めて作業台に屈《かが》みこんでいた男が顔を上げる。

結構年がいっている、と見た。五十代半ば……六十歳近いかもしれない。髪の色が抜けた長髪を首の後ろで一本に縛り、分厚い眼鏡をかけている。皺《しわ》はさほどないが、目の下のたるみが目立つ。まるで眼鏡の重さで、皮膚が垂れ下がってしまったようだった。赤黒チェックのシャツにデニムのオーバーオールという、森の中にでもいた方が似合いそうな格好をしている。

「いらっしゃい」かすれた声。甲斐は一歩前へ進み出て、ショーケースの上にコピーを広げた。店主が怪訝そうな表情を浮かべ、甲斐の顔とコピーを交互に見る。甲斐は慌てて名刺を差し出した。

「……記者さん？」

「ええ。こちらで売られた……と思われるピアスについて伺いたいと思いまして」

「それが何か？」拳《こぶし》で眼鏡を押し上げながら、店主が不機嫌な口調で言った。

「ここでピアスを買った人間に殴られたんですよ」

「何ですか、それ。そんな話なら、警察にすればいいじゃないですか」

「そういうわけにもいきません。自分のことですからね」

「いきなりそんなことを言われて信用が――」店主の目が甲斐の頭を捉えた。しばらく唇をもごもごと動かしていたが、やがて「それは間違いないようだね」と認める。

「それにしても分からないな」店主が首を振った。「うちで買ったものだと決まったわけじゃないでしょう」

「そう言われる前に、よく見ていただけますか。この件には、人の命が懸かっているんですよ。私の同僚の」

命、という言葉に、店主がかすかに反応した。眼鏡の奥の目を細め、値踏みするように甲斐の顔を凝視する。

「本当ですかねえ」

「こんなことで嘘《うそ》をついても仕方ないでしょう」少しだけ声に苛立ちを滲《にじ》ませながら、甲斐は言った。さらに一歩前へ進み、カウンターに両手をつく。「事態は一刻を争うんです。あなたの協力が必要なんです」

「まあ、そこまで言うなら……」

店主がショーケースを離れ、作業台の上から名刺を一枚取ってきた。甲斐は両手で押し頂き、名前を頭に叩きこむ。衛藤隼人《えとうはやと》。

「ペンネーム……じゃないですよね」

「まさか」

「随分格好いい名前ですから」

衛藤がようやくにやりと笑った。

「本名ですよ。それで？　このコピー、随分画像が粗いですね」

「防犯カメラの映像をキャプチャーしたものです」

防犯カメラという言葉に反応して、衛藤の頰《ほお》がぴくりと動いた。

「つまり、この人が……」

「たぶん、私を襲った人間ですね」

衛藤の喉仏《のどぼとけ》が上下した。コピーには手を触れず、顔をショーケースに押しつけるようにして確認する。

「このピアスねえ……確かに、うちで作ったものに見えるけど、これだけ粗いと、自信はないなあ」

「確認できませんか」

「百パーセントそうかと言われたら、違うと言わざるを得ないな。そんな自信はない。こういうデザインのものを作ったのは間違いないけど」

「イペーですね？　ブラジルの国花の」

「ええ。国花はデザインのモチーフによく使いますよ。横浜は国際都市だから。外国の船員さんとかが、喜んで買っていくんです。注文を受ければ、二日ぐらいで作れますから、オーダーも結構あるんですよ」

甲斐はショーケースに視線を落とした。確かに、様々な花をデザインしたピアスが置いてある。しかしよくもこんなに細かく……バラなど、相当手がかかるのではないだろうか。一目見ただけでバラと分かるのは、衛藤の腕が確かな証拠かもしれないが。

「イペーを作られたことは？」

「ありますよ」衛藤があっさりと認めた。

「普通に作ったんですか？　それともオーダー？」

「あれはね……オーダーだったと思うけど、ちょっと待って」作業台の背後にある棚に向かった衛藤が、一冊のフォルダを引き抜いた。それをショーケースの上に広げ、目当てのページをすぐに見つけ出した。

「半年前だね」

「注文した人を教えてもらうわけには――」

「それはちょっと、どうかな」証言を拒否するように、衛藤がフォルダをぱたんと閉じた。「個人情報を漏らすのはまずいですよね」

「ここから話が出たことは、絶対表沙汰《おもてざた》にはしません。それに先ほども言いましたけど、これには人命が懸かっているんです。情報が遅れれば遅れるだけ、危なくなる」

「そう……」衛藤が髭《ひげ》の浮いた顎《あご》を撫でた。「まあ、そういう風に言われちゃうとね。弱いんですよ」

「お願いします」甲斐はショーケースにくっつきそうなほど低く頭を下げた。顔を上げると、衛藤がフォルダの一角を指差しているのに気づいた。慌ててメモ帳を取り出し、名前と住所、電話番号を写し取る。

予想していた通り、日系ブラジル人らしい名前だった。

「これは、本人が書いたんですか」

「そう」

「日系ブラジル人、ですか」

「名前を見る限りね。言葉も字も、全然不自由してない様子だったけど」

「日本に長くいれば、それが自然です」カルロスが突然割って入った。

「あれ？　あなたもブラジルの人？」

「そうですけど、来年からは日本人ですね」カルロスがにこりと笑う。「来年になると、日本に来てからの方が長くなります」

「上手いこと言うねえ」感心したように衛藤が顎を撫でた。「この人は、そこまで口が上手くなかったけど」

「どんな人ですか？」

「二十代半ばぐらいかな……背が高くて、結構がっちりしてて。うちに来た時には、どくろのピアスをしてたんだけど」

「それもこちらのピアスじゃないんですか？　お店の名前の由来ですよね」

「ああ、そんなこと言ってたね」衛藤がうなずく。「それが気にいって、オーダーでも早くできるからまた来たんじゃないかな」

「なるほど……それきりですか？」

「そうね。ちゃんと金は払ってもらいましたよ」

「何か話はしましたか？　ブラジルのこととか」

「いやあ、そういうのはないね。でも、『あとで同じものを注文するかもしれない』って言ってたな。その後は音沙汰がないんだけど」

「そうですか……どうもすいません、無理言って」

「本当に、内密にね。ばれたらまずいから」

「十分気をつけます」

「だけど、人の命ってどういうことなんですか？　穏やかじゃないですね」

「それは——」そのうち記事で読んで下さいと言いかけ、甲斐は言葉を呑んだ。記者の失踪《しっそう》が記事になる——つまり、事件化だ。そんなことになって欲しくない、という願いは依然として強い。

もう一つ、気になることがあった。カルロスの様子がおかしい。怯《おび》え……というほどでもないが、握り締めた拳が細かく震えているのだ。体の奥底に巣くった恐怖を、何とか押し潰《つぶ》しているような感じである。

挨拶もそこそこに、甲斐はカルロスの背中を押して店を出た。掌が触れた彼の背中は、確かに震えているように感じられた。

阪東橋駅の方に取って返し、二人は古いハンバーガーショップに入った。軽いものがいいだろうと勝手に判断したのだが、それが誤りだったことはすぐに分かった。出てきたハンバーガーは巨大で、両手で辛うじて持てるような重さだったのである。これは胸焼けするな、と覚悟しながら、分厚いハンバーガーにかぶりつく。トマトとアボカドがこぼれ落ちて、ハンバーガーは最初の一齧《ひとかじ》りで残骸《ざんがい》と化した。

カルロスは旺盛《おうせい》な食欲を発揮し、あっという間にハンバーガーを平らげてしまった。つけ合わせのフレンチフライ——スコップで盛ったような量だった——をつまみながら、暗い目で甲斐を見やる。

「あのさ」甲斐は半分食べたハンバーガーを皿に置いた。「さっきの店で、どうかしたのか？　何だか怖がっていたように見えたけど」

「怖くは……ない」

「本当に？」

うなずいたが、カルロスの顔は紙のように白かった。

「何か気にしてたんじゃないか？　ピアスの話をしてた最後の方で、引っかかったことがあったとか、買った人を知っているとか」

カルロスがぴくりと体を動かした。体を小さく見せようとするかのように背中を丸め、視線を逸《そ》らしてしまう。

「何か気づいたことがあるなら言って欲しい」

「あの、誰を捜してるんですか？　友だち？」

「会社の同僚」どこまで事情を話していいか迷った末、甲斐は具体的な名前を一切出さず、ごく簡単に事情を説明した。

「それは心配ですね」話し終えると、カルロスが心底心配そうな顔つきでうなずいた。「でも、その件と甲斐さんが襲われた件と、何の関係があるんですか」

「それはまだ分からない」何となく糸がつながらないでもないのだが……まだはっきりした推理を組み立

てるまでもいかない。この件に関しては、福沢を摑まえて話を聞かない以上、何も分からないだろう。

一瞬、福沢も死んでいるのではないか、と想像した。例えば時松《ときまつ》が自殺したように——根拠はない。状況が何も分からないうちに余計なことを考えるな、と甲斐は自分を戒めた。

「それで君は、何を気にしてたんだ」

「横浜にはいろいろな人がいるでしょう」

「ああ、そうだね」人口三百万人超。横浜は日本屈指の大都市だ。しかしカルロスは、そういう意味で言ったのではないようだった。

「外国人がたくさんいる」

「そうだな。昔からそうだ。それが横浜の特徴だし——」

「新しく入って来る人もいる」カルロスがやや焦った口調で甲斐の話を遮った。

変だ。人懐っこいが、最低限の礼儀はわきまえている男のはずである。急に焦りを感じているようだったが、話の行く先が想像もできず、甲斐はうなずくことしかできなかった。辛うじて質問を紡ぐ。

「新しい人って？」

「外国人とか」

「ええと、意味がよく分からないんだけど」甲斐はハンバーガーの皿を押しやり、コーヒーを一口飲んだ。それに合わせるように、カルロスもコーラを啜る。

「最近、ブラジル人の顔、よく見ない？」

「どうかな」甲斐は苦笑した。街の事情を把握できるほど長く、横浜にいるわけではない。ましてや、毎日ほとんどを、二階を捜すことに費やしているのだ。街の様子は、何の目的もなくぶらぶらと歩き続けることでしか分からない。「実は、横浜に来てまだ間もないんだ」

「ああ、そうなんですか」失望したようにカルロスがうなずく。まるで自分で説明することが怖く、甲斐に見抜いて欲しいと願っているようだった。

「だから、あまり事情は知らない。ブラジル人が増えてるのか?」

「そう」

「そういう君もブラジル人じゃないか」

「僕は、来年から日本人」

先ほど「Ｓｋｕｌｌ」で言った説明をカルロスが繰り返した。その理屈は分からないでもない。甲斐も故郷を離れて二十年。その間いろいろな街に住んできたが、少なくとも今は、故郷の人間であるという意識は薄れてしまっている。ましてやカルロスの故郷は地球の裏側にあり、そこを離れたのは十歳の時なのだ。記憶も色あせるだろうし、日々の生活に追われて、そもそも思い出すことも少なくなっているのではないだろうか。

「そうか、そうだったよな。それで、ブラジル人っていうのは?」

「今、日本にいるブラジル人は大変なんです」カルロスがにわかに真面目《まじめ》な表情になり、両手を組み合わせた。「不景気で、仕事がなくなっている。家を追い出される人もいるし、そういう人たちがどこに行くか……それまで住んでいた街を離れる人もたくさんいる」

「元々、静岡や群馬にたくさんいるんだよな」

「大きい工場のあるところ」カルロスがうなずく。「二十年も前に日本の法律が変わって、出稼ぎしやすくなって、ブラジル人がたくさん日本に来ました。でもそれから景気が悪くなったり、また回復したり……いろいろあったんですね」

この男は俺よりずっと、日本の経済情勢に明るいのではないか、と甲斐は苦笑した。うなずいて先を促す。

「でも最近は、本当に駄目。工場も親会社の経営が危ない。工場のラインが縮小されたり廃止されたりして、働く場所がなくなってる。ブラジルへ帰るだけの貯金がある人はいいけど、それもできない人も多いんです。僕の父は、会社から放《ほう》り出されなかっただけ、ラッキー」

「なるほど」

「父は、医者だったんです」

「ブラジルで？」意外な打ち明け話に、甲斐は目を見開いた。「医者が、わざわざ日本に来て自動車部品工場で働くのは、少し不自然な感じがするけど」

「手っ取り早く金を稼いで病院の開業資金にしたかった、と父は言っていました。日本は賃金が高いから、五年も働けばそれぐらいの金は貯まるはずだからって」

「でもまだ、日本にいる」

「ええ」カルロスの顔に、寂しげな笑みが浮かんだ。「ちょっと、いろいろあって……」

「差し支えなかったら、話してくれないかな」

「あの、母が死にました」さらっとした台詞《せりふ》だったので、事実が甲斐の頭に染みこむのに少し時間がかかった。情報を整理しようとしたが……情報そのものが圧倒的に足りない。

「お母さんはブラジルに？」

「いえ、母も一緒に日本に来て、働いてました。同じ工場で共稼ぎ。でも七年前、交通事故に遭って……それも、同じ日系の子が運転する車にはねられたんです」

甲斐は思わず顔をしかめた。工場を中心に、日系ブラジル人のコミュニティーができているのではないだろうか。そこで起こった不幸な事故。考えただけで、濃厚な人間関係に楔《くさび》が打ちこまれたであろうと分かる。

「父は、ブラジルには家族がいなかったんでしょう。両親……僕のおじいちゃんとおばあちゃんは早くに亡くなって、兄弟も親戚《しんせき》もいなかったから、自分の手で人生を切り開いていくしかなかった。そのために一生懸命勉強して、医者になったんですね。でも母が亡くなって、急に気が抜けたみたいで。ブラジルに帰る気もなくなって、毎日工場と家の往復です」

「そうか……」こういう場合、慰めの言葉は難しい。「残念だったね」甲斐は結局、シンプルな台詞を選んだ。

「でも父は、再婚しましたから。日本人の女性と。今の母です」

「じゃあ、これからもずっと日本に？」

「そのつもりだと思います。日本人の女性と結婚したから、日本にいやすくなった。工場も簡単に解雇はできない。もちろん、そういうことを計算して再婚したんじゃないと思いますけど」カルロスがくすりと笑った。「いい人ですよ、新しいお母さん。僕は、邪魔したくないから家を出てきたわけで……でも、僕たちのような人間はラッキーだったと思う」

「仕事や家をなくした人がいるんだ」

「ええ」カルロスの目から光が消えた。「残念ですけど、そういう人たちは悪い方に走ったりします。泥棒したり、人を傷つけたりね……でも、自業自得だとも思うよ」

「というと？」

「若い子は、日本語を学ぼうとしない。日本人の中に入って行こうとしない」カルロスが肩をすくめた。

「自分たちだけで固まってる。そういうの、よくないでしょう」

「ああ、たぶん」

「そういう人たちが集まって来る場所が、東京や横浜なんです」

長い前置きが終わり、話がようやく本題に入ったようだった。甲斐は座り直し、彼の言葉に意識を集中した。

「ちょっとしたコミュニティーが、横浜にもあります。何とか仕事にありつけた連中もいるし、働いてない連中もいるけど、つるんでる。つるんで悪いことをしている連中もいる」

「そうなんだ」

「同じ日系ブラジル人を襲ったりするから、あまりニュースにならないんじゃないですか。日本人には関係ない話だから」カルロスが言葉に少しだけ棘《とげ》を混ぜた。

「確かに、俺はそういう話を聞いたことはない」警察も？　警察の場合はそうもいかない。手をつけられない場所はあるかもしれないが、基本的に日本で事件が起きたら、無視するわけにはいかないのだ。犯人を挙げる気があるかどうかはともかく、捜査はする。

「あのイペーは……」カルロスが細い顎をつまんだ。「ああいうピアスをしている人を、友だちが見てます。そういう話を聞いてます」

「それは、ピアスぐらいは――」

「そうじゃなくて」苛立たしげに、カルロスが甲斐の言葉を遮った。「揃《そろ》いのピアス。つまりグループです」

「どういうことだ」

「ギャングですよ」そう告げるカルロスの声は、明らかに震えていた。

9

カルロスは、「ピアスに関してもっと詳しく事情を知っている人間を紹介する」と言ってくれたが、その日に限ってその相手は摑《つか》まらなかった。連絡が取れたら電話してくれるように念押しし、甲斐《かい》は福沢俊《ふくざわとし》夫《お》を摑まえるため、再び青葉台に向かった。一度支局に寄って、今度は車を使う。

それほど遅い時間ではないが、住宅街の夜は静まり返っていた。少し離れた路上、電柱の灯《あか》りに浮き上がらない場所を探して、車を停《と》める。どうにも落ち着かなかった。深夜の張り込みは、しばしばトラブルの元になる。車を使おうが、ただ立っているだけだろうが、「怪しい人間がいる」と気づく住民はいるものだ。実際に何度か、通報されたこともある。これが警察官なら、手帳を見せるだけで誰にも邪魔されず、何時間でも張り込んでいられるのだが。

十時。相変わらず福沢の家には灯りが点《とも》っていない。もしかしたら、この位置からは見えない裏口から家に入り、灯りを点《つ》けないまま寝てしまったのではないか、という予感に襲われる。

車のドアを開け、寒風が這《は》うように吹くアスファルトの上に立った。家まで行き、一瞬躊躇《ためら》った後にインタフォンを鳴らす。反応、なし。そのまま一分待って、もう一度鳴らした。広い家ではないから、寝ていてもこれで気づくはずである。だが、やはり返事はなかった。

念のため、裏口に回ってみる。小さな勝手口の外にはビールとウィスキーの瓶がまとめて出してあり、それで福沢がかなりの酒呑《の》みだと分かった。一度だけ会った印象では、そんな感じはしなかったのだが。

ドアノブに手をかけ、ゆっくり回す。鍵《かぎ》はかかっていた。

帰宅していない、という結論に達し、車に戻る。中も、外と同じように冷えきっていた。目立つのでエンジンをかけられないから、どうしてもこのまま寒さに耐えるしかない。甲斐はふと、駆け出しの頃を思い出した。金沢支局で記者生活を始めた甲斐にとって、冬の寒さとの戦いは非常に厳しかった。四国の出身であるせいもあって、北陸の寒さは骨身に染みたものである。「車の中で張り込むなら絶対にエンジンはかけるなよ。一酸化炭素中毒で死ぬぞ」という先輩の忠告を律儀に守るため、早々に防寒用のタイツを買いこんだものだ。

そういう厳しい感覚を、しばらく忘れていた。だが、あの頃に比べて根性がなくなっていることは簡単に自覚できる。寒さと静けさが心を侵し、こうしているうちにも何か嫌なことが起きているのではないか、という恐怖に襲われた。嫌なこと——二階《にかい》が殺されているとか。

日系ブラジル人か……概して大きな問題は起こしていない。しかし、警察が手をつけられないブラジル人コミュニティーの中で何が起きているかは分からない。二階はそういうところへ突っこんで取材していたのだろうか。

ブラックボックスだ。実際に手を突っこんでみないと何も分からない。

あれこれと思いが散らばる。いつの間にかハンドルに両手を預け、顎《あご》を乗せて前屈《まえかが》みになっていた。十時半。福沢は仕事をしているのだろうか。それとも何か別の用事があって出かけているのだろうか。このまま張り込んでいても、戻って来る保証はない。ふと気づくと、携帯電話を手にしていた。意味があるとも思えないが、「福沢俊夫」の名前でインターネット検索を試みる。何か関係がありそうな情報はヒットしなかった。

思い切って、翔子《しょうこ》の携帯に電話をかけてみる。すぐに留守番電話に切り替わった。どこかで仕事中なのか、俺からの電話には出ないつもりなのか……疑心暗鬼になりながら、甲斐は警察庁詰めの橋元《はしもと》に電話をかけた。この時間だ、夜回り中か、原稿を書いているか……いずれにせよ電話には出ないような気がしていたが、呼び出し音が二回鳴っただけで出てきた。驚いて電話を取り落としそうになる。

「どうかしましたか？」橋元の声は平然としていた。背後が静かなので、記者クラブで原稿でも書いているのだろう、と見当がつく。しかも、特に急ぎではない原稿に違いない。締め切り間近の時は、声で分かるものだ。

「俺に電話をかけてきた人間の名前が分かった」

「ほう、やりますね」

橋元がにやりと笑う様が想像できた。

「ただし、名前しか分からない。依然として正体不明だ」

「それで、俺に正体を割ってほしい、と」

「そういうこと。今、その男の家の前で張ってるんだけどな」

「何かヒントはないんですか？」

「名前だけ。後は電話番号と人相だ」

「通話記録から名前を割ったんですよね」

「ああ」

「じゃあ……しばらく待ってもらえますか？　何とかやってみます」

「もう一つ、ある」

「何ですか」さすがに橋元が鬱陶《うっとう》しそうな口調になった。

「最近、日系ブラジル人の犯罪について、何か聞いてないか」

「何か掴んだんですか」

ピアスの話を簡単に説明する。橋元はじっと耳を傾けていたが、甲斐が話し終えると、ぽつりと「特に聞いてないですね」と答えた。そんなに性急に結論を出さなくてもいいではないかと思ったが、突っこめない。この男は、自分よりずっと詳しく、全国の犯罪情勢を掴んでいるのだ。

「ブラジル人が起こす事件なんて、ほとんどが交通事故か、仲間内のカツアゲぐらいのものですよ」

「横浜にはかなり悪いグループがいるらしいんだけど」

「そうかもしれませんけど、警察が全部掴んでいるわけじゃないですからね。それに、県警が知っていても、警察庁に全《すべ》て報告が上がるわけでもない」

「筋としては悪くないと思うんだけどな」甲斐は無意識のうちに愚痴を零《こぼ》した。

「どうでしょうね。その二階という記者が、ブラジル人のグループを潜入取材していて、まずいところにヒットしてしまったとか?」

「ああ」

「どうもそれは……あまりリアリティがないですね。日系ブラジル人が特に凶暴化しているなら分からないでもないけど、そういう情報はないですしね」

「お前が知らないだけじゃないのか」

反射的に出た一言に、橋元が黙りこむ。急所を突いてしまったか、と後悔したがもう遅い。しばしの沈黙の後、橋元が平板な声で言った。

「何か分かれば電話します」

分からなければ電話もしないということか。皮肉に考えながら、甲斐は電話を切った。シートに深く背中を埋《うず》め、目を閉じる。急激に睡魔が襲ってきたが、現場を見逃すわけにはいかないと、慌てて目を開ける。何もなかった。福沢の家には相変わらず人の気配はない。道行く人の数も極端に減ってきて、甲斐はひどく居心地の悪い思いを味わい始めた。

そういう不快な思いから、一瞬のうちに現実に引き戻される。支局長の牧《まき》からの電話だった。

「二階のご両親から連絡はあったか？」

「いえ」留守番電話のメッセージを逃していたかもしれないと思いながら、甲斐は否定した。

「さっき、こっちに電話がかかってきた。明日、一度長崎に引き上げるそうだ」

「そうですか……」こちらにいても何も分からないし、彼らには日々の生活がある。何もできなかった自分のだらしなさを、甲斐は悔いた。

「それで、お前に渡したいものがあるそうだ」

「何ですか？」

「実は、二階の家でメモ帳を見つけたらしいんだ……警察に渡した方がいいんじゃないか」

「駄目です」声をうわずらせながら、甲斐はシートの上で座り直した。「警察に渡す必要はありません！」

「お前が警察を信用していない話は聞いているが」牧が冷たい声で言った。「これは、あいつの行方につながる手がかりになるかもしれないぞ。だったら警察に渡すのが筋だろうが」

「渡すか渡さないかは、俺が見てから決めます」腕時計を覗《のぞ》きこんだ。十一時近い。今から会いに行っても、日付が変わってしまうかもしれない。くたびれた二人に、これ以上迷惑をかけるわけには……そう思いながら甲斐は、牧との電話を切るとすぐに、二階の父親の携帯に電話を入れていた。

二階の両親は、予想していたよりも疲れていた。こちらへ来てから、ほとんど寝ていないのではないだろうか、と甲斐は不安になった。

「このメモ帳なんですが」

前置き抜きで、父親の憲太郎《けんたろう》がいきなり切り出した。差し出されたメモ帳を受け取る。何の変哲もない、見慣れた日報のメモ帳。最近はメモ帳よりもノートを使う記者も多いのだが、甲斐は相変わらずメモ帳を愛用していた。二階はどうだったか……基本的にノートを使っていた記憶がある。

「どこで見つけたんですか」

「机の奥です」母親の美佐江《みさえ》が説明した。

「奥？」

「引き出しの奥に……落ちて、そのままになっていたみたいです」

警察もそれで見逃したのか。いや、そもそも真面目《まじめ》に捜していなかったのではないか——疑問が脳裏を過《よぎ》る。

「ちょっと失礼します」甲斐は立ったままメモ帳を広げた。新品同然でほとんど書きこみはない。引き出しに入れた後、奥へ落ちてしまい、自分でもあり場所が分からなくなってしまったのではないかと思った。見覚えのある二階の細かい文字。基本的に、メモは断片的に取っているだけのようだった。中には相手の喋《しゃべ》った一言一句を逃さず記録しようとする記者もいるのだが、二階はキーワードだけを引っ掛けて、自分にしか分からないような略号を書きなぐって言葉をつないでいた。「HからN1」「ダダ〜港の方」「古いアパート」……さっぱり分からない。日付もないので、いつのメモかも不明だった。

「分かりませんね、これは」

甲斐は早々とギブアップした。憲太郎が不満そうに唇を尖《とが》らせる。甲斐は一つ咳払《せきばら》いをし、「彼の字に間違いありませんか」と訊《たず》ねる。

「ええ」

「記者は、自分だけが分かるように書くこともありますから……」我ながら言い訳めいているなと思いながら、甲斐はページをめくっていった。書かれているのはわずか五ページ。しかしその五ページ目に、異様な文字を見つけた。明らかに二階とは筆跡の違う、筆圧の強い文字。ボールペンで書かれているのだが、次のページに溝がつくほどだった。何より、アラビア文字というのが妙である。

「これ、お気づきになりました？」

甲斐は二人にアラビア文字の書かれたページを示した。憲太郎はうなずき、美佐江は首を振る。

「何でしょうね」

「それは、我々に聞かれても分かりません」

「アラビア語なんでしょうけど……見当がつかないな」

「そうですね」

自分の身近に、アラビア文字が読める人間がいただろうか。外報部なら……しかし、すぐに話を聞けそうな知り合いはいない。

「あ」憲太郎が短く声を上げた。

「何か思い当たることでもありますか？」

「いや、そうじゃなくて……大学の同僚に、アラビア文字が分かる先生がいます。読んでもらえると思いますよ」

「今から大丈夫でしょうか」ホテルでコピーしてファクスを使うことはできるだろうが、既に日付が変わっている。

「それはどうかな……明日の朝一番で連絡してみます」

「明日、お戻りになられるんですよね」

「ええ、昼前の飛行機で。時間はあります。できる限り、ぎりぎりまでやってみますよ」憲太郎の顔に血の気が戻った。

「今コピーを取って、これはお預かりしていいでしょうか。警察に届けるかどうかは、もう少し様子を見てから決めます」

「様子って……」美佐江が心配そうに目を細める。

「様子を見ます」警察が信頼できないから、とは口が裂けても言えなかった。「こちらで少し情報をまとめたいんですよ」

納得した様子ではないが、美佐江がうなずいた。憲太郎は気にならない様子で、早くコピーを取りに行こう、と甲斐を急《せ》かす。不安に怯《おび》えている両親に助けられてどうするんだ――情けない思いを味わいながら、甲斐は憲太郎に付き従ってホテルのビジネスセンターに向かった。

電話は朝の七時にかかってきた。やっとまどろみから抜け出した時刻。甲高い呼び出し音は、耳に優しくない。電話を耳に当てると、興奮した憲太郎の声が寝ぼけた脳を激しく刺激した。

「名前ですよ、名前」

「はい?」

「昨日のメモです」どうしてすぐ、自分の興奮に同調しないのか、とでも言いたげな様子だった。

「イスラム系の人の名前ですか」

「ええ。バーラム・ダーイーと読むそうです。ちなみにダーイーが苗字《みょうじ》です」

「どこの国の人なんでしょう」

「残念ながらはっきりとは分かりませんが、イランらしい」

「分かりました。何かの手がかりにはなると思います。調べてみますよ」実際甲斐は、この名前を書きつけたのはダーイー本人か、ダーイーをよく知る人間ではないかと疑っていた。しかし、二階の狙《ねら》いが分からない。わざわざ原語で書いてもらわなくても、日本語の読みが分かっていれば記事を書くには十分ではないか。それとも、原語の表記を知る必要があったのか。

日系ブラジル人、続いてイスラム系の人物。どちらも、横浜ではあまり見ない。二階、お前はいったい何を取材していたんだ――わずかな手がかりが出てくる度に、逆に謎《なぞ》が深まるようだった。

丁寧に礼を言って電話を切った途端、携帯電話がまた鳴り出した。慌てて耳に当てると、押し殺したような翔子の声が聞こえてくる。

「会えませんか」

「構わないけど、こんな早くに――」

「早い方が都合がいいんです。署に行く前に会いたいんですけど」

「分かった」向こうから飛びこんできた話である。断る理由はない。それにこちらでも、確認したいことはいくらでもあるのだ。依然として甲斐は翔子の本心を疑ってはいたが、利用できるようなら徹底して利用しないと。

翔子は、甲斐の自宅の近くにある小さな公園を指定してきた。そこで三十分後。

「二十分でいい」事件記者時代からの癖で、一度起きてしまえば出かけるのに十分とかからない。

「じゃあ、二十分後に」それだけ言って、翔子は電話を切った。素っ気ないというよりえらく慌てた様子だな、と甲斐は訝《いぶか》った。

素早く着替え、念のために二階のメモ帳を背広の内ポケットに入れる。これを彼女に見せるかどうか

──今の段階ではまだ判断しない方がいい、と自分に言い聞かせる。誰が味方で誰が敵なのか、分からない状態なのだ。かといって、頭を低くして、見えない弾丸が飛び交う状況から逃げてばかりはいられないのだが。

翔子は分厚いダウンコートに身を包み、公園のベンチに腰を下ろしていた。寒いのか気が急くのか、しきりに貧乏揺すりをしている。ベンチは低く、長い足を持て余していた。甲斐が近づいていくのに気づくと、慌てて立ち上がる。右手を突き出して甲斐の動きを牽制《けんせい》すると、公園の外に向けて視線を投げた。ここでは話せないことなのだと悟り、甲斐は無言で彼女の背中を追った。

翔子はすぐに甲斐の車を見つけ出し、ドアハンドルを乱暴にがちゃがちゃさせた。リモコンでロックを外してやると、すぐに助手席に滑りこむ。何事かと訝りながら甲斐が運転席に腰を下ろすと、「早く出して下さい」と押さえつけるような口調で命じる。その言い方に少しばかりむっとしたが、甲斐は黙ってエンジンを始動させた。

車が公園を離れると、翔子が口に手を当てて欠伸《あくび》を嚙《か》み殺した。人を呼び出しておいてどういうことだと思ったが、彼女がひどく疲れた様子なので、言葉を吞みこむ。化粧はすっかり落ち、髪にも艶《つや》がない。ダウンコートの首もとから覗くブラウスもしわくちゃになっていた──徹夜明け。

「昨夜、泊まりだったのか?」
「いえ」
「えらく疲れてるみたいだけど」
「夜中に呼び出されたんですよ」
「どこへ」

「二階さんの部屋」

甲斐は口をつぐんだ。何かが――ひどくまずい何かが進行している。

「呼び出したのは武藤《むとう》さんか？」

「他に誰がいます？」むっとした口調で翔子が答える。

「どうしてまた、急に。今更また捜索する必要があるとは思えないけど」

「メモ帳を探していたんです」

「メモ帳？」ポケットが急に熱くなったような気がした。「メモ帳って、二階の？」

「他に誰のメモ帳だって思うんですか？」翔子がやり返してきた。つき合いは短いが、今までこれほど不機嫌な彼女を見たことはない。

「そりゃ二階のメモ帳に決まってるけど、どうしてメモ帳なんだろう。だいたい、あの部屋からは、メモ帳の類《たぐい》は全然出てこなかったじゃないか。あいつが拉致《らち》でもされていたとしたら、誰かが持ち去ったんじゃないか？」早口になっていないだろうか。内心の焦りを悟られないよう、甲斐は喋るスピードを少し落とした。

「新聞記者の部屋なのに、メモ帳もノートも見つからないのはおかしい、と言い出したんですよ」

「訳が分からないな」ハンドルをきつく握り締め、首を傾《かし》げる。それは本音だった。今になって、どうして……特定のメモ帳の存在を念頭に置いていたのか。いずれにせよ、真夜中に捜索を始める意味があるとは思えない。夜になって急に事態が進展したわけでもなさそうだ。

やはりこのメモ帳を探していた？　甲斐は無意識のうちに左胸に触れてしまい、慌てて手を放した。不自然な動作に見られないかとどぎまぎし、ついアクセルを踏む足に力が入ってしまう。

「こっちだって分かりませんよ……甲斐さん、何か動きでもあったんですか？」

「俺に聞くなよ。こっちはただの記者だぜ。警察の動きを新聞記者に聞くのは筋違いだ。武藤さんに直接確認したらどうなんだ」

「できたらとっくにやってますよ」むっとした口調で翔子が言い返す。

「それで、そのメモ帳とやらは見つかったのか？」

「全然。明け方までずっと探してたんですけど……狭い部屋を、それこそ隅から隅までですよ」

「デスクの引き出しの裏側は？　薄いものは、ああいうところによく落ちるよな」カマをかけたつもりだったが、翔子は甲斐の予想を上回る厳しさで突っこんできた。

「ずいぶん具体的な話ですけど、何か知ってるんですか？」

「この前こっちに引っ越してきた時に、さ」迂闊《うかつ》だった、と自分の軽率さを戒め、甲斐は話をでっち上げた。「引き出しの向こう側から古い手帳が出てきたんだ。それこそ十年も前のやつ。うちの会社の手帳は薄いから、隙間《すきま》に入りこむと見つからなくなるんだよ」

「参考までに、その手帳、ちょっと見せてもらえませんか？　記者さんならいつも持ってるんでしょう？」

「いや、今はない」

「忘れたんですか」

「誰かさんに呼び出されて、慌てて出てきたからね」

「呆《あき》れた」

本当に呆れたように言って、翔子が肩をすくめる。甲斐は、渋滞し始めた街を、アクセルワークに気を遣いながら流し続けた。

「これからどうする？　署に行くなら送るけど」

「冗談じゃないですよ」翔子が目をむいた。「そんなところを見つかったら、大変ですよ。一番近い駅で降ろしてもらえばいいです」

「何だったら朝飯でも」

「まだ話すことがあるんですか？」

メモ帳の存在。イラン人ではないかと思われる、バーラム・ダーイーという名前――これについてはまだ彼女には言えない。武藤が探していたのが何なのか、あるいは何のために探していたのかが分からないうちは、カルロスに頼んでいる日系ブラジル人のグループの話は……こちらも、もう少し詰まってから説明した方がいいだろう。それこそ面会できるとなったら、翔子に同道してもらった方がいいかもしれない。

用心棒として役に立つかどうかは分からないが。

「いや、特にない。でも朝飯ぐらいは食べるだろう？」

「相手は選びますけどね……その先で停めて下さい」

ゆっくりとブレーキを踏みこみ、路肩に車を寄せる。車が停まるか停まらないかのうちに翔子がドアを押し開け、さっさと出て行った。身を切る寒さの中、背筋をぴんと伸ばして、地下鉄の出入り口に向かって早足で歩いて行く。毅然としているな、と思った。だが次の瞬間には、無理に自分を鼓舞しているだけではないかと思い直す。

彼女は彼女で大変なのだろう。訳が分からない上司に現状をかき回され、自分がどんな仕事の片棒を担いでいるかも分からず――甲斐は反射的にドアを開け、彼女の名前を呼んだ。翔子が足を止め、不審気な表情を浮かべて振り向く。

「署に行くから。課長に会う」

翔子の顔がさらに歪《ゆが》んだが、甲斐の意向を悟ったのか、素早くうなずく。うなずき返し、甲斐は車に乗りこんだ。武藤と神経戦か――これはしっかり朝飯を食べておいた方がいいな、と覚悟を決める。

「何だかずいぶん久しぶりじゃないですか」武藤が強張《こわば》った表情で甲斐を迎えた。しかし、前回非常に素っ気無く別れたことを思えば、無難な対応である。

朝の刑事課には、どこかのんびりした空気が漂っていた。真面目に二階の行方を捜すつもりがあるなら、もっと緊張感を保っていて欲しいのだが……甲斐はさっと頭を下げると、できるだけ穏やかな笑みを浮かべた。

「まあ、どうぞ」

湯呑みを手に、武藤が刑事課長席の前にあるソファを勧める。甲斐は慎重に腰を下ろし、武藤の顔色を窺《うかが》った。何かを隠していないか？　狡猾《こうかつ》な気配は？　しかしさすがに武藤は百戦錬磨である。顔色を見ただけでは、腹の底で何を考えているのか分からなかった。

「二階のご両親が、今日長崎へ戻られます」

「そう？　聞いてなかったですね」

「私も夕べ遅くに聞きました」あんたたちが二階の家にガサを入れている最中に。そう思ったが、余計なことは言わずに言葉を呑みこむ。「いつまでもこちらにはいられない、という話でした」

「父親は大学の先生だったね」

「ええ」

「何ですか、新聞記者っていうのは、やっぱりそういう頭がいい家系に生まれないと駄目なのかな」

「そんなこともありませんけどね。やる気の問題です」

話しながら、甲斐はちらちらと課内の様子を窺った。翔子は……自席にもどこにもいない。甲斐を避けているのだろう。こちらの意図は通じたのだ、とほっとする。理由は分からないが、彼女と武藤を引き離しておかなければ、と思った。

「それで、二階の捜索の方はどうなんですか」

「それが、なかなかね」武藤が音を立てて茶を啜《すす》る。「あまりにも手がかりが少ない。それで夕べ、もう一度彼の部屋を調べてみたんだ」

「そうなんですか」向こうから切り出してくるとは。甲斐はゆっくりと唾《つば》を飲み、武藤の言葉を待った。こっちが、夜中の捜索を知っていると分かって話しているのか？

「そう。だいたい、記者さんの部屋なのにメモやノートの類がないのはおかしいと思わないか」

「拉致されたとしたら、おかしくはないでしょうね。拉致した人間が持ち去ったかもしれない」

「そうかねえ……まあ、そうかもしれない」曖昧《あいまい》な言葉をもてあそびながら、武藤が湯呑みをテーブルに置いた。「しかし、仮に拉致されたとして、メモ帳やノートまで持っていかなくちゃいけない理由は何だったんだろうね」

「取材を受けた相手じゃないんですか。書かれるとまずいことがあると思って、証拠になりそうなものは全て持っていったとか」

「その取材が問題なんだよなあ」

武藤が腕組みをし、首を捻《ひね》った。どことなく、わざとらしい仕草に見えるのだが……演技なのか、と突っこむわけにもいかない。

「何を取材していたのか、それが分からない限りは、どうしようもないね。正直、見当もつかない。あんただから、ここまではっきり話すんだよ。他の記者さんにだったら、こんなことは言わない」

「そうですか……困りましたね」

「なかなか上手《うま》くいかないな」

どうせろくに捜してもいないくせに。思わず非難したくなった。実質的に捜索していない、と翔子は言っていた。それを信じるとすれば、夕べの捜索はあまりにも唐突であり、二階を捜す以外の目的を感じさせる。

「ところで、あんたの方では何か手がかりは？」

「残念ながら、今のところは何もないです。ご両親の面倒もみなければならなかったので、時間がなかったんですよ」

「そうか、そっちもありますからねえ」

大袈裟《おおげさ》にうなずき、武藤がまた茶を啜る。湯呑みの縁越しに一瞬こちらを凝視したことに甲斐は気づいた。どうにも不自然な……様子を窺うような態度。

「一つ、聴いていいかな」

「ええ」

「あの件……時松《ときまつ》の件、まだ気になるのかい？」

「いや」

「そうか。もう調べてないのか？」

武藤がこの前言った捨て台詞《ぜりふ》を思い出す。「自分で調べてみればいいじゃないか。俺は別に止めないよ」どうせ何も出てくるはずがない、と高をくくった言い方。

「まあ、はっきりしませんから」

「関係ないんじゃないかな。たまたま衝撃的なことが重なったから、関連づけて考えようとするのは分かるけど、世の中そんなに偶然はないよ」

暗に「これ以上調べても無駄だ」と釘《くぎ》を刺している。何となく気に食わないが、こちらは何も掴んでいない以上、この件ではこれ以上議論にならない。少し油断させておくことにした。

「調べなくちゃいけないことは、他にもいろいろありますからね」

「そうだろう」

「ところで……」甲斐は内ポケットから自分のメモ帳を引き抜いた。間違わないように、二階のメモ帳は車のグラブボックスにしまってある。「最近の管内情勢について教えて欲しいんですが」

「取材ですか」武藤が露骨に顔をしかめる。「それは困るんだけどなあ……あんたは二階さんの関係者だから、特別に刑事課への出入りを許しているだけなんですよ。本当は、記者さんはここへ入っちゃいけない決まりなんだ」

「まあまあ、雑談ですよ」甲斐は武藤の顔を見ないでぽつぽつと続けた。「外国人問題を調べているんですけど、最近、横浜でも日系ブラジル人が増えてるんですか？」

「ぼちぼち、じゃないかね」武藤が無難な答えを返す。「失業した連中が、仕事を求めてこっちに来る話は聞くよ。でも数からすると、東京に流れこんでいる方が多いんじゃないかな。向こうの方が都会だから」

「でしょうね」

「何でまた急に、そんな話を」武藤がわずかに目を細める。

「いや、ちょっと話を聞いたもので」

「確かに最近、それっぽい人を街で見かけることが多くなった気がするね」腕組みをして、武藤がうなずく。

「でも、ほとんど日本人みたいな顔でしょう？」

「何となく雰囲気が違うだろう」薄い笑みを浮かべて武藤が言った。「横浜は国際都市だからね。いろんな国の人が普通に歩いてるから、あまり意識しないんですよ」

昔から横浜を闊歩《かっぽ》している外国人は、貿易関係者や船乗りであり、日系ブラジル人とは毛色が違う。しかし甲斐は、黙ってうなずくだけにとどめた。あまり突っこみ過ぎてもまずい。

「ところであんた、頭はどうしたんですか？」

「ああ」甲斐はにやりと笑った。演技なのがばれなければいいのだが、と思いながら。「酔っ払ってちょっとぶつけましてね。自業自得です」

「そんなでかい瘤《こぶ》が出来るほど激しくぶつけたんじゃ、相当酔ってたんだね」

「大して呑んでませんけどね。年を取って、酒に弱くなったんでしょう」

「ま、お大事にね」

これで話は終わりだとばかりに、武藤が両膝《ひざ》をぽん、と叩《たた》いた。それを機に、甲斐も立ち上がる。

「今後もよろしくお願いします」

「分かってるよ」

「時松さんの件ですが、その後はどうなってるんですか」

「興味がないようなこと、言ってたじゃないか」武藤が目を細める。一瞬、凶暴な本音が覗いた。

「新聞記者なんで」甲斐は肩をすくめた。「一度気になったことは、きちんと記事にしないと気が済まないんですよ。もっとも時松さんのことは、記事にするかどうか、分かりませんけどね」

「放《ほう》っておいてやれよ」武藤がねっとりと粘りつくような声で言った。「自殺なんだから……あまりつきまとうと、家族も可哀想《かわいそう》だ」

「そうですね」さらりと言って甲斐は頭を下げ、ドアに向かった。歩みを緩めず、早足で刑事課を出て行ったが、武藤の視線は背中にずっと張りついているように感じた。

駐車場から車を出し、走り始めた瞬間に携帯が鳴った。翔子だと気づき、慌てて路肩に車を停める。ミラーを使って前後左右を見渡し、誰にも見られていないのを確認してから通話ボタンを押す。

「無事に終わりましたか?」

「君はどこにいたんだ」

「取調室の掃除をしてました」澄ました声で翔子が言った。「そういうのは、若い刑事の仕事なんで」

「話は聞いてた?」

「まあ、断片的に……友好的でしたよね。少なくとも、喧嘩《けんか》腰じゃなかった」

「こっちも大人だからね……それより武藤課長、昨夜二階の部屋にガサを入れたことを自分から言い出したぜ」

「そうですか」言葉を切り、翔子はしばらく思案している様子だった。「それぐらい言っても問題ないと思ってるんでしょうね」

「極めて論理的な説明だった。ただし、どうしてあんな時間に始めたかは言わなかったけど」

「突っこまなかったんですか?」

「相手にも逃げる余地を残しておかないと」

「甘いんじゃないですか?」

「記者は警察官とは違う」甲斐は電話をきつく握り締めた。「君たちには、人の身柄を拘束できる権限がある。俺たちにはない。だから、無理はしないんだ。いかに相手に気持ちよく話させるかが全てだからね。こうやって続けていれば、そのうち武藤課長もボロを出すかもしれない」

「ボロって……そんなにまずいことをやってると思ってるんですか?」

「俺には分からないよ。中にいる君の方が、見えてるんじゃないか?」

「警察が変なことをするわけ、ないでしょう」

「本気で言ってるのか？」甲斐はますますきつく電話を握り締め、目を細めた。官庁街のざわついた景色が滲《にじ》む。「どんな組織にだって変な奴はいるし、組織そのものが腐ってることもある。神奈川県警は、そのいい見本だと思うけどね」

「そんなことは……」

反論しかけた翔子の声が、頼りなく消えた。あまり責めても酷だと思い、甲斐はわざと明るい声を出した。

「今晩辺り、また新しい材料を出せるかもしれない。また連絡する。それと君の方でも、福沢俊夫が何者なのか、探っておいてくれないか」

「まあ……いいですけど」

翔子は不満そうな様子を隠そうともしなかったが、甲斐は余計なことを言わずに電話を切った。頬《ほお》を膨らませてからゆっくりと息を吐き、今後の行動を想定する。幾つか、種はまいた。それが芽を出すのを待つ間に、できることはないか……しかし考える間もなく、いきなりまた電話が鳴った。翔子が何かに気づいてかけ直してきたのかもしれないと思ったが、液晶表示に浮かんだ番号には見覚えがない。福沢俊夫が、別の電話からまたかけてきているのかもしれないとも思ったが、カルロスの電話番号だったと思い出す。番号は登録したが、名前を入れ忘れていたのだ。

「甲斐さん？」カルロスが疑わしげに言った。

「ああ、どうもお待たせ。随分朝早いね」

「いつもこの時間だから」

「店が開くのはもう少し後じゃないか？」中華街の店の開店は、概《おおむ》ね十一時頃である。ランチタイムとしてはやや早いが、その分夜も閉店は早い——それにしても、カルロスの電話は早過ぎるような気がした。

「今日は早番だから、少し早めに行かないと」

「そういうことか」

甲斐は一瞬で緊張感が頂点に達するのを感じた。

「今夜、会えるよ」

「例のピアスのことを知っている人間？」

「そう。夜中だけど……十二時頃、大丈夫？」

甲斐は、緊張感を警戒心に置き換えた。危険な時間帯である。どう考えてもろくな人間ではないような気がしたし、そもそもカルロスを全面的に信用できるかどうかも分からなかった。日系ブラジル人を馬鹿にしているわけではない。昔から、人を百パーセント信用することができなかったのである。だから、この年になっても独身のままなのかもしれないが。

「相手は？」

「一人」

「何か、その……やばいグループの人間なのか？」

「彼は、大丈夫。真面目に働いている。僕の友だちだから。仕事が終わるのが遅いんだ」

「何をやってるんだ？」十二時にならないと終わらない仕事——カルロスと同様、飲食店ではないかと思った。

「根岸に、『ロッソ』っていうバーがあって、そこでウェイター。知ってる？」

「いや、分からないな」

「結構流行《はや》ってるよ。僕も何回か行ったことがある。今日は十二時までだから、仕事が終わったらそこで会えるって」

「店に行けばいいんだな？」

「そう」

「そこは、どういう店なんだ？」日系ブラジル人の溜《たま》り場だったら、難しいものがある。実際地方には、そういう店もあるようだ。そこに一人だけ日本人が入っていったら、やりにくいことこの上ない。

「何て言うか……バー」そうとしか説明しようがない、といった感じで、カルロスの声には困惑が感じ取れた。

「日系の人専用のバーじゃないのか？」

「そんなこと、ないよ。結構大きな店で、僕の友だちはウェイターもやってるけど、時々ステージにも上がる」

「生演奏があるような店なんだ」

「生……そうそう、ライブね。どうしますか？　僕はつき合えるけど」

「もちろん」甲斐は腕時計に目を落とした。十数時間先だが、待ちきれない。援軍を頼む暇はあるのか……何とかしよう。「十一時半ぐらいに、店で落ち合わないか？　早めに行っていた方がいいと思うんだ」

「分かった。店の外で待ってる」

「中じゃなくて？」

「中、すごい混んでるから。待ち合わせしても、見つからないと思うよ」

「分かった。住所はこっちで調べて行くから」

「それじゃ、その時に」

電話を切り、カルロスの声は軽かったな、と思った。義務を果たした感じ。それにしてもこの男は、どうしてこんなに一生懸命に手助けしてくれるのだろう。自分は人に好かれるタイプではないのだが、と甲斐は疑問を覚えた。まさか誰かが、俺を罠《わな》にはめようとしているのか。それも、二階を陥れたのと同じ人間が——寒さではなくかすかな恐怖で、背中がぞくりとした。

「珍しい……って言うか、初めてですよね、甲斐さんが誘ってくれたのって」長谷《はせ》が、どこか警戒したような口調で言った。本当のことを話す気にはなれなかったが、どうしても一人は援軍が欲しかったので、二階と同期の若い長谷を無理に連れて来たのだ。翔子に連絡を取ろうとしたのだが、摑まらなかったせいもある。この前長谷と話したときは最悪の形で別れたので、相当無理をした。

「たまにはこういう所もいいんじゃないか」甲斐は「ロッソ」のすぐ近くにあるコイン式駐車場に車を停めた。「ロッソ」は、カルロスが言っていた通り相当大きな店で、雑居ビルの地下一階部分を全て占めているようだ。ひっきりなしに人の出入りがあることから、流行っているのは外からでも分かる。客層は全体に若い。二十代前半中心……短い時間観察した限りでは、三十歳以上にみえる人間が出入りするのは一度も確認できなかった。

「行きつけなんですか？」長谷が訊ねる。

「いや、初めて」

長谷が怪訝《けげん》そうな表情を浮かべて首を傾げ、口を開きかけた。甲斐は余計な質問を避けるために、早足で店に向かって歩き出す。路地を渡る寒風が体の正面にぶつかり、思わず背中から肩にかけて緊張感が走った。すっかり寒さに弱くなったものだ、と情けない気分になる。

カルロスはコットンのコート一枚という、この寒さにはまったく役に立たない格好でドアの横に立っていた。甲斐を見つけると笑みを浮かべようとしたが、寒さのせいで表情が強張ってしまう。

「お待たせ」軽く右手を上げて声をかけると、ひょこりと頭を下げる。首を捻って甲斐の肩越しに長谷を見つけ、一瞬目を細める。

「同僚だよ」

「ああ」

「用心棒がいた方がいいかと思ってね」

「用心棒って……」

長谷がぼそりとつぶやく。甲斐は振り返って、長谷にカルロスを紹介した。納得できない様子で、長谷が力なく首を振る。用心棒としたら頼りないな、と思いながら、甲斐はドアに手をかけた。

ドアを開けた瞬間、野太いサックスの音が耳を突き刺す。ファンキーなジャズ。甲斐はジャズがよく分からないが、高低を自在に行き来するサックスのフレーズは、ひどく奔放な感じがした。

「今、サックスを吹いてる子」カルロスが甲斐の耳元に口を寄せ、声を高くして叫んだ。

「名前は？」負けじと甲斐も叫び返す。

「ルイスでいい。名前は、長いよ」

「分かった、ルイスだな？」怒鳴り合いのようになってしまい、声が嗄《しゃが》れた。

店内は、三人が乗れば左右に動けそうもない小さなステージ、左側がカウンターのバーで右側がテーブルの並ぶフロアという造りだった。フロアには丸テーブルが並んでいるが、それぞれの間隔が空いているせいで、さほど混んでいる感じはしない。店内は禁煙で、空気は淀《よど》んでいるが息苦しくはなかった。

カルロスの案内でカウンターにつき、それぞれ飲み物を注文する。甲斐がジンジャーエール、カルロスがコーラを頼んだせいか、「ビール」と言いかけた長谷が、バツが悪そうに「コーラ」と言い直した。まさか、こんな店でソフトドリンクを飲む羽目になるとは思わなかったのだろう。

「彼、相当上手いんだね」

「そうね。プロになれるほどじゃないけど」カルロスが肩をすくめる。「あれは、趣味」

ドラムのブラシが静かにリズムを先導する、スローなバラード。ルイスは完全に自分の世界に入りこみ、ゆらゆらと体を揺らしながら、ゆったりとしたビブラートを聴かせる。痩《や》せぎすで、足に絵の具を塗ったように細いブラックジーンズ、グレイの長袖《ながそで》Tシャツという地味な格好で、長く伸ばした髪が汗できらきらと光っていた。かなり長い時間、熱演を続けているのだろう。顔つきはカルロスと同じで、ほとんど日本人だ。

曲が終わり、ぱらぱらと拍手、それに指笛が響いた。ルイスはさっと頭を下げ、ストラップから外したサックスを両手で大事そうに持ってカウンターに戻って来る。カルロスを見つけると、安心したような笑みを浮かべてハイタッチを交わした。カルロスが小声で何か囁《ささや》くと、甲斐の顔をちらりと見て素早くうなずく。腕時計に視線を落としてから、「ちょっと待って」と明瞭《めいりょう》な日本語で告げ、カウンター脇のドアに姿を消した。

五分ほど待っていると、ルイスが片手にサックスのケース、片手にコーラらしい飲み物が入ったグラスを持って出てきた。先ほどの長袖Tシャツの上に、ラベンダー色のダウンジャケットを羽織っている。

「どうも」と短く言ってうなずくと、甲斐たちを空いている席に先導する。丸テーブルで、甲斐の正面。店内がざわついているので、普通に話していると声が聞き取りにくいかもしれない、と甲斐は警戒した。だがそれは杞憂《きゆう》だった。コーラを一口飲んで「ああ」と短く嘆息を漏らすと、「ピアスのこと」とよく通る声で言った。他の客に聞こえてしまうのではないかと心配になるほどの声量だった。

甲斐は身を乗り出し、向こうも秘密の話を意識してくれるように願いながら、声のトーンを落として話しかけた。

「そう、イペーのピアスのことなんだ。『Ｓｋｕｌｌ』という店で作ったものだと思う」

「アントニオ」

横からカルロスがぼそりと口を挟んだ。顔色は悪く、言葉を発した直後に唇を引き結んだ。ルイスも同様で、険しい表情でうなずく。

「そいつは……ギャングなのか？」甲斐は一層声を低くして訊ねた。

「ギャング」短く繰り返して、ルイスがうなずいた。「相当悪い」

「昔から横浜にいたのか？」

「群馬県から来たって聞いてる。一年ぐらい前」

「若い奴？」

「確か、二十二歳。向こうで仕事がなくなって、流れてきた」

「ここで何をやってるんだ？」

ルイスがカルロスの顔をちらりと見た。励ますようにカルロスが首を振ったが、ルイスの言葉は先ほどまでとは違って歯切れが悪い。

「よく分からないけど、ドラッグ関係だと思う。悪い噂《うわさ》だけは聞くけど、そういう奴には近づかないのが利口だから」

「君子危うきに近寄らず、か」

ルイスが首を傾げる。案外幼い素顔が覗いた。

「日本の諺《ことわざ》だよ……それで、アントニオのいるグループは何人ぐらいなんだ？」

「五人か、六人か」

「全員がイペーのピアスをしている？」

「そう。それがグループの印みたいなものだから」

「五人ね……」甲斐はルイスの顔を見たままグラスを掴み、ジンジャーエールを啜った。胃の中に冷たい塊ができたように感じた。

「五人だけど……」

「だけど？」

「ブラジル人だけじゃないから」

「どういうことだ？」

「いろんな国の人がいる。ペルーとか、ミャンマーとか。ペルー人は、やっぱり日系」

「それでドラッグの取り引きをしてるのか」

多国籍軍、か。甲斐にとっても初めて聞く話だった。在日外国人は、国籍ごとに固まりがちで、他の国の人間とは交わろうとしないはずだ。それがドラッグという金のなる木を媒介に結びついたとしたら……二階が夢中になるのも分かる。そして、そういうグループが異常に神経質で、用心しているであろうことも想像に難くない。

「他にどんな国の人間がいるんだろう」

「詳しく知らないけど、他にイラン人とか……」

「イラン人？」甲斐は思わず声を張り上げてしまった。「ちょっと待ってくれ。アントニオはイラン人とも組んでいたのか？　そいつの名前は分かるか？」

「ちょっと、ちょっと待って」ルイスが顔の前に両手を上げ、甲斐の言葉を制した。「僕はそこまで知らない。そんな危ない話は……」

「バーラム・ダーイーじゃないのか」

「分からない」

ルイスが首を振る。演技ではない、と甲斐は判断した。彼自身は、アントニオが属するギャングの被害を受けたことはないかもしれないが、常に警戒しているのだろう。恐怖心を呼び起こしてしまったのだ、と悟る。しばらくあれこれと質問を連ねたが、急に無口になって「分からない」を繰り返すばかりになった。

「また話を聴くかもしれない」

「話すこと、そんなにないから」ルイスがうつむいた。ステージ上の躍動する姿からは想像もできない、弱々しい様子だった。

「分かった」それ以上突っこむことをせず、甲斐はジンジャーエールを飲み干した。きつい炭酸が食道に染み、かすかに涙が滲む。

　二人を置いたまま店の外に出ると、ようやく長谷が口を開いた。

「何だったんですか、今日の話？」

「二階が取材していたかもしれない話だ。どうなんだ？　最近、横浜でギャング化している外国人がいるっていう話、聞いたことはないか？」武藤の顔を思い浮かべながら、甲斐は訊ねた。

「聞かないですね」

「水面下では何が起きているか分からないんだ。この件、記事になるかもしれない」あるいは二階の意思を引き継いで——甲斐はその考えに身震いした。自分は、二階が死んでいるという前提で話している。

「少し調べてみる必要があるな」寒さを避けるため、ズボンのポケットに手を突っこんだ途端に、指先で携帯が震え出した。引っ張り出し、相手を確認もせずに電話に出ると、橋元が疑わしげな声で訊ねた。

「甲斐さん、いったい何を調べてるんですか」

「何の話だ」

「福沢俊夫。何者か分かりましたよ」

10

橋元《はしもと》は車から降り立った瞬間、大欠伸《おおあくび》をした——午前二時。電話で話せる内容とは思えなかったので、警察庁のある霞《かすみ》が関《せき》と横浜のほぼ中間地点で落ち合った。それが首都高羽田インターチェンジ付近はいいとしても、環八沿いにある牛丼《ぎゅうどん》店の前は失敗だったかもしれない。さすがに腹が減ってきて、店の灯《あか》りが投げかける誘惑をシャットアウトするのに、かなりの自制心を要した。

コートを着ていない橋元は、両肩を抱き締めながら、甲斐《かい》の車へダッシュしてきた。助手席に体を滑りこませると、ほっと安堵《あんど》の吐息を吐く。

「それで、さっきの話なんだけど」

「福沢俊夫《ふくざわとしお》ですね。元刑事って、どういうことなんでしょう」

「知らないよ。こっちが聞きたいぐらいだ」

福沢俊夫、元警視庁刑事。組織犯罪対策部勤務が長い、いわゆるマル暴専門の刑事である。だがあの外見……マル暴の刑事というより、大学教授のように見えたのを思い出す。

「定年で辞めたのか？」年齢的には、もう現役の気配ではない。

「いや、それがですね……」言いにくそうに、橋元が指先をいじった。しばし躊躇《ためら》っていたが、やがてうつむいたまま、ぼそりと答える。「ちょっとした不祥事があったようで」

「暴力団との癒着か」

「何で分かります？」

「あの連中が起こしそうな不祥事って言ったら、まずそんな感じじゃないか」

「相変わらず、勘が鋭いですね」

「こんなの、勘でも何でもない」甲斐は肩をすくめた。「だけど、そういう事件も名前も記憶にないな」

「闇《やみ》に葬られたんじゃないですかね。事件化しなければ、警察だって表に出そうとはしない」

不祥事は積極的に広報するものではないが、隠していたのがばれるとさらに話が大きくなってしまう。結局、渋々認めるパターンがほとんどだ。本人に対しては、解雇ではなく自主的な退職を強要するケースが多い。組織の論理でいえば「けじめをつけた」「病巣を早めに切除した」ことになるのだろうが、追い出すのに退職金を払ってやるのは、何とも納得できない。

「辞めたのはいつだ？」

「一年ほど前」

「そういう人間が横浜に住んでいるのは――」

「別におかしくないでしょう」橋元が甲斐の言葉を遮った。「千葉にも茨城《いばらき》にも、警視庁のお巡《まわ》りはたくさん住んでる。あの辺だったら、近い方じゃないですか」

「家族は？」福沢の家を頭に思い浮かべながら訊《たず》ねる。一戸建てだが、家族の臭《にお》い、生活の気配のしない家。

「だいぶ前に離婚しているようです。問題の不祥事が発覚するより前ですね」

どこか計算が合わない気がした。一人暮らしの初老の男ならば、わざわざ一戸建ての家に住んだりしないものだろう。一部屋あれば、十分生活できる――何十年か後の自分を想像して、嫌な気分になった。

「マル暴ねえ」甲斐はハンドルに両腕を乗せた。やはりそういうイメージがない。「荒っぽいタイプには見えなかったけど」

「マル暴とつき合ってるからって、似てくるとばかりは限らないでしょう」

「そうだけど……」

「今回の一件での役回りが、何とも理解できませんね」

「辞めてからは何をしてたんだろう?」

「さあ」橋元が首を捻《ひね》った。「そこまでは分かってないんですよ。警視庁でも特にはフォローしてないようです。ありがちなのは、癒着していた暴力団とくっついて、というパターンですけど、そうなっても警察としては痛くも痒《かゆ》くもないでしょうからね。『元』の看板を背負っていても、さほど大きなダメージにはならないはずです」

「何か変なことをやらかしたら、今度は強引に排除できるわけだ」

「ということです」橋元がうなずく。「『元』警官には、何の権力もありませんからね」

「もう少し詳しい状況が分かればな……」甲斐は顎《あご》を撫《な》でた。一日分伸びた鬚《ひげ》が、掌《てのひら》をざらざらと刺激する。

「申し訳ないですけど、それは警視庁の担当者にでも聞いてもらわないと。警察庁の方では、大雑把《おおざっぱ》な枠組みしか分かりませんから」

「何とかする」知り合いの伝《つて》を辿《たど》って、ということになるだろう。今、警視庁担当記者の中に、誰か顔見知りがいただろうか。

「何か、ヤバい感じがするんですけどね」橋元が声をひそめて言った。「さっきの、外国人の話にしても、警察も手を突っこみにくいところでしょう?」

「ああ」

「下手に探りを入れたら、まずいことになりますよ。実際甲斐さんは、一度は襲われてるんだから」

「分かってる」指摘されると、頭の傷が再び痛み出すようだった。「それよりお前、外事関係も少し調べてくれないか？　横浜で、得体の知れない連中が動き回ってる。うちの二階《にかい》は、そういう連中を取材しようとして……」

　言葉を切った。最近、どうしても二階と「死」を同じ文脈で使ってしまう。こんな勘なら当たらない方がいい。

「細かいところまでは、なかなか警察庁に上がってこないんですよ」申し訳なさそうに橋元が言った。

「統計的な話だけですからね。よほどの重大事案ならともかく」

「その重大事案になる可能性もあるんじゃないか」

「もちろん、原稿にするなら、一枚噛《か》みますよ」橋元がシートの上で姿勢を正した。「こっちは書くのが仕事ですからね。甲斐さんがその気なら、一緒にやりましょう。もしかしたら、でかい話――それこそ、一面を狙《ねら》える記事になるかもしれない」

「いや」短く否定して、甲斐は言葉を切った。「仮にそうだとしても、これは俺の仕事じゃない。書くべき人間は他にいるんじゃないかな」

「何言ってるんですか」橋元が気色ばんだ。「部長を見返してやりましょうよ。いい機会じゃないですか。自分が追い出した人間が、でかい仕事をする――それを見るのは、相当嫌な気分だと思いますよ」

「部長も社会部も、俺にはもう関係ないから」甲斐はハンドルをきつく握り締めた。「この件の担当は、別にいるんだぜ」

　橋元が黙りこんだ。担当――姿を消している若い記者。二階が書くべき原稿なのだ。もしも彼が無事に生きていれば。

またもや「死」。この考えを捨てなければと思いながら、甲斐はどうしても「二階」と「死」を同じ文脈の中に並べてしまうのだった。

自宅へ戻り、短い仮眠——一瞬横になっただけだった——を取ってから、早朝の横浜の街で車を走らせる。行き先はまたも、福沢の家。始発電車が動き出す前に家に着けば、男の動きを監視できるかもしれない。

午前五時、街はまだ真っ暗で、活動開始までにはもう少し時間が必要だった。夏ならともかく、冬のこの時間ではジョギングや犬の散歩をしている人の姿さえ見かけない。時折どこかで犬の遠吠《とおぼ》えが聞こえるだけで、街は冷たく静まり返っていた。

福沢の家は真っ暗で、相変わらず人の気配は感じられない。念のため玄関脇にある電気のメーターを調べた。回っているので、少なくとも長く家を空けているわけではない、と分かっただけだった。ポストに新聞はない。元々取っていないのだろう、と判断する。

長い待機に入った。ぎりぎり福沢の家の玄関が見える路上に車を停《と》め、時折今日の朝刊に目を通しながら、ただじっと待ち続ける。NHKの定時のニュースの時だけラジオをつけて——サツ回りの記者時代からの癖だ——異変がないかどうか、チェックする。今朝はおしなべて、世の中は平和なようだった。

六時、空腹を覚えて、途中で買ってきたコンビニエンスストアのサンドウィッチで腹を満たす。すっかりぬるくなった缶コーヒーをちびちび飲みながら、喉《のど》の渇きを癒《いや》した。

缶の底にわずかに残ったコーヒーを飲み干した瞬間、異変が生じた。甲斐が車を停めているのと反対側、駅の方向から二人連れの男がやってきて、福沢の家の前で立ち止まったのである。二人とも背が高く、百八十センチは軽く越えていそうだ。一人は腰までの長さがある黒いダウンコート、もう一人は短い革のフライトジャケットを着ている。若い。おそらく、二十代前半。日本人か？　違う、と勘が告げた。日系人について「見れば違う感じがする」と言ったのは武藤《むとう》だったか……確かに甲斐の勘は、二人連れが日本人ではない、と告げていた。もしかしたら、昨日話題に出たアントニオでは……必死に目を凝らしたが、イヤーのピアスをしているかどうかは分からない。

二人は淡々とした様子でインタフォンを鳴らした。しばらく待ってから一歩下がり、家全体を見渡す。福沢はここにはいないと判断したようだが、簡単には諦《あきら》めず、裏手へ回っていった。それも二人ばらばらに。しばらくすると、裏で落ち合ったのか、一緒に玄関に戻ってきた。甲斐はシートの上で低い姿勢を取り、二人組からは顔が見えないようにした。もっとも向こうは、すぐに異変に気づくかもしれない。この辺りで、他に路上駐車している車はないのだ。襲いかかってくるかもしれない――恐怖に襲われ、甲斐は差しこんだままのキーに手を伸ばした。エンジンをかけて、さっさとここを立ち去るべきではないか。いや、向こうはもう、ナンバーを見ているかもしれない。そこから車の持ち主を割り出すのは、さほど面倒な作業ではないのだ。向こうにすれば、「またあの男か」ということになるかもしれない。一度警告を与えたのに、まだしつこく動き回っているのか――今度は警告では済まないだろう。

だが、二人は甲斐の車に気づいていないか、何の問題もないと判断したようだ。しばらく福沢の家の前で何事か相談していたが、やがて駅の方に引き返していく。

十分離れたと判断したところで、甲斐は車から出た。遠くに見えている二人連れの背中を追って、尾行を始める。緊迫した状況なのに、何故《なぜ》かおかしかった。歩いて福沢の家まで来たということは、あの二人は電車を使ったのではないだろうか。薬物のディーラーかもしれないあの男たちが、電車に揺られている様を想像すると、わずかに頰《ほお》が緩んでしまう。

「尻尾《しっぽ》を出したな」

口に出してみる。二人は甲斐の存在にはまったく気づいていないようで、比較的ゆったりした足取りで駅に向かっている。甲斐はコートのポケットからデジカメを取り出し、最大望遠にして二人の後ろ姿を記録した。後頭部、そして耳——残念ながらと言うべきか、ピアスは見えなかった。今日はしていないのか、それとも甲斐を襲ったのとは別の人間なのか。

そいつを明らかにしてやる。ようやく訪れた反撃のチャンスだが、甲斐は粟立《あわ》つような気持ちの高揚を必死に抑えた。記者の仕事は探偵ごっこではない。一線を踏み越えないように気をつけないと、あっという間に自分では対応できない事態に巻きこまれる。怪我《けが》をせず無事に事実を調べ上げて、記事にすること。記者の基本を、甲斐は胸の中で何度も繰り返した。

二人は駅に着いたが、構内に入ろうとはしなかった。バス乗り場の端の方で手持ち無沙汰《ぶさた》に携帯電話を眺めながら、何かを待っている。ほどなく、環状四号を柿生《かきお》方面から走ってきた車が、二人をピックアップした。トヨタのワンボックスカーで、色はシルバー。横浜ナンバー……数字を頭に叩《たた》きこみ、メモに落としてから、甲斐は一息ついた。現段階ではこれ以上の追跡は不可能だが、ナンバーさえ分かれば車の所有者を割り出すのは難しくない。手がかりが切れたわけではないと自分に言い聞かせながら、手の中で携帯を弄《もてあそ》んだ。ナンバーを照会する一番早い方法——翔子《しょうこ》に電話するにしても、まだ早い。そもそも彼女を信頼していいかどうか、この段階になっても決めかねているのだ。

車に戻り、福沢の監視を再開する。七時になった時点で一度車を出て、インタフォンを鳴らした。反応、なし。ドアに耳を押し当ててみたが、中に誰かがいる気配は感じられなかった。

玄関から離れて歩道に戻った瞬間、駅の方に向かって早足で歩くサラリーマンらしい若者に見咎《みとが》められる。さすがに人通りは多くなっており、これ以上この場で監視を続けるのは難しかった。車を出し、運転しながら翔子の携帯電話を呼び出す。眠そうな声の彼女に要件を告げ——きちんとメモしているかどうか、疑わしかったが――電話を切る。音を立てて勢いよく電話を畳み、支局に向けて車を走らせた。
そこに自分の居場所があるかどうかは、なおも自信がなかったが。

支局長の牧《まき》が朝の早い人間だと、甲斐は初めて知った。建物に入ったのが朝八時。支局長室のドアは既に開いており、中から電話の声が漏れ聞こえてくる。支局長住宅はこの建物の最上階にあり、通勤時間は一分とかからないのだが、それにしても早過ぎる。こんな早くに出勤されたら、泊まり明けの支局員が迷惑するのではないかと考えながら自席につき、これまで分かってきたこと、分かっていないことをパソコンでメモに落としていく。

判明したこと

①福沢俊夫は警視庁組織犯罪対策部の元刑事。何らかの不祥事があって辞めたらしいが、原因は不明。しばらく家に帰った様子はない。

②日系ブラジル人、イラン人など多国籍のギャング集団がある。自分を襲ったのはこの中のブラジル人らしい。日系ブラジル人に関しては、揃《そろ》いのピアスをしている可能性が高い。薬物を扱っていると言われているが、実態は不明。警察が動きを摑《つか》んでいるかどうかも謎《なぞ》。

これだけだ。次いで謎の部分。

①時松《ときまつ》が自殺した理由。

②福沢の行方。さらに彼が何故自分に接触してきたか。

③武藤の不可解な動き。翔子が彼の手駒《てごま》なのかどうかもはっきりしない。

④二階の行方。

手を広げ過ぎている、と思う。一番肝心なのは二階を捜すことなのだが、調べを進めていくうちに得体の知れない事情が次々に判明してきて、状況を混乱させている。

これで記事が書けるか？　ためしにやってみよう。取り敢えず、分かっている部分だけ筋道を立てて書ければいい。全体が長く太い糸としてつながるかどうかは、また別の問題だ。

甲斐は記事作成ソフトを立ち上げ、仮見出しを打ちこんだ。「謎①」。謎、ね……苦笑しながら書き出しの一文を考える。こんな状態で、はたしてまともな記事が書けるのか。伏せ字だらけ、穴だらけの原稿になる可能性が高い。それでもやってみよう。

「横浜市内に拠点を置く多国籍の〝ギャング〟グループの取材を進めていた本紙記者が行方不明になる事件があり」

そこまで書いて、ぱたりと手が止まる。「事件」なのか？　本当に二階はこの問題の取材を進めていたのか？　クソ、とにかく書いていけ。新聞記者は、書くことで頭を整理するのだ。

「この〝ギャング〟は、日系ブラジル人、イラン人など●か国の人間からなる約●人のグループ。横浜市内にアジトを構え、覚せい剤（？）などの薬物の売買に手を染めていた」

記事の根拠は、頼りない証言だけだ。しかしこういう話は、まったく何もないのに囁《ささや》かれるわけではない。街の噂《うわさ》は、多少増幅や誇張がされていても、かなり真実を突いていることが多いのだ。

「本紙・二階記者は、このうちイラン人と接触を図り、取材を試みていた。この過程で、●日に行方不明になった。二階記者の部屋は荒らされており、何者かが拉致《らち》して家捜しした可能性が高い」

この件はここまでだ。何と底が浅い……というか、何も分かっていないことか。「●」だらけの原稿。

予定稿は、往々にしてこういうものになりがちだが、これはひど過ぎる。予定稿として最も一般的な要人の死亡記事の場合、穴空き部分は死亡した日時と享年だけだ。生前の業績は全て網羅済み。甲斐は、二階が自分で持っているはずの、あるいは誰かに奪われた可能性のあるメモ帳とパソコンの存在に思いを馳《は》せた。そこにどれだけ貴重な材料が入っていたのだろう。

自殺の件も記事にしようと試みた。こちらの方が簡単といえば簡単である。事実関係はほとんど分かっているのだ。しかし動機面などの点で行き詰まってしまう。福沢の件も同様である。特に彼の場合、今のところ何かをやったわけではない。単に不祥事の責任を問われ、警察を追い出されただけである。

警視庁の刑事。もちろん、横のつながりで神奈川県内の事情を知ることもあるだろう。だが彼は、少しばかり突っこみ過ぎているのではないか？　甲斐に警告を寄越《よこ》し、襲われた時にはいち早く再度の警告を発し……よほど深く事情を知らない限り、そんなことはできない。

そもそも彼は、このサーカスの一員なのではないか。内部通報――裏切り者で、マスコミに情報を流している可能性もある。しかし、そうだとしたら、あまりにも中途半端な態度が理解できない。何か分かってマスコミに協力しようというなら、最初から持っているネタ全部をぶちまけてしまうはずだ。小出しにしても意味はない。金が狙いなら、小刻みに情報を出して掛け金の吊《つ》り上げも狙えるが、あの男が金を目的に自分に接触してきたとは思えない。

何故、何故――無数の何故が脳裏を飛び交い、キーボードの上で指が止まった。ふと甲斐を現実に引き戻したのは、ドアが軋《きし》む音である。牧が書類を持って支局長室から姿を現したのだ。慌ててファイルをセーブし、モニターを閉じる。まずいことをしているわけではないが、今はまだ彼に原稿を見られたくなかった。二階が死んでいる前提で書いている原稿などは。

「随分早いな」牧がつまらなそうに言って、自席に腰を下ろした。

「たまには早起きします」

「そうか」

関心なさそうに相槌《あいづち》を打って、牧が書類に目を通し始める。しばらく沈黙が満ちた。朝早いので電話もかかってこないし、泊まり明けの若い支局員も、ソファで沈黙したまま、ぼんやりと新聞を読んでいるだけである。静けさに耐えきれず、甲斐は立ち上がろうとした。今すぐどこかへ行く当てがあるわけではないが、牧に余計なことを言われたくない。太ももの裏で椅子《いす》を後ろへ押しやった瞬間、牧が「ああ」と呼びかける。

「二階の件、何とかなりそうか」

「いや……今のところは、まだ」

「そうか。そろそろ結果が欲しい。もう、あいつがいなくなって随分経《た》つんだぞ」

「分かってます」

「この件を上手《うま》く処理できないと……」

牧が言い淀《よど》んだ。それで甲斐は、この男がこんなに早く支局に出てきていた理由を悟った。人に聞かれず、面倒な話をしたかったに違いない。いや、そんなことは夜のうちに終わっており、単に確認作業をしていたのかもしれないが。

「また俺をどこかへ飛ばすつもりですか」この先に何があるのか、考えただけで背筋が凍る思いがした。全国に支局があるが、その中で横浜支局は筆頭格である。東京に近いし、記事にする材料にも事欠かない。こういう場所で仕事をするのは、環境に慣れてしまえばそれほど嫌なことではないだろう。だが全国には、ずっと暇な、年に数回しか社会面に原稿が載らないような支局がある。いや、そういう支局の方が圧倒的に多いのだ。飛ばすつもりなら、候補地には事欠かない。

「そんなことは言ってない」牧が否定したが、目を合わせようとはしなかった。

「そういう風に聞こえましたが。これは何かの陰謀なんですか？」

「陰謀？」牧がすっと甲斐と視線を合わせた。「陰謀とは、何だ」

「誰も二階の捜索を手伝わない。それで俺がヘマをするのを待ってるんですか？　一人では捜し出せないから、絶対に俺のマイナス点になるとでも？　冗談じゃない。俺は必ず二階を見つけますよ」

「具体的な手がかりはあるのか」

痛い所を突かれ、甲斐は口をつぐんだ。牧が両手を組み合わせ、そこに顎を乗せる。

「恭順の意を示すなら、今のうちなんだがな」

「あなたに、ですか？」

「俺は、どうでもいいと思ってる。俺の人生とお前のキャリアが交わるのは、この支局だけの話だからな。ただし、全《すべ》ての事情は、俺を通じて本社に伝わる」

「本末転倒ですね」甲斐は左手で右手首を握り締めた。震えがはっきりと左手に伝わってくる。「俺を潰《つぶ》すつもりなら、さっさと解雇すればよかったんだ。こんな回りくどいことをする必要はありませんよ。それで二階を捜す人手を割かないというなら、とんでもない話だ」

「お前、最悪の泥沼にはまってるんだぞ」

牧が忠告した。その顔に、わずかに苦渋の色が浮かんでいるのを、甲斐は見て取った。

「どういうことですか」

「辞めさせるだけなら簡単だ。問題はその後なんだよ」

「その後？」

「お前だって飯を食っていかなくちゃいけない。そのためには仕事が必要だろうが。だがな、ここで失敗したら、ろくでもない評判がついて回る。役立たずの記者ということになったら、お前を雇う人間はいなくなるぞ。バイトで食いつなごうというなら話は別だが」

「だったら――」

「頭を下げるべき人間が誰か、分かってるだろうが。今からでも遅くない。俺は忠告してるんだぞ？　お前は普通に、誰とも衝突しないでやっていければ、優秀な記者だ。何もこんなことで、自分の可能性を潰さなくてもいい」

「お断り――」

甲斐の言葉は、鳴り出した携帯電話の音に遮られた。牧を睨《にら》みつけたまま、ズボンのポケットから携帯を引き抜く。翔子だと確認してから、唇を引き結んだ。何か捨て台詞《ぜりふ》を残してからこの場を後にしたい。しかしこういう時に限って、上手い言葉が浮かばないのだった。黙って頭を下げ、支局の出入り口に向かう。外へ出た瞬間に通話ボタンを押し、踊り場で電話を耳に押し当てる。冷たい風が階下から吹き上げ、思わず身震いした。

「今、話して大丈夫ですか」

「何とか」

「何だか元気がないですけど」

「こっちだっていろいろある」彼女に怒っても仕方ないのだと思いながら、つい声を荒らげてしまう。一度電話を耳から離し、一つ息を吐いてから続けた。「申し訳ない。朝から愚図愚図言う人間がいたんでね」

「ナンバーですけど、車の所有者が分かりましたよ。石川達司《いしかわたつじ》、住所は――」

横浜市内だった。日本人？　だとすると、早朝甲斐が見かけた人間は、日本人だったのだろうか。

「何者か、分かるかな」

「そこまでは。ナンバーから割り出せるのは名前と住所ぐらいですよ。それで、この人がどうかしたんですか」

早朝の電話では、彼女に詳しい事情は話さなかった。向こうがまだ半分ほどしか意識がないのをいいことに、あやふやな言い訳をして電話を切ってしまったのである。今は……甲斐は選択を迫られた。真実を話すべきか、適当な嘘《うそ》をでっち上げるか。

「武藤さんはどうしてる」逃げを打った。まず、彼女の周囲の状況を把握しておきたい。

「今朝は何もありませんよ」

「二階のことは？」

「特に何の指示もありません」

「そうか……」

「それで、今の車は何なんですか」

隠してはおけないようだ。仮に翔子が武藤のスパイであっても、この件が漏れてまずいことはなさそうだ。思い切って事情を話す。

「福沢が監視されてたわけですね」

「監視、じゃない。朝一番で家を襲った感じだ」

「襲ったって……」翔子が口ごもる。「そんな大袈裟《おおげさ》なものじゃないでしょう？　訪ねて行った、が正解じゃないんですか」

「まあ、正確に言えばそういうことになるかもしれない。しかし君も、厳しいね」

「そういう問題じゃないんです。私たちは、正確に報告するように教育されてますから。記者さんもそうなんじゃないんですか」

「ところが、記者は嘘をつくこともある」

「今の話も嘘じゃないでしょうね」

翔子が気色ばむ。その瞬間、彼女は武藤のスパイではない、と甲斐は確信した。人の命を受けて動いているとしたら、甲斐に対して苛立《いらだ》ちを示すことはないだろう。ただ話を覚えこみ、態度を観察し、言葉の行間から本音を読もうとするはずだ。しかし翔子は、ひどくむきになっている。すぐに頭に血が上るスパイなど、聞いたこともない。

「この目で見た話だよ」

「それで、どうするんですか」

「決まってるじゃないか、その、石川達司という人間に会いに行く。挨拶《あいさつ》するかどうかはともかく、顔ぐらいは拝んでおかないとな」先ほどの二人組のどちらかに一致するかどうか、確認しておかなければならない。

「一人で行けますか」

「子どもじゃないんだ」

「そうですか……では、三十分後でいいですか」

「ちょっと待て」甲斐は思わず額をきつく揉《も》んだ。「一人で行くって言ったんだけど、聞いてなかったのか?」

「許可したつもりはないですよ。甲斐さん、だいぶ危険なところまで突っこんでしまっているんじゃないですか? 日系ブラジル人とか、イラン人とか、言葉が通じないと厄介なことになりますよ」

「だったら君は、ポルトガル語やペルシャ語を喋《しゃべ》れるのか?」

「私は刑事です」

「銃でも持ってくるか? 黙って持ち出すと後で面倒なことになるし、課長の許可を求めれば、君が何をしているか、ばれることになる」

「銃がなくても何とかできるぐらい、訓練は受けてますから。三十分後です。いいですね？」

電話は一方的に切れてしまった。仕方ない……相手の顔を見るぐらいなら、それほど厄介なことにはなるまい。そう考え、甲斐は支局には戻らずそのまま駐車場に降りた。階段の最後の一段を下りた瞬間に、振り返って上を見上げる。この支局に来てからまだ間もない。馴染《なじ》んだ感じはまったくないし、これから馴染めるとも思えなかった。馴染めないうちに、さっさと次の支局に飛ばされて……本社はそこまで露骨なことをするだろうか。確かに俺は社会部長に嫌われているが、社会部長が会社における絶対の権力者というわけではないのだ。人事権は、社会部の外には及ばない。とはいっても、誰かに影響力を行使し——あるいは両手を擦《こす》り合わせて頭を下げることで、俺の行き先を左右するぐらいはできるかもしれない。

胸糞《むなくそ》の悪い話だ。だが、こんなことはどこの会社でも珍しくない。一度マイナスのレッテルを貼《は》られた人間は、ほとんどそれを剝《は》がせないまま、いずれ会社を去ることになる。しかも甲斐の場合、あちこちに手が回って、希望するような職につけなくなる可能性が高い。

そんなことはさせない。絶対に二階を捜し出してやる。そうやって自分を鼓舞してみたものの、どこか嘘くさい決意にしか思えないのだった。

翔子は膝《ひざ》まである長いダウンコートに身を包み、自分の車に寄りかかって立っていた。JR東戸塚駅の東口、環状二号線に近い住宅街で、石川達司の自宅マンションの前だった。こんなところに堂々と車を停めて……甲斐は彼女の車に近づくと、スピードを落とし、ゆっくり首を振って見せてから追い越した。翔子が呆気《あっけ》に取られて口を開けるのが見えたが、無視して神奈中の黄色いバスの後を追いかける。二百メートルほど制限速度をだいぶ下回るスピードで運転を続けた後、コイン式の駐車場を見つけて車を乗り入れた。ことさらゆっくり歩いて、翔子の車に戻る。

　彼女は怒ったような表情を浮かべたまま、腕組みをしていた。例によって長い髪は後ろで一本に縛っているが、今日は風が強いのでほつれ髪が顔の周りにまとわりついていた。

「何してるんですか」

「こんなところで車が二台停まっていたら、変に思う人がいるだろう……ところでこれ、公用車じゃないよな」

「私の車です」

「それならいい」

　甲斐は勝手に助手席のドアを開け、車内に身を滑りこませた。翔子が「ちょっと——」と抗議するのが聞こえたが、無視してドアを閉める。すぐに翔子が運転席に腰を下ろした。

「勝手に乗らないで下さい」

「外で話し合ってたら、変に見えないかな」甲斐は腹の上で両手を組み合わせた。彼女はまだ、バッジの威力を信じているだろう。時にはその威力が逆効果になって、他人に警戒心を与えてしまうこともあるのだが……若い刑事に説教して育てるのは自分の役目ではない、と甲斐は自分を戒めた。それこそ余計なお世話である。

「二〇二号室」

　言い争いをしても仕方ないと悟ったのか、翔子がぶっきらぼうな口調で告げた。助手席が歩道側にあるので、少し体を捻ってマンションを見上げてみる。どこが二〇二号室なのか……シートに背中を預けて、翔子に訊ねる。

「インタフォンは」

「まだ鳴らしてません」

「ここ、普通のマンションだよな」

「どういう意味ですか」

「何かのアジトとか……」

「何想像してるんですか？」翔子が鼻を鳴らした。「ここが日系ブラジル人のたまり場だとでも？」

「馬鹿にするほど、低い可能性じゃないと思う。中には共同生活を送っている連中もいるそうだから」

「まさか、この中に二階さんがいる、とか考えてないでしょうね」

「可能性としては」

「可能性、可能性……かもしれないってことばかりじゃないですか」

「何で君が苛々するんだ？　二階のことを心配してくれるのはありがたいけど、怒ってたら冷静さを失うぜ」

「大きなお世話です」吐き捨て、翔子がすっと息を吸った。深呼吸の要領でゆっくり吐き出し、ハンドルを両手できつく握り締める。「甲斐さん……」

「何か？」

　沈黙。ちらりと横を見ると、翔子は唇を嚙み、言葉を捜している様子だった。甲斐は外を走る車の騒音だけをBGMにした沈黙に、十秒と耐えられなかった。

「気にかかることでもあるのか」

「いや、いいです」

「そう言われても、な。言いたいことがあるなら言ってくれよ」

「言いたいことではないですから」

「だけど、重要なことなんじゃないか？　顔が怖くなってる」

翔子がさっと横を向いた。冗談で言ったのだが、本当に怒りの表情を浮かべている。彼女のこんな顔を見たのは初めてだった。

「何かあったのか？」

「ありました」

「今回の件に関して」

「それは……」翔子が言い淀む。「言いたくありません」

「警察の中で何かあったんだな？」

翔子が唇をきつく引き結んだ。すっかり白くなった唇が一本の線に変わる。突っこむべきか、引くべきか。無理に聞き出すこともできそうだが、ここは一歩下がることにした。言いたくない——そのうち言いたくなるかもしれない。そのタイミングを待った方がいいだろう。

「話す気になったら教えてくれ。俺でよければ聞くよ」

「甲斐さんにだけは話したくないですね」

それで、彼女が内輪の問題を抱えこんでいることが分かった。警察は、内部の不祥事を発表前に書かれることを徹底して嫌う。だからいかに正義感の強い警察官であっても、新聞記者に内部の問題を話すことはほとんどないのだ。裏切りに対する報復の怖さは、本能的に分かっているはずである。

「なるほど。ところで、福沢なんだけど」

「ええ」

「正体が分かった」

「そうですか」

さりげなく返事をしながら、翔子の体が硬くなるのが分かった。そうか……彼女はとうに、福沢が何者なのか、割り出しているのではないだろうか。警察官なのだ、少し調べれば分かるはずである。ましてや神奈川県警と警視庁の違いこそあれ、福沢は警察官だったのだ。その推測を無視して、一方的に喋り続ける。「福沢は警視庁の刑事だった。マル暴の担当が長かったらしい。時期ははっきりしないけど、不祥事の責任を取る形で辞職している。そういう人間が横浜市に住んでいてもおかしくないけどな」

「そうですか」淡々とした声で翔子が繰り返した。「あまり関係あるとは思えませんね」

「そうかな」甲斐はほんの少し、彼女の方に体を倒した。「そういう人間が、どうして俺に警告してきたんだろう。この件に深く係《かか》わっているからじゃないか」

「どんな風にですか？」

「それはまだ分からないけど」

「分からないことばかりですね……それより、石川達司のことはどうしますか？　ノックしてみます？」

「そうだな」胸に顎を埋めたまま自問した。せっかくここまで来たのだ、顔ぐらいは見ておきたい。しかし、石川達司がこの件でどういう役割を果たしているにせよ、こちらの顔を見せるのは得策ではない感じがする。「部屋まで行ってみよう。でも、ノックはしない。顔を見られたくないんだ」

「そうですか」

「ここで待っててくれてもいいし――」

「一緒に行きますよ」翔子が早くもドアに手をかけた。ようやく自分の出番が来た、とほっとしたのかもしれない。

しかし三十分後、甲斐たちは何の手がかりも得られないまま、車に戻って来る羽目になった。周囲の聞き込みを進めて石川がどういう人間なのか、人物像を固めようとしたのだが、近所づきあいがまったくないのが分かっただけだった。長く躊躇った後、結局最初の意思に反してインタフォンを鳴らしてみたのだが、反応はなかった。

「いないことが分かっただけですね」

言葉に皮肉を滲《にじ》ませながら、翔子が車のドアロックを解除する。甲斐はその場に突っ立ったままだった。上体を折り曲げるようにして運転席に滑りこもうとした翔子が、体を伸ばして怪訝《けげん》そうな表情を浮かべる。

「俺は、福沢の方に回ってみる」

「ここはどうするんですか？」

甲斐は肩をすくめた。

「体は一つしかないから」

「だったらここは、私がしばらく見張ってましょうか？」

「やめた方がいいな。一人で張るには危険だ。相当荒っぽい連中だから」

「私は刑事ですよ」翔子が憤然と言った。

「それは分かるけど、世界には警察官を怖がらない国もあるんだぜ？　そういう国から来た人間を、拳《けん》銃《じゅう》もなしで抑えられるか？　無理しないで欲しいんだ」

車を挟んで、二人の間に沈黙が流れた。翔子の表情が強張《こわば》り、握り締めて車のルーフに置いた両手が白くなる。ややあって、素早くうなずいて「分かりました」とだけ言った。甲斐はゆっくりと息を吐いて緊張を解き、小さな笑みを浮かべる。

「話したくなったら、いつでも話してくれ」

「そんなことにはならないと思います」

「俺の方で、別のルートで探し出すかもしれないけど」

「それは……」

不可能だ、という台詞が続くものと思った。だが翔子は何も言わず、素早い身のこなしで車に乗りこんでしまった。

タイヤを鳴らして走り出した車のテールランプを見送りながら、甲斐の頭の中には一つの言葉が浮かんでいた。

不祥事。


張り込みはいつでも、自分との戦いになる。いつまで経っても帰ってこない刑事を自宅前で待ち続け、いつの間にか夜明けを迎えてしまったことも一度や二度ではない。いないはずの刑事が、朝になってしれっとした顔で玄関から出てくる場面に出くわしたこともあった。要するに居留守なのだが、こちらとしては文句を言う権利もない。勝手に待ち伏せしているだけで、向こうには会う義務がないのだから。

今回は、それほど精神的に追いこまれることはなかった。もちろん、二階の存在は常に頭に引っかかっており、時が経つに連れて心配は大きくなっていったのだが、二か所を警戒しなければならないために、集中力はそちらに注がざるを得なかったのである。福沢の自宅と石川のマンション。どちらかを一時間警戒しては、もう片方に移るのを繰り返す。保土ヶ谷《ほどや》バイパスと厚木街道を使って往復しているうちに、単にガソリンを無駄遣いしているのでは、という気持ちに襲われた。

誰からも連絡がなく、ただハンドルを握り、待機をするという単調な行為。連絡してくる人間がいるはずだ、と最初は思っていた。翔子しかり、橋元しかり。夜になると、牧でもいいから電話してこないか、と渇望するようになった。たとえ次のどうしようもない職場への異動通告でも、何もないよりはましでは、と思えてきた。

馬鹿馬鹿しい。

何度目かの往復。夜十時、甲斐は福沢の自宅前にいた。住宅街とあって既に人気《ひとけ》は少なくなっており、寒さが身に染みる。車の中にいようが立って待っていようが怪しく見えるのは同じことで、そろそろ精神的にもきつくなってきた。

最初は見逃すところだった。駅の方から人影が近づいてきた時、甲斐はハンドルに突っ伏し、今にも閉じそうな目を何とか開いていようと必死の努力を続けていた。いつもは眠気覚ましに効果があるきついミント味のガムも、今夜だけは役に立たない。噛み続ける単調なリズムがさらに眠気を誘ったのだが——人影を認識した瞬間、甲斐の口の動きは止まった。

ガムを紙に吐き出し、灰皿に捨てる。今日一日噛み続けたガムの残骸《ざんがい》で、既にいっぱいになっていた。はやる気持ちを抑えて静かにドアを開け、歩道に降り立つ。

福沢はこちらに気づいていない様子で——元刑事にしては観察眼が鈍い——ゆっくりと自宅に近づいて来る。家に入る前に捕まえたいと思い、甲斐は一歩を踏み出した。家までの距離は、福沢の方が近い。走り出したくなる欲望を必死で抑えた。深夜、正面から慌てて走って来る人間がいたら、さすがに福沢も警戒するだろう。早足。できるだけ足音は抑えたつもりだが、それでも間隔が二十メートルほどになったところで、福沢が甲斐に気づいた。ぴたりと足を止め、甲斐を凝視する。甲斐は構わず、接近を続けた。

福沢は膝まである黒いコートに、茶色いズボンという格好だった。頭にはニットの帽子。姿を変えようというわけではなく、あくまで防寒対策ではないかと思えた。左足を少しだけ前に出し、後ろ手を組んで「休め」の姿勢を取ったまま、甲斐に鋭い視線を送ってきた。

逃げるな——逃げないでくれ。祈るようにしながら、甲斐は福沢に近づいた。五メートルまで接近しても相手が動く気配がなかったので、ようやく歩調を緩める。

「捜しましたよ、福沢さん」

名前を呼んだら逃げるのではないかとも思ったが、福沢は無言でうなずくだけだった。まるで甲斐が自分の正体を探り出したことなど、とうに分かっているとでも言いたげに。

「どこへ行っていたんですか」

「それは、私にもいろいろ都合がある」低い落ち着いた声で福沢が言った。感情の動きを感じさせない、淡々とした調子である。ゆっくりと視線を上方に動かし、甲斐の頭に目をやった。「怪我は大したことはなかったようですね」

「まさか、現場で見てたんじゃないでしょうね」

「ノーコメント」

「ノーコメントと言えるような状況じゃないですよ」

甲斐は苛立ちを叩きつけたが、福沢は動じなかった。

「そうですか」

「ちょっとおつき合い願えますか。あなたはまだ、いろいろな情報を摑んでいますよね？　それを確認させて下さい」

「役に立つかどうかは分かりませんよ」

「いや、あなたは相当深い情報を知っているはずだ——何しろ元警視庁の刑事ですからね」

一瞬、福沢の目が燃え上がったように見えた。怒り。しかし瞬時にそれを隠すと、愛想のいい笑みを浮かべる。

「さすが、調べ上げるのが早いですね。優秀だ」

「優秀な人間じゃなくても、これぐらいは分かります。とにかく、ちょっと時間をいただけますか」

「いいですよ——車ですか？」福沢が甲斐の背後に視線を投げる。

「ええ」

「だったら、その辺を少しドライブしましょうか。あなたの車には、盗聴器は仕かけられていませんよね？」

「調べてませんけど、連中もそれほど暇ではないでしょう」連中、すなわち敵。だが自分は、誰と戦っているかさえ分かっていないのだ、と甲斐は溜息をついた。


元々寡黙な男なのか用心しているのか、福沢はなかなか口を開こうとしなかった。甲斐はすぐに、この男から簡単に情報を引き出すのは難しい、と判断した。一つ二つ、核心に迫る質問を投げても、答えは返ってこない。それが「知らない」ためではなく、「言いたくない」がための沈黙だということは、すぐに分かった。何か、言葉を引き出すためのきっかけ、タイミングが必要である。だがそれが何なのか分からない。何かあったら臍《へそ》を曲げて完全に沈黙してしまうのではないか、と甲斐は恐れた。それだったら、とにかく何も喋らない方がいい。

福沢は、家から十分に離れるのを待っていたようだった。甲斐は車を関内《かんない》方面に向けて走らせていたのだが、しばらく走って、車が三ツ沢付近に入ったところで、ようやく口を開いた。

「私がどうして警視庁を辞めたかは、ご存じですか」

「詳しい事情は知りません。詰め腹を切らされた、という程度しか」

福沢が声を上げて笑ったので、甲斐はぎょっとしてハンドルをきつく握り締めた。こんな風に笑う人間だとは思ってもいなかったのだ。

「詰め腹ね……」

ちらりと横を見ると、福沢は足を組んですっかりリラックスした態度を見せていた。自分たちの間に存在していた壁がいつの間にか崩れていたのを甲斐は悟ったが、何がきっかけだったかは分からない。

「ものは言い様というか、真実は簡単には表に出ないものだ」

「真実は何だったんですか」

「それを言わないと、まずいかな」

「そういうわけではないけど、話の流れを作ったのはあなたです」

「そうでした」福沢が声のトーンを落とす。「不祥事といっても、ランクはAからZまであるでしょう。私の場合は、Pぐらいかな」

「それは、Aを一番上にした場合のPですか？」

「そう考えてもらえれば。もしかしたら説諭で済んだ話かもしれないけど、自分の立場を守るために私を利用しようとした人間もいてね。あなたもサラリーマンなら分かると思うけど、人は、自分を守るためなら鬼にもなります」

「それで、具体的にはどういうことだったんですか」

「不適切な交友関係、と言っておきますか」

「暴力団？」

「そういうことは、あまり露骨に言うものじゃない」福沢が苦笑した。「朱に交われば、ということですよ。ただし弁明するために言っておけば、私個人がルートを作ったわけではない。長年引き継がれてきたもの……それが目の前にあった時、ごく自然に手を伸ばしただけだ」

「人は腐ってくると、腐ったものが近づいてきても魅力的に感じる」下らない警句だと思いながら甲斐は言った。「この件は、これ以上は聞きません。今の私に関係がある話とは思えない」

「だったら、あなたに関係のある話は何なんですか」

「同僚の二階を捜し出すこと。必要なら記事にすることです」

「どちらも無理かもしれない」福沢が溜息をついた。

「どういうことですか」

「それは、これからゆっくりしております」

福沢の説明は本当にゆっくりしており、甲斐を苛つかせた。どうしても自分が警察から叩き出された件について話したいようなのだが、説明に固有名詞がまったくないのでどうにもはっきりしない。我慢して聞くのにも限界がきて、甲斐はハンドルに両の拳《こぶし》を叩きつけた。夜の街に、クラクションが間抜けに響く。

福沢は平然とした様子で、頬杖《ほおづえ》をついて流れる街の光景をぼんやりと見ていた。

「いい加減にして下さい。あなたが辞表を提出したことと、今回の一連のトラブルと、何の関係があるんですか」

「話せば長いんです。記者さんは気が短くていけない」

「だから、この話はいったいどこへ――」

異変を感じ、甲斐は口をつぐんだ。車は県庁の近くの官庁街を走っており、赤レンガ倉庫に向から橋にさしかかったところだった。他の車がほとんどいなかったのに、急にバックミラーの中で光が爆発する。光芒《こうぼう》に負けて思わず目を閉じた瞬間、福沢が「危ない！」と叫んだ。同時に彼の手が伸び、ハンドルを無理矢理回す。

「待て！」甲斐は叫んだ。何をしているのだ――聞こうとした瞬間、背後から激しい衝突のショックが襲う。すぐに方向感覚が失われ、甲斐は自分が上を向いているのか下を向いているのかさえ分からなくなった。割れたガラスが体中に降り注ぎ、街灯の灯りを受けてきらきらと輝く。

着水。一気に車に流れこんだ水は泥臭く、少しでも飲んだら溺死《できし》する前に死んでしまいそうだった。思い切り息を吸いこみ、肺に空気を溜《た》める。落ち着け、クソ、こんなところで死んでたまるか。車は急速に、運河の中に沈みつつあった。しかし、まだ助かる手段はあるはずだ――甲斐は車に水が満ちるのを待ちながら、シートベルトを何とか外した。

11

車内の空気と水の比率はあっという間に逆転した。残り少ない空気を思い切り吸いこみ、甲斐《かい》は目を閉じた。肩の辺りが冷たくなり、すぐに顎《あご》の上まで水が上がってくる。それは何とか我慢できるが、きついのは車が揺れていることだ。車はまだ水中を漂っているような状態らしく、やたらと上下動を繰り返す。水の中にいようが、平衡感覚が失われていく恐怖感に変わりはなかった。

横を見ると、福沢《ふくざわ》がドアに手をかけたところだった。手の力では動かず、ドアノブに手をかけたまま、体を丸めて右足を突っ張る。それでようやくドアが細く開いた。福沢の顔の周りに泡が舞い、彼の表情がぼやける。福沢はわずかに空いた隙間《すきま》に手を突っこみ、無理矢理体をこじ入れると、シートを蹴《け》って水中に躍り出た。

甲斐は開いたままの助手席ドアの方に泳いでいこうとしたが、狭い車内では体の自由が利かない。仕方なく、運転席側のドアを開けようと福沢の動きを真似《まね》たが、どうにも上手《うま》くいかずに、すぐに呼吸が苦しくなってきた。しかも一人いなくなってバランスが崩れたのか、車体は右側――甲斐が乗っている方に傾《かし》いでくる。クソ、このままでは運転席側のドアが下になって沈んでしまう。そうなったら絶対に逃げられない。

甲斐は必死に右足を突っ張ったが、ドアはびくともしない。もう一度、助手席側のドアから脱出を試みるか――しかし、車体が傾いだせいか、助手席のドアも閉じてしまった。クソ、冗談じゃないぞ。まさか二階《にかい》もこんな風に殺されたんじゃないだろうな。

視界の隅に福沢の顔が見える。まさか、俺はもう死んでしまったのか？　福沢の幻を見ているのか？　それにしてはリアルな感じがした。暗い水中でゆらりと髪が揺れ動き、こちらに必死の視線を向けてくる。

次の瞬間、ドアが細く開いた。福沢が外から開けてくれたのだと気づき、甲斐は残った力を振り絞ってドアに蹴りを見舞った。一瞬で大きな隙間ができ、ドアが開きっ放しになる。体を捻《ひね》って、ようやく車の外に出ることができた。車は相当右側に傾いていたようで、車体の下側に出る格好になる。体を切るような冷たい水を一掻《ひとか》きして浮かび上がり、車の屋根を蹴ってさらに勢いをつけた。濁った水の向こうに、ぼんやりと街灯の灯《あか》りが見えていた。遠い──あそこまでたどり着けるのだろうか。諦《あきら》めるな。何とか脱出したんだから、最後の最後まで頑張れ。気合を入れ、甲斐は必死で水を掻いた。どれだけ深くまで沈んでいたのか、水面はいつまで経《た》っても近づいてこない。

しかし、気を失いそうになる直前、頭が水を突き抜けた。上を向いたまま、必死で空気を求める。深く一息。体の隅々まで酸素が行き渡って感覚が正常に戻り、まず運河の臭い水の臭《にお》いが、次いで耳の周りで耳障りに動く水の音と、橋の上を行きかう車の音が飛びこんできた。大丈夫、もう大丈夫だ……意識して、細く静かに呼吸する。慌てて息を吸いこむと、周囲の水まで飲みこんでしまいそうだった。とにかく岸まで泳ごう。幸い、さほど距離はない。冷たさのあまり体の自由が利かないし、ひらひらするコートが邪魔になったが、何とかなる。

立ち泳ぎしたまま、甲斐は周辺の様子を視界に入れた。間違いなく、誰かが俺を──あるいは福沢を殺そうと後ろから車をぶつけてきた。その車は……橋の上に停車している車はいない。運河に叩《たた》き落としたから間違いなくしとめたと考え、さっさと立ち去ったのだろう。

五メートルほど後ろで、福沢がやはり立ち泳ぎしていた。案外涼しい表情で、この状況を楽しむように笑みさえ零《こぼ》れている。顎を突き出して何か喋《しゃべ》ったが、水に邪魔されて言葉にならない。「泳げ」と言ったのだろうと判断したのは、彼自身が、ゆっくりと前進し始めたからだ。

向こう岸まで二十メートル。これぐらいは楽勝だ。しかし水の冷たさは既に体の芯《しん》まで染みこんでおり、手足が自由に動かない。甲斐は取り敢《あ》えず、コートを脱ぎ捨てた。水の中で服を脱ぐのがこれほど大変だとは知らなかった。それだけで体力が奪われてしまう。

ようやくコートから自由になり、自分にとって一番楽な泳ぎ方、平泳ぎで向こう岸を目指す。手足が思うように動かない。ネクタイが顔の下でふらふら揺れ、それすら抵抗になっているようだった。もぎ取ってしまいたい……だが、止まるのが怖い。感覚のなくなってきた手足を励ましながら、何とか必死で泳ぎ続けた。濡《ぬ》れた髪から滑り落ちる水滴が目に入り、視界がぼやける。冗談じゃない。この運河の水は、どれだけ汚れているんだ。肺に入ったら、何か悪い病気になるかもしれない。顔を水につけず、口を閉じたまま、鼻だけで息をしようとした。酸素が足りるわけもなく、すぐに呼吸が苦しくなってくる。それでも我慢して、必死で手足を動かし続けた。

手先が何かに触れる。岸壁というにはささやかな、護岸壁の崩れを防ぐための鉄板だと分かった。必死でしがみつき、体を引っ張り上げて大きく深呼吸する。鉄板の上端に手をかけて、懸垂の要領で水から上がり、最後は這《は》いつくばるようにして、むき出しの土の上に寝転んだ。すぐ向こうに、赤レンガ倉庫が見えている。体を動かすのが億劫《おっくう》だったが、何とか仰向《あおむ》けになり、大きく呼吸を続けた。体内に酸素が回り、少しだけ気が落ち着いたが、そうすると今度は、空気の冷たさが身を痛めつける。吹き渡る風は体に斬《き》りつけるようで、甲斐は両肘《ひじ》を使って体を起こすと、両手で上半身を思い切り擦《さす》った。濡れたスーツから水が絞り出されるだけで、震えは止まらない。まさか、低体温症か？　それはないだろう。水の中にいたのは比較的短時間なはずで、そんなにひどいことになるわけがない、と自分を納得させようとした。

福沢が水から上がってくる。さほどダメージを受けていないようで、平気で歩いて甲斐に近づいて来た。

「怪我《けが》は？」

「大丈夫ですけど……あなたは？」

「取り敢えずは」

「元気そうに見えますけど」

「そんなことはない」辛うじて笑った彼の唇は、紫を通り越して白くなっていた。

「二階も、こんな風に殺されたんですか」

「私はその現場は見ていない」

言ってしまってから、福沢が右手で口を塞《ふさ》いだ。甲斐は思わず詰め寄り、彼の両肩を摑《つか》む。

「見ていないだけで知ってるんでしょう？　あいつは本当に殺されたんですか？　だとしたら、誰に？」

「申し訳ないが、言えないこともある。死んでしまったら、何も喋れませんからね」

「喋ると殺されるようなことなんですか」

「私は、ここから消えますよ」

彼が橋の方をちらりと見た。パトカーが一台、橋の上に止まっている。赤色灯の光が闇夜《やみよ》を赤く染め、甲斐は自分の血が世界中に流れ出しているように感じた。

「あなたはちゃんと治療を受けた方がいい」言って、福沢が甲斐に背中を向けた。

「待って下さい。話はまだ途中です」

「まさか」振り返って、福沢が苦笑した。「その根性は認めますけど、今はちゃんと治療を受けた方がいい」

「そういうわけにはいかない。俺にはやることがあるんだ。二階はどうなったんですか？　二階が殺されたなら……俺は、あいつの敵《かたき》を討たなくちゃいけない。記事で」

体を不自然に捻ったまま、福沢は甲斐を凝視した。頰《ほお》が引き攣《つ》り、体から垂れる水滴が足下に水たまりを作る。

「ヤードを調べなさい。山北《やまきた》のヤード」

「ヤード？」

「新聞記者なんだから、それぐらいのことは知っていると思いましたけどね――それでは」

一礼して、福沢が去って行った。甲斐は何とか立ち上がって追いかけようとしたが、足腰が言うことを聞かない。そうこうしているうちに、別の人間が近寄ってくる足音が聞こえてきた。何とかそちらに目を向けると、制服の二人組である。本来ならば、助けが来たとほっとすべき場面だが、甲斐は嫌な胸騒ぎに襲われるだけだった。


病院で簡単に診察を受け、重大な怪我はないことが分かった。体温も問題なし。自分が意外に頑丈だと分かった後、甲斐はベッドに潜りこんだ状態で、警察の事情聴取を受けていた。対応したのは、現場に来た制服組の一人と、所轄の交通課員――こちらも制服を着ている。ということは、この一件は交通事故と見なされているようだ。この状況をどう利用するか、甲斐は頭の中で素早くシナリオを書き上げた。

前提条件その一。今の神奈川県警は信用できない。

その二。福沢の存在を明かすわけにはいかない。

結論――あれは事故だった。当て逃げ事故。

「目撃者がいましてね」交通課の制服警官が手帳を開いた。「その人から通報があったんです」

「どういう話ですか？」

「あなたの車が、別の車に追突された、と。橋の手すりを壊して運河にとびこんだ瞬間を見ていた人がいるんですよ」

「そういう状況だと思います……けど」

甲斐はわざと語尾を曖昧《あいまい》に濁した。本当に当て逃げの可能性もないではないが、自分が今置かれた状況を考えると、それが甘い推測に思えてくる。誰かが俺か福沢を狙《ねら》っていたのだ。恐怖と怒りを何とか腹の中に呑《の》みこんだまま、甲斐は続けた。

「どうなったのか、よく分からないんです。衝突されたらしいことは分かったんですけど、次の瞬間には水の中でしたから」

「相手のナンバープレートや車の種類は？」

「そんなものを見ている暇はなかったですよ」

「そうですか」制服警官のボールペンの動きが止まった。「大事なポイントなんですけど」

「無理です。目撃者がいたなら、その人が見てたんじゃないですか」

「結構遠くからでしたから。現場の動きは分かったけど、ナンバーまでは、ね」

「冗談じゃない。車はもう駄目でしょう？」

「たぶん、ねえ」制服警官が目に同情の色を浮かべた。「明日にでも引き上げますけど、スクラップ確定でしょうね」

「クソ」思わず吐き捨てる。仕事用のパソコンは支局にあるが、支局へ赴任が決まった時に買った一眼レフのカメラが車と一緒に沈んでしまった。レンズを二種類揃えて十万円。あれは痛い……。

「日報の記者さんでしたよね？」

「ええ。まさかこの件、広報するんじゃないでしょうね」

「上の判断になりますけど、怪我人がいないし、それはないでしょう」

「助かりますよ」甲斐は大袈裟《おおげさ》に安堵《あんど》の息を漏らしてみせた。「他社に知れたらみっともないですからね」

制服警官がにやりと笑い、手帳をポケットにしまった。

「そりゃそうですよね……取り敢えず、今夜はゆっくり休んで下さい。明日、元気だったら現場検証につき合ってもらうことになります」

「分かりました」

「また誰かを寄越します。私じゃないかもしれません」

「あなたが来てくれるといいんだけど。話が早そうだから」

「ローテーションなので、そうもいかないんですよ。それでは、明日もう一度、よろしくお願いします」

甲斐は丁寧に頭を下げ、二人を見送った。入れ替わりに、支局長の牧《まき》と長谷《はせ》が病室に入って来る。牧は険しい表情で、一方長谷は疲れたような、困ったような顔つきだった。牧が丸椅子《いす》を引いてベッドの側《そば》に腰を下ろす。邪魔者が入らないようにするためか、長谷がドアに背中を預けて立った。

「何が起きたんだ」

「誰かを怒らせたようです」

「どういうことだ」顔をしかめると、牧の眉毛《まゆげ》が一本につながる。「当て逃げだと聞いてるぞ」

「事実関係はそういうことになるでしょうね。でも、あれは間違いなく、こっちを狙ってきたんです」

名前は伏せたが、隣席に重要なネタ元が乗っていたことを打ち明ける。同時に、これまでの警察の不審な動きについてもぶちまけた。

「しかし、警察が何をしているというんだ」牧はまだ半信半疑の様子だった。

「それが分かっていれば、とっくに何とかしています」甲斐は苛立《いらだ》ちを隠さず、吐き捨てた。牧は慎重過ぎる。おそらく、現場の感覚もとうになくしてしまったのだろう。

「どうするつもりだ？　警察にはちゃんと話したのか」

「連中が何を考えているか分からない以上、本当のことは話せませんよ」

「その、お前のネタ元だが、信用できるのか？　警視庁を馘《くび》になったような人間の言うことだぞ」

「やばいことに足を突っこんだ人間は、情報だけは持っているものですよ。それをどういう目的で使おうとしているかはともかく。こっちは、情報が正確ならそれでいいんです。相手の人格は問いません」

「それで、何かいい情報は出たのか」

甲斐は一瞬口をつぐんだ。山北のヤード。何のことかさっぱり分からないが、重要なキーワードであることは勘が告げている。ただしそれを、牧に教える気にはなれなかった。日報という組織の後ろ盾は欲しいが、この男は当てにできない。それを言えば、横浜支局の人間全員がそうだ。

突然、二階も自分と同じような感覚を味わっていたのではないか、と考える。自分しか頼りにできないような感覚。しかしバックアップなしに突っこんで行った結果、あいつはおそらく悲惨な目に遭った。俺は何とか無事に生還したが、あいつは……もしかしたら、俺の車が沈んだ近くで、あいつの遺体がまだ水中を漂っているかもしれない。福沢の台詞「私はその現場は見ていない」が、頭にこびりついて離れなかった。

「警察にはちゃんと言った方がいい」

「冗談じゃない。信用できない相手には、話せませんよ」

「だったらどうするんだ」

腹は決まっている。だがそれを牧に告げるつもりはなかった。

「一晩寝てから考えます」

牧がうなずく。まだ頭に血が昇っているようだ、と判断したのだろう。夜が明ければ落ち着いて、警察に事件を引き渡すはずだ、と安心した様子である——こんなに読みが甘い男だとは思わなかった。

牧が立ち上がる。

「何か必要なものは？」

「服ですね」甲斐は長谷に目を向けた。「悪いけど、俺の家に行って、適当に服を持ってきてくれないか？」

「それ、乾かせば着られるでしょう」長谷が面倒臭そうに言って、ハンガーにかかった甲斐のスーツに目をやった。

「冗談じゃない。臭いを嗅《か》いでみろよ。どぶに落ちたみたいなんだぜ」甲斐はサイドテーブルに向けて顎をしゃくった。「家の鍵《かぎ》はそこにある」

まだ不満な表情を浮かべたまま、長谷がキーを手に取った。取り敢えず無事だった、数少ないもの。車のキーと家の鍵を別々にしておいて正解だった。しかし、携帯は完全に沈黙したままで、電源が入らない。尻ポケットに入れておいた財布は無事だったが、札は濡れたままだ。キャッシュカードはあるが、濡れた後でも使えるかどうかは分からない。

しかし、当面動けるだけの金と服さえあれば、何とでもなる。

「じゃあ、明日の朝、持ってきますから」

「今すぐだ」甲斐はきっぱりと言い切った。「それで、この臭いスーツを捨ててくれ。近くでこんな臭いがしてたら、絶対に眠れない」

「分かりましたよ」言葉と溜息《ためいき》を同時に吐き出し、長谷がドアに向かった。

「甲斐」立ち上がった牧が低い声で呼びかける。

「何ですか」

「おかしなことを考えるなよ」

それほど鈍い男ではないかもしれない、と甲斐は思い直した。

わずかに眠ったようだ。頭の奥に鈍い頭痛が居座り、鼻が少し詰まっていたが、風邪《かぜ》ではない、と判断する。

午前五時、甲斐は気合で眠気を叩《たた》き出し、下着姿のままベッドの上に腰かけた。パンツがまだ湿っている……しかし長谷は、替えの下着まで持ってくるほど気の利いた男ではなかった。

長袖《ながそで》のTシャツとジーンズ、セーターを着こむ。ベルトは……ない。ジーンズがずり落ちそうになるのを押さえながら立ち上がり、ナイロン製のフライトジャケットに腕を通した。取り敢えず寒さは防げる格好だし、動きやすいのも助かる。昨夜寝る前に、新聞紙を突っこんでおいた靴を試してみた。こちらはさすがにまだぐずぐずしていて、靴下にすぐ水が染みてくる。こいつは早くなんとかしないと……しかし、家に帰る勇気はなかった。見張られている可能性もある。

そう考え、自分の愚かさに嫌気がさした。長谷が自分の家に入るところを、監視者が見ていたらどう考えるだろう。俺が無事かどうか、襲った連中は確かめたいと思うはずだ。誰かが家に服を取りにいったら、間違いなく「まだ生きている」と判断するはずである。

迂闊《うかつ》だった。こうなったらとにかく、歩き回っているしかない。姿を隠したまま相手を撃つ。自分を守りながら真相に近づくためには、それしかない。

濡れた財布を尻ポケットに突っこみ、甲斐は廊下に顔を突き出した。ナースセンターには灯《とも》りが点っているが、人の気配はない。反対側、非常階段の方に進んで、ドアを開ける。夜明けもまだ先で、夜の寒風が体を叩いた。一瞬身をすくませたが、すぐに階段に足を踏み出す。やらなければならないことはいくらでもあるのだ——まず、「山北のヤード」が何なのか、調べなくてはならない。そこから、二階の行方につながるはずだ。

甲斐は迷わず行動を開始した。といっても、これが性《さが》でもあるのだが、まず新聞を見なくては一日が始まらない。昨夜の事故が本当に載っていないか——時間的には十分朝刊に間に合ったはずだ——確認する必要もあった。

運ばれた病院がある横浜駅の西口付近は、一日のうちでごく短い静寂の時間帯だった。夜中までやっている飲食店も店を閉めており、通勤客でごった返すのはまだ先である。アルコールが混じったように淀《よど》んだ冷たい空気を肺一杯に吸いこみながら、甲斐はまずコンビニエンスストアに入った。銀行のカードが無事に使えるのを確認して現金を下ろし、新聞全紙を買いこむ。それを持って、近くの終夜営業の喫茶店に入り、コーヒーを頼んでから各紙を確認していった。やはり交通課の制服警官が予言していたように、広報はされなかったようで、「日報記者　当て逃げ被害」の見出しはどこにも見つからない。ほっとして、コーヒーを口に含む。久しぶりに何かを胃に入れたせいか、無性に腹が減ってきた。サンドウィッチを追加注文し、作戦を練る。

一人で動き回るのは、もう限界だ。かといって支局の人間を巻きこむのも気が進まない。一人でやるしかないのか……自分はどうしてこんなにむきになっているのだろう、と自問してみる。二階のことが心配なのは間違いないが、それ以上にこれが特ダネになるのではないか、と期待するスケベ根性もあった。同僚の危機をネタにして、というのは褒められた話ではないが、この裏には重大な事件が潜んでいる、という勘がある。

県警が根本的なところで絡んでいたらどうする？　それを考えると体を恐怖が貫いた。警察は、その気になれば何でもできる組織だ。敵に回して、これほど怖いところもない。身を守るためには先制攻撃しかないのだが――連中は新聞をかなり恐れている――今のところ、有効な攻撃方法は見つからない。

翔子《しょうこ》は本当に信用できるだろうか。よく分からない。武藤《むとう》のスパイではないかという疑いは、未《いま》だに拭《ぬぐ》えないのだ。おそらくその疑念は、全《すべ》てが終わるまで甲斐の心から消えないだろう。

しかし、牧を説得して、支局員全員で取材にかかるような時間がないのは分かっている。ここは翔子を信じるしかないだろう。もしも失敗したら、己の読みの鈍さを恨めばいいだけだ。

よし、まずは彼女に連絡しよう。無意識のうちに携帯電話を探してポケットをまさぐってしまい、苦笑した。あれはもう使い物にならないのだ。念のために取り出して電源ボタンを押してみたが、まったく反応しない。仕方ない。彼女の携帯電話の番号は覚えているから、連絡は取れるだろう。

それにしてもまだ五時半。電話するのはもう少し経ってからにしよう。そう決めて、甲斐はできるだけリラックスしようとした。

もしかしたら、気持ちを楽に持てるのは、これが最後かもしれない。


午前七時過ぎに電話を入れ、待ち合わせの公園――甲斐の自宅近くのあの場所だ――に向かう。彼女は既に、現場に到着していた。

「事故の件、聞いてますよ」彼女の車に乗りこむと、翔子は甲斐が何も言わないうちからそう言った。

「警察はどう見てるんだ」

「甲斐さんが言った通りに。本人が供述している以上の情報が分かるわけないでしょう」

「それなら話が早い。俺は嘘《うそ》をついた」

運転席に座る翔子の眉がわずかに歪《ゆが》む。「どういうことですか」と低い声で訊《たず》ねる——ほぼ尋問口調だった。

「警察を信じてないからだ。本当のことは言えない。俺は殺されかけたんだと思う」

「根拠は？　相手は分かってるんですか？」

「それは分からない。ただし襲われた時、俺は福沢と一緒だった。たぶん、俺を襲った連中は、福沢を監視していたんだと思う」

「ネタ元と一緒に記者を潰《つぶ》そうとした、というわけですか」

「ああ」

「それをどうして私に話すんですか？　私も警察の——神奈川県警の人間なんですよ」翔子の表情が歪む。

「腐った組織の中にいることは自覚してるよな？」

「そこまで言いますか？」翔子が溜息をついた。

「腐った、は言い過ぎかもしれないけど、とにかくこの件についての県警の動きはおかしい。何か裏があるんだ。それは君も理解してるはずだよな？　それが分かっていても、組織に忠誠を誓う気か？」

「じゃあ、裏切れって言うんですか？　私だって、生活していかなくちゃいけないんですよ」

「君なら、どんな仕事でもできる。元刑事のモデルなんかどうだ？　話題になってすぐに売れっ子だよ」

「茶化さないで下さい！」翔子が両手を固め、ハンドルに叩きつけた。クラクションの間抜けな音が車内に響く。肩を上下させて呼吸を整えていたが、やがて意識して押さえつけた低い声で訊ねた。「私が警察側の立場に立っていないと思うんですか？」

「つまり、俺を監視するためのスパイかどうかという意味か？」

「ひどい話ですけど、そういうことです」

「それはあり得ない」甲斐は、警察という組織について思いを馳《は》せた。内部の人間であったことは一度もないが、長いつき合いで、どういうものかはよく分かっている。言いにくい話だが、自分の立場、翔子の立場を明確にするために口を出した。「君は、無難な立ち位置を取らされているだけだ」

「どういうことですか？」翔子が眉をひそめる。

「簡単な話だ。君が女性だからだよ」

「それは差別でしょう」

「残念ながら、それが実態なんだ」甲斐は肩をすくめた。「警察は今でも、完全な男社会だろう。女性幹部が何人いる？　今でも、結婚すれば辞めるように無言の圧力をかけてくるじゃないか。要するに、いつかはいなくなる存在だと考えている。警察の仕事に全力を尽くして欲しくなんかないんだ。腰かけ程度の意識でいてもらえば十分だと思ってる」

「外の人間に何が分かるんですか」翔子の声は、昨夜甲斐が水浴びした運河よりも冷たかった。

「警察とのつき合いは、君よりも俺の方が長いよ。どうせ記事にはできない話だから、向こうも気楽に愚痴をこぼすんだ。そういう時、女性警察官に対してどんな言葉遣いがあったか、説明してもいい……したくないけどな。考えただけでむかつくような話ばかりだった」

「新聞社だって似たようなものじゃないですか」翔子が反論した。

「否定しない」甲斐はゆっくりと首を振った。真琴《まこと》の顔が脳裏に浮かぶ。女性が働くのに厳しい職場は、まだまだ世の中にいくらでもあるのだ。同時に、自分はそういうことで彼女たちに「気持ちは分かる」などと言わないようにしよう、と戒めた。それは偽善だ。性差は乗り越えられない壁であり、しかも不利な立場にある人間の気持ちは、そうではない人間には絶対に理解できない。「この件で議論するつもりはないよ。だけど武藤課長は、君には絶対、大事な情報は教えていない。それについては賭《か》けてもいい」

翔子が唇を嚙《か》んだ。自分でも日々、意識していることだろう。何故《なぜ》大事な仕事を与えられないのか。自分が部屋に入っていくと皆が話をやめるのはどうしてか。

「俺は君の正義感を信じたい」

「正義感」翔子がゆっくりと繰り返した。

「組織の人間としてじゃなくて、君個人の正義感。正しいと思ったことをやるべきだと思う」

「私に警察を裏切れと言うんですか？」

「裏切るかどうかはともかく、そろそろ、警察の本当の姿を学んでもいい時期じゃないかな」

無言で翔子が首を振る。甲斐は、時が流れるに任せた。最後は彼女が判断することだ。こちらに協力すると言えば、何も言わず受け入れる。あくまで自分が属する組織を裏切りたくないというなら、ここで別れて二度と会わない。二者択一、話は簡単だ。

「私には、信頼できる人がいます」

「今の署ではなくて？」

「本庁に。相談してみます。いろいろなことが明らかになったら」

「ああ、それは手だな」甲斐はうなずいた。神奈川県警に属する人間全てが腐っているとは考えられない。むしろ大半はまともな人間だろう。彼女が信頼できるというなら、そういう相手に全てをぶちまけて、自分の身の安全を守りながら真相を追求する方法は悪くない。

「その相手は、階級は十分上の人間か？」

「普通なら、口も利けないぐらいに」

「分かった」甲斐は一つうなずき、しばし口を閉ざした。どこから話すべきか……結局、分かっていることを順番に話していくしかなかった。それだけではとてもつながらないが、聞いている方が勝手に判断してくれるかもしれない。

甘い予想はあっさり裏切られた。

「ヤード？」翔子が首を傾げる。ぴんときていない様子だった。

「そう、ヤードだ」

「聞いた事はありますけど、うちの管内にはないですよ。少なくとも私は知りません」

「そもそも、ヤードって何なんだ」

「隠れ家というか、秘密基地みたいなものなんですけど……」翔子が顎に細い指を当てた。「ちょっと説明しにくいですね。それが山北にあるんですか？」

「福沢はそう言っていた」

「だったら話は簡単じゃないですか。現場に行ってみましょう」翔子がエンジンに火を入れる。生暖かい風がエアコンから吹き出し、甲斐は少しだけ生き返った気分になった。「実際に見れば、何かが分かりますよ」

「頼む。仕事の方は大丈夫か？　署の人間に知られるといろいろ厄介だ」

「それは何とかします」

「分かった。任せる。ところで」

「はい？」

「どこか、この時間でも靴を売っているところを知らないかな？」

横浜から山北町まではかなり遠い。国道一六号線をずっと北上して、東名高速の横浜町田インターチェンジから大井松田インターチェンジまでひた走る。高速を降りてからは、国道二四六号線を延々と西へ進んでいくことになる。横浜と同じ神奈川県内とは思えないほどの田舎町で、翔子の説明によると、土地の九割は森林地帯だという。

「小学生の頃、遠足の定番でした」

「そうなのか?」

「丹沢の国定公園とか」

「じゃあ、この辺の地理もよく分かってるわけだ」

「それとこれとは別ですよ。あの頃はバスに乗ってただけですから」

街の様子を手早く知りたいなら、警察官に聴くのが一番早い。しかし今回は、その方法を使うわけにはいかなかった。こちらの手の内が、どこから武藤たちに漏れるか分からない。そもそも今頃俺は、お尋ね者になっている可能性もあるのだ。容疑者ではないが、勝手に病院から抜け出したのだから、所轄の連中はかりかりしているだろう。支局に問い合わせがいっていることも十分考えられる。牧も甲斐が病院を脱出したことは知らないわけで、後で大問題になるのは明らかだった。

構うものか。目の前にやることがある。

仕方なく、車を停《と》めて、街行く人に事情を聴いてみた。最近、この辺で「ヤード」と呼ばれる妙な建物を見ないか。外国人がうろつき回っていないか。

答えはいずれもイエス。瓦《かわら》屋根が特徴的なJR山北駅の周辺での聞き込みで、甲斐たちはヤードの場所をすぐに特定した。二四六号線を清水橋交差点で右折し、河内川沿いに進む。道の駅を通り過ぎた付近に、高いフェンスに覆われた一角があるという。山の中という印象が強い山北町の中でも、特に人里離れた場所にあるようだった。地図で確認すると、山北駅前からさらに西進し、谷峨《やが》駅付近ということになる。

「行ってみますか」車に乗り込みながら翔子が言った。

「当然だ。そのためにここまで来たんだから」

助手席に腰を落ち着けた途端、翔子の携帯電話が鳴り出すのが聞こえた。ショルダーバッグから取り出し、確認して渋い表情を浮かべる。そのまま鳴り止《や》むまで待ち、バッグに落としこんだ。

「署から？」

「ええ」

「出なくて大丈夫なのか？　適当に言い訳を作っておいた方がよかったんじゃないか？」

「とっさに思いつかなかったんですよ。最初に病欠の連絡でも入れておけばよかった」

「後悔しても遅いさ。それじゃ――」

甲斐の言葉は、再び鳴り出した携帯電話の音に邪魔された。翔子が助けを求めるように甲斐を見る。

「出た方がいい。病欠にしておけば怪しまれないよ」

翔子が緊張した面持ちでうなずき、携帯電話を取り出した。喉《のど》を軽く指先で摘んで、ガラガラ声を演出する。

「はい……ええ、そうなんです。喉が……風邪みたいなんですけど、三十九度あります。はい……すいません、さっきの電話、出られなかったんです」

甲斐は彼女に向かって親指を立ててやった。完璧《かんぺき》に喉をやられた病人の声である。翔子がかすかに顔をしかめる。

「はい、今日は休みますので。すいません、連絡もできなくて」電話を切って、肩を小さく上下させる。

「今の声だったら信頼されるよ」

「だといいんですけど……甲斐さんは大丈夫ですか？」

「俺の携帯は、水没してお亡くなりになった」

「大丈夫なんですか？」

電話がないと不安になるのではないかと思ったが、むしろ気は楽だった。入社以来、最初はポケベル、その後は携帯電話で会社に縛りつけられていたのだと、改めて意識する。

「人とつながってない方が、楽だな」

「でも、不安になりません？」

「それはない。こっちから連絡を取れないのは困るけど」

「どこか電話するところがあるんだったら、貸しますけど」

「いや、いい。たまには公衆電話を使ってみるよ」

甲斐はもう一度車を降り、目の前のガソリンスタンドにある公衆電話を使った。翔子を信用するとは決めたが、内輪の会話は聞かれたくない。警察庁の記者クラブに電話をかけると、幸い橋元《はしもと》がすぐに摑まった。

「何してるんですか、甲斐さん」いきなり叱《しか》りつけるような口調。「行方不明になったって騒ぎになってますよ」

「今度は早いな」甲斐は思わず皮肉を吐いた。「二階が行方不明になった時は、皆動きが鈍かった」

「昨夜あんなことがあったんだから、心配するのは当然じゃないですか」

「心配されるような、たいそうなご身分じゃないよ」

「少なくとも俺は心配してます」

「……すまん」ごく自然に謝罪の言葉が出てきた。このところ、散々迷惑をかけてきたのに、橋元は本気で心配してくれているようだった。「とにかく俺は無事だ。動き回ってる」

「一人で大丈夫なんですか？」

「いや、用心棒が一緒だから」

「信頼できる人間なんでしょうね？」

「お前ほどじゃないけど」

「そうですか……それで、今度は何ですか？　無事を知らせるなら、支局に電話すればいいでしょう。俺に電話するのは筋違いですよ」橋元の憎まれ口が蘇《よみがえ》った。

「調べ事なら、お前の方が役に立つし速いからな」

「何ですか？　まだ嗅ぎ回ってるんですか」

「当たり前だ。これからが本番だ」

甲斐は「ヤード」について橋元に説明した。橋元は、翔子よりも正しく実態を摑んでいるようだった。

「外国人ですよ」ずばりと言い切る。「要するに、要塞《ようさい》と工場を足して二で割ったようなものです。そこで盗難車を分解したり、ヤクの分配をしたり、ろくでもないことをやっているみたいです。各地で摘発が進んでますよ。外事と防犯の共同事案です」

「神奈川県では？」

「まだ聞かないですね。ただ、今日、そちらの方で何か動きがあるようなんですけど」

県警が動いている？　嫌な予感が頭の中で広がった。揉《も》み消し、でっち上げ、俺を狙って……。

「何のことか、分かるか？」

「それは今、詰めてます」

「そうか」一つの絵が、甲斐の頭の中で描《えが》かれつつあった。「これから、そのヤードの一つを偵察する」

「やめた方がいいです」橋元がきっぱりと言い切った。「危険ですよ。武装してる場合もありますから」

「武装って言ったって、ここは日本だぜ。銃で撃たれるようなことはないだろう」

「摘発されたヤードの中から、銃器類が見つかったケースもあります」

甲斐は思わず唾《つば》を呑んだ。自分は徒手空拳《としゅくうけん》の状態であり、翔子も拳銃《けんじゅう》は持っていない。まさに丸腰で乗りこむようなものだ。

「大丈夫だ。無理はしない」

「約束して下さいよ。それよりどうして県警に協力を仰がないんですか？」

「連中を信用してないからだ」

「とにかく、無茶しないで。甲斐さんだって、死ねば悲しむ人がいるんですから」

「まさか」

「そうですか？　設楽《したら》さんとか……」

「まさか」真琴が？　橋元は何を知っているのだろう。「どういう意味だ、それ」

「まあ、だって、その……」橋元が咳払《せきばら》いした。「同期じゃないですか」

「だったら話を大袈裟にするな」

「甲斐さん、仕事のこと以外は鈍いって評判ですよね」

「何だ、それは」

「だから、それが鈍いって言うんです」橋元が笑いながら電話を切った。

甲斐は少しだけ気が楽になったのを感じたが、車の中で緊張しながら待つ翔子を見た途端に、再び心の奥が固くなり始めるのを感じていた。

「これか……」甲斐は眉をひそめた。大型のコンテナがフェンスのように周囲をぐるりと囲み、中の様子は窺《うかが》えなくなっている。コンテナとコンテナの隙間部分は、鉄板を使って塞がれていた。コンテナによじ登るか……とも考えたが、向こうも中から警戒しているだろう。監視カメラも使っているかもしれない。

翔子がゆっくりと周囲を回った。「ヤード」の内部は、道路側からはまったく覗《のぞ》けない。小高い丘の上にあり、道路の反対側は崖《がけ》とまではいかないが急斜面で、小型のコンテナがいくつも並んで壁を作っている。ただしサイズが合わないためにでこぼこで、完全にフェンスになっているわけではなく、隙間も空いているようだった。下が崖だから、油断してそちらは警戒していないかもしれない。

「まさか、カメラは持ってないよな」翔子に訊ねる。

「デジカメはありますよ。小さいやつですけど」

「それで十分だ」甲斐はうなずき、崖下に回るよう、頼んだ。

「中を覗くつもりじゃないでしょうね」

「自分の目で見て確かめるのが、俺たちの仕事でね」甲斐は両目を人差し指で指した。「幸い、スニーカーだし」

「危ないと思ったらすぐ逃げるようにしましょう」

「刑事にしては弱気だな」

「丸腰なんですよ？」翔子が肩をすくめる。怯《おび》えた様子ではなく、淡々と事実を確認しているようだった。

「逃げ足は速いから、心配しないでくれ」

「夕べは逃げ切れなかったじゃないですか」

彼女の軽口が何を意味するのかは分からなかった。親しい人間にはいつでもこんな口の利き方をするのか、実際は恐怖に怯えていて、それを紛らすためなのか。

車はコンテナと鉄板に囲まれた広い敷地を迂回し、緩い下り坂をゆっくりと降りていく。

「相当広いな」

「ええ。この中で外国人が何かやってると考えると、正直怖いですね」

「日本の中にあって、日本じゃない場所か……」

「そういうことです」

「気になることがあるんだ」甲斐は真《ま》っ直《す》ぐ前を見つめた。基本的に山の中だが、少し平らな場所は、土がむき出しの田んぼになっている。

「何ですか」

「君は、ここの存在は知ってたか？」

「知りませんよ。この辺は管内じゃないですし」

「全国的には、こういうヤードはあちこちにある。摘発も進んでるらしい」

「容疑は？」

「窃盗、かな。こういう中で、盗難車の処理をしているケースが多いらしい」

「これだけ広いと作業も楽でしょうね。盗んだ車を運びこんで、ばらして部品を取る……」

「それなら捜査はやりやすいはずだ。日本に住んでいる外国人といっても、日本語が分かる人間ばかりじゃない。捜査情報を隠しておくのは難しくないだろう」

「でしょうね」

「神奈川県警は、その辺りの嗅覚《きゅうかく》は鋭いんじゃないかな。優秀な人間だっているし、警視庁辺りに対するライバル心も強い」

「何が言いたいんですか」翔子の声が尖《とが》る。ちらりとそちらを見ると、ハンドルを握る手に力が入っていた。

「全国的にこういう話が広がっていれば、神奈川県警は必ず真っ先に手をつけたがるはずだ。実際、こうやってヤードはあるわけだし……」

「今まで見逃していたって言うんですか」

「可能性はある」

「私の担当じゃないからよく分かりませんけど、まだ周囲の状況を調べていた段階かもしれませんよ」

「可能性はある」

同じ台詞《せりふ》を繰り返して甲斐は言葉を切り、しばらく翔子に考えさせた。嫌な沈黙が車内に満ち、次第に息苦しくなってくる。

「何か言いたいことがあるなら言って下さい」とうとうじれて、翔子が拳《こぶし》をハンドルに叩きつける。

「今の段階では言いたくないな」

「そんな、勝手な……」

「いい加減なことは言いたくないだけだ。君も自分の頭で考えてくれ……その辺でいいんじゃないかな」

翔子が車を路肩に寄せた。左側が田んぼに、右側がヤードに至る斜面になっている。下から見上げるとかなり急だが、高さはそれほどない。甲斐はドアを押し開け、横浜よりもずっと温度の低い外気に体をさらした。夕べの水の冷たさが感覚として蘇り、一瞬身震いする。

「行きますよ」翔子はさっさと先に立って歩き始めた。斜面に踏み入るルートがないかと、あちこちを探して回る。やがて、身を屈《かが》めたまま振り向き、「こっちです」と声をかけた。見ると、細い道が上に続いている。どうやらヤードの中にいる連中は、道路側だけではなく、こちらも出入り口に使っていたようだ。

ほとんど獣道で、顔の高さで枯れ枝が行き交うような形で進行を邪魔する。甲斐は先に立ち、なるべく枝を折らないように気をつけながら、腰を低くして進んだ。すぐに腰が痛くなり、時に顔をしたたかに枝に打たれる。常緑樹が密生しており、風が吹きこまないせいもあって、額に汗が浮かぶのを感じた。時折スピードを緩め、振り返って翔子の姿を確認する。その度に彼女は、むっとしたような表情を浮かべた。こっちを気にする暇があったら、自分のことを心配しろ、とでも言いたそうだった。

実際甲斐は、下半身に異様な疲れを感じ始めていた。陽《ひ》が差さないせいか、下生えに覆われた地面は湿っており、気をつけていないと足が滑る。慌てて枝を摑み、根元から折ってしまうこともしばしばだった。そういう時、思わず声を上げそうになり、必死で耐えた。地面の枯れ枝を踏む音にさえ神経質になる。周囲は静まり返り、聞こえるのは二人の息遣いだけなのだ。

斜面は、高さ二十メートルほどだろう。階段で登れば六階分程度のはずだが、三十分も斜面と格闘しているような感じがした。セーターの下にはびっしょり汗をかき、脹脛《ふくらはぎ》がびりびりと緊張している。高さ二メートルほどのコンテナの陰に身を寄せ、翔子の到着を待った。

ほどなく追いついてきた彼女は手の甲で額の汗を拭い、甲斐の横で跪《ひざまず》いた。

「いい運動でしたね」

甲斐は唇の前で人差し指を立て、翔子の軽口を封じこめた。うなずきかけてから、右隣のコンテナとの隙間から顔を突き出す。

車の山だった。駐車場というには乱雑に車が並んでいる。目立つのは高級車のレクサス、そしてランドクルーザー。どれも海外で人気の車だ。これらは盗まれた後、ナンバープレートなどが偽装されたうえで、ロシアや東南アジアなどへ運ばれ、現地で売りさばかれるのだろう。ここはそのための偽造工場兼保管所に違いない。

人の姿は見えない。車の他には、プレハブ造りの小屋が……目に見える範囲で三つ。手前は死角になっているので、もう少しあるかもしれない。

「誰もいないみたいですね」

頭の上から翔子の声が降り注ぐ。跪いた甲斐のすぐ横で半立ちになり、甲斐の頭の上から内部を覗きこんでいるのだ。

「ああ……写真、撮っておいてくれないか？」

翔子が無言でもぞもぞと動く様子が感じられた。シャッター音を消してあるデジカメらしく、音からは動作が分からない。

「ちょっと、反対側に行ってみます」

「待って」声をかけ、甲斐は体を捻って左側を見た。そちらで、隣のコンテナとの隙間から見た方が安全だろう。隙間を通り過ぎる時、誰かに見られる可能性もある。「左へ行った方がいい。監視カメラは？」

「ないみたいですね。こっち側は警戒していないのかもしれません」

うなずきながら、甲斐はかすかに火の臭いを嗅いだ。これは……焚《た》き火か。上を見上げると、ヤードの敷地内から煙が上がっているのが分かる。煙が細いから、火事ではないはずだ。

「誰かいる」

左へ行きかけた翔子が足を止め、振り向く。すぐに焚き火の気配に気づいたようで、素早くうなずいてその場にしゃがみこんだ。じりじりと膝立《ひざだ》ちの姿勢のまま進み、コンテナの左端に手をかけた。その瞬間、足を滑らせて斜面を転げ落ちる。それでも悲鳴を上げないのはさすがだったが、枯れ枝が折れる音がばきばきと大きく響いた。甲斐は肝を冷やしながら、「大丈夫か」と小声で声をかける。返事、なし。慌てて彼女の後を追って、おっかなびっくり斜面を下り始める。クソ、こんなのは記者の仕事じゃないのに。

翔子は三メートルほど滑り落ち、太い松の木にぶつかって止まっていた。全身が泥と枯れ葉にまみれていたが怪我はない様子で、憮然《ぶぜん》とした表情を浮かべている。

「平気ですから」甲斐が差し出した手を無視し、強がりを言った。

「それならいいけど。上がって来られるか？」

「当然です」わざとらしく大股《おおまた》で、翔子が斜面を登り始めた。途中でまた滑りかけたが、何とか踏ん張って三メートルの斜面を一気に上がりきる。甲斐は万が一の転落に備えて下で待機していたが、彼女が再びコンテナのところまで上がったのを見届け、自分も上がり始めた。

その時、ふと視界の隅に何かが映った。こんな木立の中にあるはずがない、何か人工的な物の影。枯枝の隙間から降り注ぐ弱い陽光を浴びて、一瞬何かがきらめいたのだ。

いつまで経っても上がってこないと心配したのか、翔子がこちらを見下ろしてくる。甲斐は無言で、自分の頭上を指差した。そこから何か見えないか？

翔子が目を細くし、神経を集中させた。すぐに大きく目を見開き、ほとんど聞こえないような小声で「カメラ」と告げた。

カメラ？　言われて甲斐は、さらに注意して上を見た。カメラは見えないが、幅広のストラップが確認できる。メーカー製ではなく、日報の社名と会社のマークが入ったものだ。ジャンプすれば何とか……不安定な斜面を足場に辛うじて飛び上がり、指先にストラップを引っかける。カメラは危うく地面に落ちそうになったが、甲斐はストラップを握り締め、落下を防いだ。

二階のカメラだ。記者の使うカメラは、ほぼ百パーセントがキヤノンかニコンだが、二階という男はへそ曲がりなのか、愛機はソニーだった。ストラップに本人の名前が刺繍《ししゆう》してあるから、間違いない。

あいつもここへ来ていた……自分は確実に足跡を追っているのだと意識し、甲斐は興奮が背筋を駆け上ってくるのを感じた。ここまで無茶をして調べてきたことは、無駄ではなかったのだ。二階はここまで来て誰かに見つかりそうになり、木の枝に引っかかるのを期待して、慌ててカメラを上へ投げ上げたのだろう。よほどのことだ。記者なら、死にそうになってもメモ帳とカメラだけは守る。

二階のカメラは故障してしまったのか、起動しなかった。

「どうしました？」

翔子が上から声をかけてきた。甲斐は斜面を登りきってから、彼女の眼前にカメラを掲げた。

「二階のカメラだ」

「じゃあ――」翔子が言葉を呑む。

甲斐はメモリースティックを引き抜き、翔子に渡した。彼女のデジカメもソニー製なので、メモリースティックが読める。二階がここで何を撮影していたか、知りたかった。

二人は額がくっつきそうな状態で、小さなモニターを凝視した。次々と写真を再生し……見つけた。こういうことだったのか。甲斐は思わず膝を打ちたくなった。

「何が起きていたのか、だいたい想像できましたよ」翔子の声が震える。

「俺がどうして狙われたかも、な」甲斐は翔子のデジカメからメモリースティックを引き抜き、フライトジャケットのポケットにしまった。カメラは見つかりやすい。メディアだけなら、万が一の時にも隠し通せるかもしれない。

万が一の時……下の方で誰かの足音が聞こえる。そしてコンテナの隙間から、甲斐にも馴染《なじ》みの男が見えた。

12

「困るな、甲斐《かい》さん」

　カルロスが、本当に困惑した表情を浮かべた。親しい相手が悪意のない悪戯《いたずら》をした時に見せるような顔つきだが、右手に拳銃《けんじゅう》が握られているので、まったく洒落《しゃれ》になっていない。自分に向いた銃口から悪意がほとばしるのを、甲斐は感じ取った。「どういうことなんだ」と訊《たず》ねる声がかすれてしまう。

「甲斐さんがいろいろ調べているから、まずいことになった」

「二階《にかい》はどうした」

「ちょっと来てもらえますかね」カルロスの顔から表情が消えた。「中じゃないとまずいんで」

　カルロスの真意を見抜き、甲斐は思わず唾《つば》を呑《の》んだ。翔子《しょうこ》を見ると、蒼白《あおじろ》い顔で唇を嚙《か》み締めている。二対一だが相手は拳銃を持っているし、当然中には他に仲間がいるだろう。ここで彼女に無理して欲しくはなかった。生きている時間が長くなればなるほど、脱出できる可能性が高まるはずだ。

「入ってもらえます？」

　カルロスが翔子の背後に回りこみ、背中を銃口で突いた。翔子が呻《うめ》くような声を上げ、何とか振り向いて「私は刑事よ！」と短く叫ぶ。

「分かってますよ」カルロスが寂しそうな笑みを浮かべた。「まったく、困った人だ。これじゃ台無しなんですよ」

その台詞《せりふ》を聞いて、甲斐はある程度事情を悟った。この男と神奈川県警の関係。幾つか埋めなければならない穴があるが、必ずつながるはずだ、と確信する——生きて帰れさえすれば。

「さあ、お願いしますよ。ここで手荒なことはしたくないんで」カルロスが崖下《がけした》に視線を投げた。外の様子が気になるのだろう。木立が目隠しになるはずだが、ここはあくまでヤードの外である。

「行こう」甲斐は翔子を促した。

「だけど——」

「死んだら何にもならない。生きてないと、記事は書けないから」

「この男、私たちを殺すつもりですよ！」翔子が叫んだ。かなりの大声であり、外にいる誰かに聞かせようと狙《ねら》ったのは明らかだった。聞き耳を立てている人間がいるとは思えなかったが。

「歩け！」

短く命じ、カルロスが銃把で翔子の肩を殴りつけた。痛みでバランスを崩した翔子が、片膝《ひざ》をつく。

「おい、やめろ！」甲斐は叫んでカルロスに突っかかっていこうとしたが、銃口が眼前に立ちはだかった。さほど大型の銃には見えないが、この距離で撃たれたらまず助からないだろう。

「甲斐さん、大人しくね。あなたは馬鹿じゃないでしょう」

翔子が呻きながら立ち上がった。痛みを確認するように上体を捻《ひね》ると、さらに大きな呻き声を上げる。甲斐は歯を思い切り嚙み締め、怒りと恐怖を封じこめようとした。ここで感情を爆発させて大騒ぎしても、どうにもならない。

甲斐が先に、次いで翔子、その後ろにカルロスという順番で、三人はヤードの中に足を踏み入れた。カルロスは「早く歩け」と急《せ》かしたが、甲斐は敢《あ》えてゆっくり歩き、ヤード内の様子を目に焼きつけようとした。色とりどり、メーカーもばらばらな車が並ぶ様は中古車展示場のようだ。ただし、タイヤを外されたり、ジャッキで持ち上げられている車があるので、修理工場の趣もある。しかし作業の音は聞こえなかった。今日は休みなのか、あるいは甲斐たち闖入者《ちんにゅうしゃ》に対処するために、全員が手を休めているのか。

「左」

カルロスが短く指示する。甲斐は、建ち並んだプレハブ小屋の前を通り過ぎ、前方にある一際大きな建物に目をやった。どうやら廃工場か何からしい。その建物だけ作りがしっかりしており、しかも古い。これを中心にプレハブ小屋を増やし、周囲にフェンスを張り巡らしてヤードを作ったのではないか、と想像した。ということは、一味の中には日本人がいるのかもしれない。外国人が土地を買ったり借りたりするのは面倒だが、日本人なら土地を提供できる。そうしておいて上がりを受け取るような仕組みかもしれない。その日本人が暴力団、とも考えられる。悪は悪同士、手を結ぼうと考えるのは自然だ。

「そこに入って」

「そこってどこだ」

「甲斐さん、時間稼ぎはやめて」カルロスの声に初めて苛立《いらだ》ちが滲《にじ》んだ。「もう、無駄だから。そこの大きな建物」

何か言い返してやりたかった。善人面して、お前も結局こいつらの仲間だったのか、と。しかし緊張と怒りで言葉にならない。そもそも自分が悪いのだ、という反省もある。この男を全面的に信用したのが間違いだったのだから。目に見える物も全部疑え——記者になりたての頃、先輩から叩《たた》きこまれた忠告を思い出す。どんなに本物に見えても、一枚も二枚も裏があるかもしれないから。その忠告が身についていなかったわけで、この窮地は全《すべ》て自分の責任である。

甲斐は建物——工場と呼ぶべきだろう——の引き戸に手をかけた。金属製の巨大な扉で、高さは三メートルはある。表面に錆《さび》が浮かんでいるので簡単には開かないと思っていたのだが、拍子抜けするほど簡単に滑って開いた。この扉はよく使っているようだ。

工場内は薄暗かった。正面扉の向かい側の壁に窓はあるのだが、全て段ボールで塞《ふさ》がれ、淡い陽射《ひざ》しがわずかに射しこむだけになっている。照明は点《つ》いていなかった。暗さの次に気づいたのは、オイルと塗装の臭《にお》い――自動車修理工場に特有の臭いだった。

「そこに座って」

横にやって来たカルロスが指示したのは、二人が辛うじて腰かけられる程度の大きさの木製のベンチだった。抵抗するつもりか、翔子はその場を動こうとしなかったが、甲斐は彼女の腕を摑《つか》んで引っ張った。凄《すさ》まじい形相で翔子が睨《にら》みつけてきたが、無視する。彼女の髪に、まだ枯れ葉が付いているのが見えた。

並んで座ると、ほとんど体が密着する。カルロスは二メートルほどの間隔を空けて、二人の前に立ちはだかった。拳銃を握った右手はだらりと体の脇に垂らしていたが、警戒を解いたわけではない。この姿勢から、何の躊躇《ためら》いもなく撃てるだろう。この男は手慣れている、こういう状況も初めてではないはずだ、と甲斐は想像した。少なくとも最近、同じような状況があったのではないか。その際、彼の前にいたのは、おそらく二階。

あいつは命乞《いのちご》いしただろうか。それとも最後まで質問をぶつけ続けただろうか。

「こんなことして、只《ただ》で済むと思ってるの?」翔子が挑みかかるように言った。「私が誰だか、本当に分かってやってるんでしょうね」

「刑事さんね」カルロスが歌うように言った。「何も知らない刑事さん」

甲斐は、顔から血の気が引くのを感じた。想像していたことが当たった。だが、一切高揚感はない。事実を知っても、誰にも知らせることができなければ意味がないのだから。

「お前も、グループの一員なんだな」甲斐は押し殺した声で訊ねた。「名前は?」

「そんなもの、ないよ」カルロスがくすくすと笑った。「自分たちに名前をつけて喜んでるなんて、素人のやることだから。僕たちは、お互いに本名も知らない。いざという時は、その方が被害を少なくできるからね」

「盗難車の商売だな？　ヤクも扱ってたんだろう」

「車の方は、見られちゃったから仕方ないね。その通りだよ。ヤクのことは言えないな。甲斐さんはもうすぐ死ぬけど、そんなことを教える必要はないし」

死ぬ前にせめて、と泣きつくべきだろうか。冗談じゃない。泣きつく暇があったら、次々と質問をぶつけなければ。

「何人いるんだ？」

「さあ、僕は下っ端なんで」

「何か国？」

「どうかな。多国籍軍とだけ言っておくよ。国際的なコングロマリットみたいなもので」

「ボスは？」

「そういう人間は日本にいない。指示は全部海外からくるのさ」

カルロスが右手から左手へ拳銃を持ち替えた。拳銃は案外重いと聞いたことがある。それほど体力がありそうにないカルロスにとっては、ずっと持っているだけでもきついのかもしれない。もしも彼が右利きだったら……今飛びかかれば何とかできるか？　しかし左利きだったら、アウトだ。それにこの男は、天性の詐欺師である。人を騙《だま》すことにかけては、それなりの才能を発揮すると考えた方がいい。事実、甲斐はすっかり騙されていたのだから。

「二階はお前たちの存在を嗅《か》ぎつけて、取材し始めたんだな」聞きたくない。だがこの件は、どうしても確認せざるを得なかった。

「あの人も困ったもんでねえ」カルロスが皮肉っぽく頬《ほお》を歪《ゆが》める。拳銃を再び右手で持った。「一人で調べるのなんか、無理でしょう。このヤードまでは何とか辿《たど》り着いたみたいだけど、こっちはその前から、煩《うるさ》い蠅《はえ》が飛び回っているのに気づいてたから。結局、あんたたちと同じように捕まえた」

「あいつはどこにいる？」

「さあ？　僕が始末したわけじゃないから」

始末という言葉を聞いて、甲斐は我を忘れた。瞬時に立ち上がり、襲いかかろうとしたが、カルロスは全く躊躇わずに引き金を引き、甲斐の足下に銃弾をめりこませた。最初甲斐は、カルロスが銃を発射したことにも気づかなかった。耳に残った残響、それに銃口からかすかに立ち上がる煙を見て、ようやく何が起きたか分かったのだった。

「座って……座れよ！」

声に焦りを滲ませながら、カルロスが甲斐に銃口を向ける。甲斐は暗い穴を凝視したまま、ゆっくりとベンチに腰かけようとした。脹脛が当たり、ほとんど転ぶような格好でベンチに尻餅《しりもち》をついてしまう。

「こうやって二階も殺したのか」

「だから、僕はその現場にいなかったから」うんざりしたようにカルロスが言った。しかしその台詞は、二階の死を認めているも同然だった。「僕の役目はね、話を聴き出すこと。日本語が不自由な仲間もいるから、通訳代わりに重宝されてるんだ。このヤードを借りる時も、僕が仲立ちしたんだから」

「この土地を貸したのは、石川達司《いしかわたつじ》という男か？」

カルロスの眉《まゆ》がくいっと上がり、甲斐は当てずっぽうの推量が当たったのを悟った。次の瞬間には、当たらない方が良かった、と思い知る。

「甲斐さん、ずいぶん知ってるみたいだね。これはまずいよ。知られたら、消えてもらわないといけない。あなたはいい人だと思ったけど」

「いい人は優秀な記者になれないんだ」

「へえ。じゃあ、二階さんはいい人だったのかな？　いい記者だったら、一人でこんなところに飛びこんできたりしないよね」カルロスがちらりと左の手首を見た。腕時計。何を気にしている？　ここに誰かが来るのを待っているのだ、と推測した。

「神奈川県警も、ここの存在は摑んでいたんだろう。知っていて見逃していた。金が動いていたのか？」

「皆にちょっとずつ」カルロスが左手を上げ、親指と人差し指の間を一センチほど開いた。「それで丸く収まるんだよ。商売って、そういうものじゃない？　広く、浅くで」

「警察側の代表は、自殺した時松《ときまつ》じゃないか？」

「そうかもね。僕が担当していたわけじゃないから分からないけど」

この男はあくまで、自分は傍観者であり、主犯ではないと強調している。その無責任な態度に心底腹が立った——自分が死に直面している事実も忘れて。

「時松だけじゃない。他の警官にも金が渡っていたんだな。二階もその件は嗅ぎつけていたはずだ。だから、あいつがいなくなっても、県警はまともに捜そうとしなかった。自分たちの秘密を知っている人間だから」

「甲斐さん……」

翔子が苦しそうに言った。ちらりと横を見ると、顔面蒼白《そうはく》である。殴られた肩が痛むのか、あるいは自分の属する組織が腐り切っていると断言され、衝撃を受けているのか。両方だろう、と判断する。

甲斐は話し続けることにした。カルロスの役目は、甲斐がどこまで知っていたかを探り出すことだろう。

ということは、自分が喋《しゃべ》り続けている限り、撃たないはずだ。それに時間が長引けば、カルロスも油断するかもしれない。そこにチャンスが生じる可能性もある。

「お前たちは二階を殺した。それなのに県警はその事実を無視した。自分たちの利益のために――いや、金のためじゃない。金を受け取ってしまった事実を隠すためだ」

「日本人は真面目《まじめ》だから」カルロスが肩をすくめる。「こんなの、ブラジルじゃ当たり前らしいよ。お巡りさんは金で動く。だけど日本人は、そういうことを知られたら大変だと思うんだね」

「当たり前だ。正義を金で買えないのは、日本の常識なんだよ」

カルロスが低い声で笑った。大笑いしないように我慢しているようで、拳銃が細かく震える。

「笑うのは勝手だ。だけどな、それは単なる価値観の相違に過ぎないんだよ。ブラジルの常識は日本では通用しない」

「まあ、そうかもね」カルロスが真面目な顔つきに戻った。「だけど、甲斐さんもしつこいね。何度も警告したのに、無視して突っ走って」

「イペーの話、本当だったのか？」

「あれは本当。僕たちの仲間の話だ。でも、餌《えさ》ね」

「餌？」

「あの話に食いついてくれれば、甲斐さんが本気で調べているかどうか分かるから」

そして俺は、見事に罠《わな》に引っかかったわけか。二階よりずっとベテランのつもりでいたのに、これではあいつ以下だ。自分だけでなく、翔子まで巻きこんでしまったのだから。

「それで俺を殺そうとした？」もしかしたら今頃、福沢《ふくざわ》にも手が伸びているかもしれない。失敗したことが分かったら、必ず二度目の攻撃をしかけるはずだ。

カルロスは答えず、肩をすくめた。ゆっくりと、体重を左右の足に交互にかけると、体が揺らぎ出す。突然、翔子が立ち上がった。カルロスの体が、銃を持つ右手の方に傾《かし》いだ瞬間を狙《ねら》ったのだ。しかしカルロスは冷静だった。低い位置から手首を立てて銃を発射する。

当たったように見えた。

翔子がコンクリートの床に突っ伏す。甲斐は叫ぼうとしたが、喉《のど》がからからで声が出なかった。

「もう、危ないことはやめて欲しいな。まだ話は終わってないんだから」

カルロスが舌打ちし、甲斐に銃口を向けたまま翔子に近づいた。屈《かが》みこむと、腕を摑んで引っ張り上げる。翔子は抵抗しようとしたが、所詮《しょせん》銃の前では無力だった。右頰から一筋、血が流れている。かすっただけだろうが、あと二センチ内側に入っていたら、即死していたはずだ。

「ごめんね、可愛《かわい》い顔に傷つけちゃって。でも、あなたが悪いんだよ」カルロスが愛想のいい笑みを浮かべ、翔子の腕を摑んだまま押した。崩れ落ちるようにベンチに倒れる翔子を、甲斐は何とか支えた。汗と血の臭いが流れ出し、甲斐は初めて命の危機を感じた。翔子はまだ闘志を失っていないようで、食いつくような視線をカルロスにぶつけている。

「甲斐さん、知り過ぎたみたいだね。僕たちはまだこの商売を続けていかなくちゃいけないんだ。邪魔者には消えてもらわないと」

「いっぱしのギャングみたいな口を叩くんだな、カルロス。お前は一線を越えたんだぞ。一度人を殺したら、その後も殺し続けなくちゃいけない。そうしないとばれる。そうやって人殺しを続けているうちに、いつの間にか後戻りできなくなるんだよ。そしていつかヘマをする。いいか、ここで俺と彼女を始末して海に沈めても、また調べる人間が出てくるぞ。逃げられない」

「そんなことはない」カルロスの顔に、少しだけ影が射した。

「俺は今回の件を、全部メモにして残してきた。何かあれば他の記者が知ることになる。今度は一人じゃない。大勢だぞ」完璧《かんぺき》なはったりだった。カルロスの顔色を読もうとしたが、分からない。甲斐はさらに畳みかけた。「それに神奈川県警も、全部が腐っているわけじゃない。刑事が一人いなくなったら、本気で心配して捜す人間がいる。お前らから賄賂《わいろ》をもらっていない人間が捜し始めたらどうなると思う？　終わりだよ。もう賄賂は通用しない」

「ふざけるな！　そんなはったり……」

カルロスがふいに言葉を切った。二人に拳銃を向けたままドアのところに行き、素早く外を見やる。甲斐の耳にも、タイヤが砂利を踏む音が聞こえた。万事休すか……カルロスが単なる尋問役だというのは本当だろう。殺し屋が来たのだ。冷酷に甲斐たちを撃ち殺し、死体に錘《おもり》をつけて海に投げこむ人間が。

二人が工場に入って来た。背が高く、彫りの深い顔をしたイスラム系の男。そしてもう一人は、少しずんぐりした体型のアジア人——おそらく中国人。二人とも拳銃を持っている。橋元《はしもと》の忠告は当たっていた。完全武装。

「本当に多国籍企業かよ」

甲斐がつぶやくと、翔子が歯ぎしりした。新しく加わった二人は日本語が話せないようで、様々な言葉をちゃんぽんにして話し始めた。イスラム系の男は、聞いたこともない言葉。それを中国系の男が訛《なま》りの強い英語に直す。カルロスはそれを聞いて早口の英語で返し、中国系の男がイスラム系の男に伝える。この男が、二階のメモに残っていた「バーラム・ダーイー」ではないか、と見当をつける。説明を受けると、凶暴な黒い目で甲斐と翔子を交互に睨みつけながらうなずいた。どうやら事態は最悪の方向に向かっているようだ。

「残念だね、甲斐さん」カルロスが首を振った。汚れ仕事をする仲間に任せるつもりなのか、自分の銃はズボンのベルトに乱暴に挟みこんでしまう。撃ちたくないのは本当らしい。「これでおしまい。あなたは知り過ぎた。そちらの刑事さんも」

「殺す気か」

「命の値段は、国によって違うんだよ」カルロスがあざ笑うように言った。「この場所は日本だけど日本じゃない。命の値段はずっと安いんだ」

後から来た二人の男が進み出て、それぞれ銃を構えた。イスラム系の男が甲斐に、中国系の男が翔子に銃口を向ける。じりじりと近づき、やがて額に銃口が触れた。その冷たく固い感触に、甲斐は背筋を脂汗が流れるのをはっきりと感じた。カルロスは脇にどき、知らん振りをしてそっぽを向いている。腹立たしいことに、甲斐の知らない何かの曲を口笛で吹き出した。

イスラム系の男が何か怒鳴る。途端にカルロスは口笛をやめ、背中を丸めた。二人から離れ、開いたドアから外に視線を投げる。

クソ、冗談じゃない。こんなところで、こんな風に死ぬのか。翔子まで巻きこんで……自分はともかく、彼女にはまだ未来の可能性がある。跪《ひざまず》いて命乞いすべきか？　せめて彼女だけでも見逃してくれ。何も知らないんだ、と。通用しないだろう。馬鹿だった。カルロスにははったりをかけたが、実際には支局員たちを信用せず、メモを残していなかったのが悔やまれる。橋元は事情を知っているから、いずれは真相に気づくかもしれないが、その頃には、俺たちは海の底だ。

「待って」カルロスが急に真剣な声を上げる。二人とも日本語が分からないはずなのに、緊迫した様子は伝わったらしい。銃口が甲斐の額から離れ、全身からどっと力が抜ける。

二人はカルロスの脇に立ち、外の敷地を見ていた。ほどなく、かすかな打撃音が甲斐の耳にも届く。あれは……誰かがノックしている。おそらく、敷地を囲むフェンスを叩いているのだろう。仲間ではないはずだ。仲間だったら鍵《かぎ》を持っているはずである。

かすかに差し始めた光明。横を見ると、翔子が素早くうなずいた。大丈夫。まだ恐怖に飲みこまれてはいない。一筋の正気を残していれば、チャンスはある。

突然、耳障りな甲高い音が響いた。拡声器がハウリングを起こしているのだ、と気づく。

「えー、開けなさい！　こちら警視庁！　直ちにここを開けなさい！」

警視庁？　どうして？　甲斐は耳を澄ました。橋元が言っていたのはこのことなのか？　だとしたら、起死回生のチャンスだ。三人は顔を見合わせ、早口で何か相談している。しかし慌てて言葉が混乱しているのか、意思の疎通ができていない。甲斐は翔子と目配せをした。チャンスだが、タイミングを間違うと終わりである。二人に対して向けられた銃は三丁。もしも警視庁の連中と撃ち合いにでもなれば……状況判断、そして決断のタイミングはまだ摑めない。

ほどなく、ばりばりと激しい音がフェンスの方から聞こえてきた。反応なしと見て、フェンスを壊して強行突破にかかっている。ということは、正式な令状があるのだ。

カルロスが慌てて外へ飛び出し、次の瞬間ポルトガル語らしき言葉で叫び声を上げた。甲斐はポルトガル語がまったく分からないのだが、「クソ」かそれに類する言葉であろうことは容易に想像がつく。戻って来ると、残る二人に早口で何事か告げた。それから意を決したように、甲斐たちに向かって来る。

「甲斐さん、こんなシナリオを書いていたのか？」

「何のことだ」

「制服――ヘルメットを被《かぶ》った連中が何人もいる」

機動隊まで動員してきたのか。警視庁は本気だ。ここが神奈川県警のお膝元であるのも無視して、突入部隊を編制した。

「何てことしてくれたんだ」カルロスが悲しそうな表情を浮かべて首を振る。同時に銃口が上がった。

「余計なことしてないで、さっさと逃げろ」甲斐は自分でも驚くほど冷静な声で告げた。「俺たちに構っている場合じゃないだろう」

「一瞬で済むよ」カルロスがじりじりと引き金を絞る。やはり、躊躇《ちゅうちょ》せず人を殺せるほど冷酷ではないのだ。

その瞬間、何か大きな物が倒れる音が聞こえ、カルロスが一瞬視線を切った。甲斐は思い切って立ち上がり、その勢いを利用してカルロスの右腕を蹴《け》りつけた。拳銃が彼の手を離れて床に転がる。唖然《あぜん》とするカルロスに、今度は翔子が蹴りを見舞った。胸の真ん中に決まった蹴りで吹っ飛ばされたカルロスが、床の上で大の字になる。翔子がすぐに走り出し、甲斐も後に続いた。彼女が何を狙っているかはすぐに分かった。

足下で銃弾が跳ねる。一発、二発……それほど距離はないはずだが、動いている相手に当てるのは難しい。しかも外からは敵が迫っている。今度は上の方を狙ってきた。二人を追い越した銃弾が壁にめりこみ、次いで窓を打ち破る。窓に張りつけた段ボールがふわりと床に落ち、粉々に砕けたガラスが外へ吹き飛んだ。翔子がそこへ飛びこむ。甲斐も続いた。

忘れていた――工場の背後は崖《がけ》だった。甲斐は自分と翔子の悲鳴が混じり合いながら、きつい斜面を転がり落ちて行くのを、他人事《ひとごと》のように聞いていた。

「行っちゃっていいんですか」助手席で翔子が左手首を押さえながら聞いた。撃たれたのではなく、斜面を転落した時に痛めたのだ。見る間に腫《は》れ上がり、単なる捻挫《ねんざ》でないのが分かる。

「話がややこしくなる。あそこで警視庁の連中に捕まってみろ。夜まで解放されないぞ」

「だけど……」

「やることがあるんだ」甲斐はダッシュボードの時計を見た。既に昼を回っている。「記事を書かなくちゃいけない」

「何を悠長なことを——」

「それが俺の仕事なんだ！」甲斐はハンドルに拳《こぶし》を叩きつけた。

戦場であっても、必ず生きて帰って記事にする。外報部の先輩から聞いた台詞だ。もちろん今は、ベトナム戦争の時代ではない。「従軍記者」はほぼ死に絶えた人種であり、記者は絶対に怪我しない安全な場所で、軍の提供する情報だけを頼りに記事を書く。そんな連中より、数分前の甲斐の方が、よほど危なかったと言える。だが今は、危険自慢をしている場合ではない。とにかく脱出には成功したのだから、やることは一つだけだ。

慣れない翔子の車は運転し辛《づら》かったが、大井松田インターチェンジから東名高速に乗る頃には、何とかコントロールできるようになった。

「怪我は？」翔子に訊ねる余裕もできた。

「折れてますね、たぶん」平然とした口調で翔子が答える。ちらりと横を見ると、顔は青く、唇からは血の気が引いていた。それでも決然とした表情を浮かべている。

「どうする？」

「やります」

「何を」

「決まってるじゃないですか」

言うと、翔子が携帯電話を取り出した。体をよじって甲斐に背中を向け、ほとんど聞こえない声で喋り出す。時折声を張り上げたが、激昂《げきこう》しているわけではなく、はっきりと相手に聞こえるようにしているだけのようだった。長い電話になり、通話を終えた時には、車は横浜町田インターチェンジを下りていた。

「覚悟したんだな」甲斐はぽつりと告げた。

「ええ」

「信頼できる相手か？」

「その人を信頼できなかったら、私は県警を辞めますよ」

「分かった……ところで、運転できそうか？」

「大丈夫でしょう。オートマですからね」

「代わってくれ」言って、甲斐は車を路肩に停《と》める。すぐに席を代わり、甲斐は翔子の携帯を借りた。警察庁の記者クラブを呼び出し、橋元と話す。彼は既に、警視庁がヤードの捜索《ガサ》に入った情報を知っていた。

「夕刊は？」

「警視庁クラブの連中がギリギリ突っこむと思います。内容は『捜索開始』ですね。社会面で三段ぐらいかな。ヘリが出てますから、空撮写真も入るでしょう」

「朝刊を空けておいてくれ」

「どういうことですか？」

「俺の原稿を見てくれ」

電話を切り、シートに背中を預ける。深い疲労と激しい頭痛が全身を襲っていた。崖を転がり落ちる時、どこかに頭をぶつけたのかもしれない。首を折っていてもおかしくなかったのだと思うと、改めてぞっとした。

「署へ行きますよ」右手一本でハンドルを操りながら翔子が言った。

「その信頼できる相手は、署に来るのか？」

「その予定です。今話して、納得してもらいました」

「いい上司がいるんだな。普通は本庁へ呼ばれて査問だ。質問攻めに合ってる最中に、肝心の相手は逃げちまう」

「私にやらせてくれってお願いしました」翔子が唇を噛む。

「きついぞ、それは。裏に隠れて情報を提供しているだけなら、傷つかずに済むのに」

「それじゃ、いつまで経《た》っても役立たずのままでしょう。勝負です」

翔子が深くアクセルを踏みこんだ。車がぐっと加速し、甲斐の背中はシートに押しつけられた。世の中にはタフな女もいる。そういう人間にしっかり仕事をさせなかったのはあんたたちの見込み違い、ミスなんだぜ、と甲斐は皮肉に思った。仲間として受け入れ、全ての情報を共有し、悪の道に引きずりこんでいたら、これほど頼りになる人間もいないはずなのに。

だが、そもそも翔子はそんな道には入らないだろう、と甲斐は思った。だからこそ、こうして俺と一緒にいる。

いいだろう。決着をつけるなら、二人でやってやる。

自席についていた武藤《むとう》は、甲斐たちを見て見ぬふりをした。全身泥まみれ、顔も汚れて服が一部破れている人間二人を無視するのには大変な苦労が必要なはずだが……彼の労力はまったく別の方を向いている、と甲斐は皮肉に思った。

　席の前に立つと、ようやく顔を上げる。だが武藤は二人をちらりと見ただけで、すぐに書類に視線を落としてしまった。

「どうして逃げなかったんですか」甲斐は訊ねた――最初の爆弾を落とした。

「何言ってる」書類を見たまま武藤が言った。しかしその目が何も捉《とら》えていないのは明らかだった。

「警視庁が山北《やまきた》のヤードの捜索に入った話、もう知ってるでしょう」

「さあ？　他の所轄の事件だから」

「もうすぐあなたのところにも来ますよ。普通の感覚があれば、逃げ出してる」

「あんたね」武藤が顔を上げた。思い切り睨みつけてきたが、目に力はない。「何言ってるんだ」

　甲斐は翔子からデジカメを借り、二階のカメラに残っていたメモリースティックを入れた。これが無事で本当によかった。二階、お前の取材がここで実を結ぶんだぜ、と心の中で呼びかける。撮影した写真が紙面を飾るのは当然として、記者がここまで悪事を追いつめるチャンスなど滅多にない。これは決定的な証拠になる――甲斐は画像を表示した。

「小さいですけど、分かるでしょう。これは、ヤードの中を写した写真です。あなたと時松、それに外国人が何人か写っている。ここで何をしてたんですか」

「これが俺だと証明はできない」身を乗り出すようにしてモニターを凝視していた武藤が、なおも否定した。

「諦《あきら》めが悪いですね」

「あんた、適当なことを言わんでくれ」武藤が吐き捨てたが、言葉に力はない。

「うちの二階は、外国人グループがヤードで窃盗車の売買をしていたことを摑んだ。しかもそこに県警の人間が絡んで金を受け取り、犯罪を見逃していたことも。これが動かぬ証拠ですよ。あなたたちは、捜査をしていたわけじゃないでしょう。いや、捜査はしていたかもしれないけど、その過程で、あの連中と関係ができてしまった」

武藤が顎《あご》を引き、音を立てて椅子に腰を下ろした。肘《ひじ》かけを摑み、目を大きく見開いて甲斐を睨みつけるが、目に光はなかった。

「中心にいたのは時松でしょう。あの男の死は本当に自殺だったかもしれないけど、その原因は、この連中との癒着です。もしかしたら、あなたたちを裏切って、事実を一切合切白状するつもりだったのかもしれない。あなたたちはそれを責め、時松はそれに耐えられなくなって死んだ。違いますか？」

「何も言わんぞ、俺は」椅子の肘かけを握る武藤の手が白くなる。

「この件を、ずっと前から感づいていた人間がいます。暴力団との不適切な関係で警視庁を馘《くび》になった人間ですけどね。彼は私に何度も接近してきて、いろいろ忠告してくれた。おそらく、警視庁にも情報提供していたんだと思います。神奈川県警の不祥事を神奈川県警にタレこんでも、もみ消される可能性が高いですからね。自分を馘にした組織に情報を提供するのはおかしな話ですけど、他に選択肢はなかったんでしょう」

「あんた、何のつもりで――」

「ここまでが前置きです」甲斐は武藤の言葉を遮った。「事実はこうです。数か国の外国人からなるグループが、車を盗んで東南アジアやロシアに密輸するビジネスを始めた。ほかに薬物も扱っていたかもしれません。その拠点になったのが山北のヤードです。ずいぶん前から、変な建物ができて外国人がうろうろしているのを、近くの人も目撃していました。それなのに警察が何も調べていなかったのはどうしてか。あなたたちもかかわっていたからでしょう」

返事、なし。しかし武藤の表情は強張《こわば》り、唇が震え出していた。

「そこに気づいたのが二階でした。おそらく、俺に接触してきた人間がネタ元だったんでしょう。その男は、警視庁に情報提供すると同時に、マスコミも動かそうとしたんです。ところが二階は手柄が欲しくて、一人で突っこみ過ぎた。山北のヤードであなたたちの写真を撮影することには成功しましたけど、そこで感づかれたんでしょう。あいつはどこにいるんです？　誰が殺したんですか」

殺した、という言葉を口にした途端、涙が頬を伝いだした。同時に、二階はもう死んでいる、と確信する。あの馬鹿……一人で抱えこまなければ、こんなことにはならなかったのに。いや、気づかなかった俺のミスでもある。二階が自然に打ち明けられるぐらいの関係を築いておけばよかった。つき合う時間の長短の問題ではない。どんなに短いつき合いでも、相手と信頼関係を築くのが記者の仕事ではないか。

「実行犯が誰かは分かりませんが、二階は拉致《らち》され、おそらく殺されたんでしょう。自分たちがかかわった犯罪ですから、あなたたちが、真面目に捜すはずがない。適当に流して、見つからなかったことにすれば、話はそのうち立ち消えになる――そういう計算だったんじゃないですか」

武藤が唇を嚙んだ。甲斐は突然、部屋に殺伐とした空気が流れているのを察知した。ここにいるのは全員が武藤の部下。誰がどこまで関与していたかは分からないが、記者が喚《わめ》き立てていることの真贋《しんがん》よりも、刑事課長が侮辱された事実を重く見るのではないだろうか。甲斐は本気で身の危険を感じた。

その時突然、刑事課のドアが開いた。振り向くまでもなく、援軍が到着したのは明らかだった。武藤が椅子を蹴るようにして立ち上がったが、その顔面は死人のように蒼白だったから。

「課長……」武藤の声が凍りつく。捜査一課長か、刑事総務課長か、あるいは警務関係の課長か。誰であるにせよ、武藤は自分の最後が近いことを悟ったようだ。慌ててデスクの脇を回って前に出る。甲斐の存在はすっかり忘れ去られていた。

「武藤課長、話を聴かなければならない。ここにいる人間は全員、動かないように！」

凛《りん》とした力強い声。部屋にいた全員が、甲斐を除いて凍りつく。甲斐はゆっくり振り返り、濃紺のスーツ姿の男の前で、武藤が直立不動の姿勢を取っているのを見た。

「刑事総務課長」翔子が甲斐の耳元で一言囁《ささや》く。

総務課長は汚いものを見る目つきで武藤の顔を眺め回した後、歯切れの良い口調でぽんぽんと告げた。

「君には外国人犯罪グループとの不適切な関係、収賄、その他の容疑がかかっている。日報の記者が行方不明になっている件についても話を聴く。長くなるから、荷物をまとめなさい」

「課長……」武藤がすがるような口調で詰め寄ったが、一睨みされてその場で固まってしまった。

「総務課長」甲斐は彼に呼びかけた。「うちの二階はどうしたんですか。どこにいるんですか」

「それはこれから調べる……」総務課長の歯切れが悪くなった。

「カルロスたちの供述は？」

「あいつらの身柄は警視庁に押さえられているから、こちらでは直接話を聴けない。しかし、喋りだしたという情報は入っている」

「だったら、もっと突っこんで調べて下さい」本当は、警視庁クラブの連中に確かめた方が早い。カルロスは殺したことをほぼ認めていたから、後の問題は遺体がどこにあるか、だ。

「申し訳ないが、記者さんは出て行ってもらえないかな」甲斐の質問には答えず、総務課長が言った。

「俺には知る権利がある！　殺されたのは俺の同僚なんだ！」

「ここは我々に任せて欲しい」

「冗談じゃない。警視庁に突《つっ》かれてようやく動き出したんでしょう？　信用できると思ってるんですか？」

ひどいことを言っている、と自覚した。だが総務課長の表情は変わらない。むしろ同情的な視線で甲斐を見るだけだった。

「この件に関しては誠に申し訳なく思っている。後で正式に謝罪させてもらうことで、誠意を示したい」

「何が誠意だ！　人が一人殺されているんですよ。うちと本気で喧嘩《けんか》する気はあるんでしょうね？　警察庁も警視庁も、徹底的に県警を叩きますよ」馬鹿らしい脅し文句。だが、言わずにはいられなかった。

「とにかく出て行ってくれ。あなたには、やることがあるんじゃないか？」

その一言が甲斐の怒りを一気に冷ました。そう、やることがある。俺の仕事は、相手に面と向かって批判をぶつけることではないのだ。二階の代わりに原稿を書かねばならない。怒りは原稿に叩きつければいい。

「課長、話を聞いて下さい」

武藤が手を伸ばし、相手の腕を摑もうとした。総務課長が険しい表情で腕を振るい、はねつける。その拍子に武藤がくるりとこちらを向いた。瞬間、一歩踏み出した翔子が体重の乗った右のパンチを武藤の顔面に炸裂《さくれつ》させる。鼻血が噴き出し、武藤は顔の真ん中を両手で押さえたまま後ずさり、総務課長にぶつかった。総務課長は顔色一つ変えずに武藤の尻を蹴飛ばし、床に這《は》いつくばらせる。目を細めて翔子を見ると、「アッパーカットの方がよかったな」と短く感想を述べた。

翔子は右手首を振りながら、ニコニコしていた。これで全てが終わり、すっきりしたとでも言いたそうに。

だが甲斐にとっての戦いはこれからだった。

「『ヤード』摘発　本紙記者不明に関与か」

「神奈川県山北町内で、外国人グループが『ヤード』と呼ばれる要塞《ようさい》状の建物を作り、盗んだ車の密輸拠点としていたことが分かり、警視庁捜査三課、公安部は合同で17日、この建物の捜索を行い、現場にいた日系ブラジル人のカルロス・オノ容疑者（20）ら三人の外国人を窃盗、公務執行妨害、傷害などの疑いで逮捕した。逮捕時、三人は銃で応戦し、警備に当たっていた機動隊員二人が軽傷を負った。神奈川県警の現職警察官が、この外国人グループと関係していた容疑があり、この件を取材していた本紙横浜支局・二階康平記者が行方不明になっている。警視庁は関連を調べ始めた。県警の現職警察官が二階記者の行方不明にかかわっている可能性もあり、県警も内部調査を始めた」

「警視庁への取材によると、三人はイラン人男性をリーダーにする窃盗団に参加。一昨年6月頃、廃棄された自動車修理工場の周囲にコンテナを置き、フェンスを張り巡らして要塞化。中で盗難車のナンバーを偽造したり、パーツを取り外すなどして、密輸の拠点としていた。今回の捜索では、神奈川、東京、千葉など首都圏の一都四県で盗まれた高級車計十五台がヤード内で見つかっており、犯行を裏づけるものとして警視庁は捜査を急いでいる」

「二階記者は大規模な窃盗グループの存在を把握し、取材を進めていたが、今月10日頃から行方が分からなくなっていた。日報横浜支局では二階記者の捜索を行ってきたが、県警は終始非協力的な態度を取り続けた。この件について本紙が取材を進めた結果、窃盗団と県警の現職管理職との癒着が明らかになった」

「警視庁の調べに対し、窃盗団は犯行を見逃してもらう代わりに、複数の県警幹部に現金を渡していたと供述。総額は数百万円になると見られている。現在判明しているだけで、現金を受け取っていたのは所轄署の刑事課長（49）と生活安全部の管理官（45）。管理官は事件が発覚する前に自殺している。県警では監察官室が中心になって調査を始めたが、警察庁も重大な関心を抱いており、徹底究明するよう、官房長名で指示を出した」

甲斐は本社からファクスされてきた一面のゲラを何度も読み返した。記事の前半部分は警視庁記者クラブからの出稿。後半は橋元の情報をつけ加えて甲斐が書いた。これだけでは終わらない。社会面では刑事課での生々しいやり取りを中心に、トップで記事を掲載している。自分が当事者なので書きにくいことこの上なかったが、何とか力業でねじ伏せた。

社会面には、二階が残したヤード内部の写真が掲載されている。お前の記事は載らなかったけど、写真だけだって立派な特ダネだ。武藤たちの名前は伏せていたが、写真を見れば、分かる人には分かるだろう。これがあいつらの破滅への第一歩になる、と甲斐は薄暗い期待を抱いた。

ゲラをデスクに置いて立ち上がる。支局は総動員態勢だった。サツ回りと近くの通信局の人間は、今も捜索が行われているヤードに張りついている。横浜市政、県政担当の記者も、現場の雑感取材に引っ張り出された。彼らが主に書いているのは、地方版に載るサイド記事である。事件の筋は一面と社会面にほとんど載ってしまっているので、もう書くことはあまりない。地方版では、ヤードの近くに住む人たちの反応、識者の談話などが中心になるだろう。

その中で、二階の経歴が囲み記事になっているのを見て、甲斐は胸が潰《つぶ》れるような思いを味わった。出身地や出身大学などはともかく、記者としての経歴が「二階記者は昨年日報に入社、横浜支局に配属され、県警を中心に取材をしていた」だけしかない。もっとほかにないのか。二年近く横浜にいて、何か足跡を残しているはずだ。もっと書いてやれよ。誰でもいいから——新聞のスペースには限りがある。人の人生を数行でまとめてしまうこともしばしばだし、甲斐自身、そういうお悔やみ記事を何本も書いてきた。しかし知り合いが、仲間がこれだけのスペースに押しこめられるとは……。

「おう、だいたい落ち着いたか？」デスクの浜田《はまだ》が声をかけてきた。顔には脂が浮き、目が充血している。

「早版はこれでいいと思います」

「最終版でまだ勝負できる材料があるのか？」

「ぎりぎりまで分かりません」

　浜田が溜息《ためいき》をつく。まだ仕事があるのか、とうんざりしている様子だった。冗談じゃない、と甲斐は腹の底で怒りが噴き上がるのを感じた。一番肝心の情報がまだ確認できていないのだ——二階はどこだ？

　支局長の牧《まき》の姿が視界の隅に入った。支局長室から出て来たところで、甲斐と目が合うとすっと近づいて来る。

「お前、手みやげができたんじゃないか」

「何のことです？」

「これだけ立派なネタを書けば、社会部に戻れるだろう。俺が推薦してもいい」

「二階に対する言葉はないんですか」

「まだあいつがどうなったか、分からないだろうが」

「だいたいどうして、ちゃんと捜そうとしなかったんですか！」声を張り上げ、甲斐は牧に詰め寄った。「あいつのことなんか、どうでもいいと思ってたんでしょう。どうせ自分の都合でとんずらしたとでも考えたんじゃないですか？　違いましたよね？　想像力が欠落してるんじゃないですか？　どうやってあいつの家族に謝るつもりなんですか！」

「甲斐、ちょっと待て」もう一人のデスク、小松《こまつ》が珍しく慌てた声で言った。今日の火事場のような騒ぎの中でも相変わらずマイペースで、埋め草記事の処理をしていたのだが……甲斐と牧の間に割って入ると、甲斐の顔をまじまじと見詰めて言った。「お前、もういいだろう。自分が損するだけだぞ」

　小松が言っている間に、牧はそそくさと自室に引っこんでしまった。だが、追いかけようという気にならない。肝心の時に逃げ出す――牧はそういう男なのだ。真剣に怒りをぶつける価値もない。

「どうしたんですか、小松さん」逆に、普段は自分のこと以外に関心がない小松の態度が気になった。

「まあ、何だよ……」照れ笑いを浮かべ、小松は鼻の下を擦《こす》る。「何もお前、もう一度飛ばされなくてもいいじゃないか」

礼を言うべきだと分かっていたが、言葉が出てこない。黙ってうなずき、感謝の意を表明するしかできなかった。

目の前の電話が鳴った。そう言えば水没した携帯の代わりをまだ手に入れていなかったと思いながら、無意識のうちに手を伸ばす。

「日報、甲斐です」

「ああ、どうも」福沢だった。おぼれかけた運河で別れたきりである。

「無事でしたか」この男も混乱の一原因だったと思ったが、怒る気にはなれない。

「何とか。明日、記事は出ますか？」

「その予定です」

「楽しみにしてますよ。それと、今後私にできることがあったら、協力します」

「もっと早くそう言ってくれれば……」こんなことにはならなかった。甲斐は文句を呑みこんだ。「それよりあなた、誰かに監視や尾行されていたことに気づいていたんですか？」

「薄《うつす》らとはね。確認はしませんでしたよ。そんなことをすれば、墓穴を掘るだけだから」

「言ってくれれば、もう少し気をつけたのに……冬に水泳をしなくても済みましたよ」

「その件は、申し訳ない」福沢が素直に謝罪した。「あなたを危ない目に遭わせてしまったことは、謝ります」

「一つ、聴いていいですか」

「答えられることなら」

「どうして警視庁に情報提供したんですか？　あなたを切った組織ですよ」

福沢が一瞬、絶句する。搾り出した声はかすれていた。

「私にも、正義感は残っていた。それを生かすには、私を切るぐらい毅然としていた組織に頼るしかなかった……それより私も一つ、言いたいことがあるんですが」

「何ですか」

「二階さんはいい記者でしたよ。経験が足りないだけで、ガッツは本物だった」

別れの挨拶《あいさつ》もなしに電話はいきなり切れた。二階、少なくとも一人、お前を認めてくれる人間がいたぞ。仲間に褒められるより、取材相手を感心させる方が、当然偉い。

受話器を置いた途端にまた鳴り出した。福沢がかけ直してきたのか？　違う。声で、県警の刑事総務課長だと分かった。

「明日、記事は出ますね？」

「ええ」

「扱いは」

「まだ確定してませんよ。地方に行く新聞が組み上がったばかりですから」紙面の様子を外部の人間に漏らせるわけがない。

「結構です。大きなお世話だと思いますが、徹底してやって下さい。屑《くず》どもは叩き潰さないと」総務課長の声には疲れが滲んでいた。背後で風の音や、誰かに怒鳴る声が聞こえる――現場の気配だ。「一つ、お知らせしなくてはいけないことがある」

「はい」嫌な予感が脳天まで突き抜けた。覚悟を決め、甲斐は左手で受話器をきつく握り直し、右手でペンを構えた。

「警視庁と合同で捜索していたんだが……遺体が発見された。あのブラジル人が供述した通り、ヤード近くの斜面に埋められていた」

「……ありがとうございます」

電話を切り、一つだけ深呼吸する。周囲を見回し、「一面、差し替えだ！」と叫んだ。二階は行方不明ではない。殺されていた。しかし決定的な事実を前に、甲斐は新聞作りの興奮よりも、自分の無力さを感じるだけだった。


中華街で真琴《まこと》と呑んだのは、クリスマスイブだった。よりによって十二月二十四日に。よりによって中華街で。よりによってこの組み合わせで。二人で何度同じことを言って苦笑しただろう。一言で言えば、冴《さ》えない呑み会だった。

本社へ戻るという真琴を、元町・中華街の駅まで送った。彼女は一度横浜へ出て、東海道線に乗り換えなくてはならない。冷たい風に頬を叩かれながら、彼女は去って行くのだな、とぼんやりと考えた。

自分はここへ残る。

「今回の記事、本社で評判になってたわよ」

「へえ」

「甲斐復活かって」真琴がコートのポケットに両手を突っこみ、背中を丸めた。中華街の近くは、何故か風が強い感じがする。

「別に死んでたわけじゃない」

「帰る気、ないの？　何も社会部じゃなくてもいいじゃない。誰かに頭を下げれば、どこかへ滑りこめるわよ」

「生活部とか？　お前に原稿を見てもらうのは気が進まないな」

「私だって嫌よ」真琴がにやりと笑い、煙草をくわえた。風が強くて、ライターは火花を散らすだけだった。諦め、煙草をパッケージに戻す。「帰るつもりなら、手助けぐらいするけど」

「いや……」甲斐は言葉を切り、背筋を伸ばした。「しばらく横浜にいるつもりだ」

「どうして？　綺麗《きれい》な特ダネだったんだから、堂々と胸を張って本社に帰ればいいじゃない」

ヤードの捜索着手は警視庁が発表し、夕刊で各社同着になった。この事件の本質は、カルロスたちと県警の癒着、そして二階が殺された件なのだが、これは抜いて当然のネタだ。

ネタ。

仲間が死んだのに。

「あれは俺のネタじゃない。二階が一人でとっくに調べ上げていたことだから。俺はあいつの歩いた道をなぞっただけだよ」

「ご謙遜《けんそん》を」

「本気で思ってるんだけど」

「そうか」真琴が両手をポケットに入れたまま肩をすくめた。「あなたらしいわね」

「そうかもしれない」

ホテルの隣にある地下鉄の出入り口に来てしまった。真琴が踵《きびす》を返し、小さく笑う。

「自分だけのネタで特ダネを書かない限り、帰ってこないつもりね？」

「俺にも意地があるから」志半ばで逝った二階に、本当の記者の仕事を見せてやるつもりでもいた。

「やっぱり、あなたらしいわ。意地っ張り」真琴がそっと甲斐の腕に触れた。

「分かってる」うなずき、彼女の手の重みを味わう。

「じゃあ」真琴が笑みを引っこめ、うなずき返した。すぐに甲斐に背を向け、地下鉄の出入り口に消えて行く。

「お前、俺のこと――」

甲斐の声が風に消される。聞こえたのか聞こえなかったのか、真琴は階段を下りながら向こう向きのまま手を振った。まあ、いい年して、こんなことをしてもな……地下鉄の出入り口に背中を向け、甲斐は歩き出した。

そういえば、あれから翔子と連絡を取っていない。まだ所轄にいるはずだが、肩身の狭い思いをしていないだろうか。携帯電話も替えたし、久しぶりに電話してみるか。早足で歩きながら、甲斐はズボンのポケットに入れた携帯電話をぎゅっと握り締めた。

堂場瞬一
1963年生まれ。茨城県出身。青山学院大学国際政治経済学部卒業。新聞社勤務のかたわら小説を執筆。2000年『8年』で第13回小説すばる新人賞を受賞。警察小説をはじめスポーツ小説など多彩な分野で活躍。主な著書に「刑事・鳴沢了」シリーズ、「警視庁失踪課・高城賢吾」シリーズのほか、『二度目のノーサイド』（小学館）、『神の領域　検事・城戸南』『約束の河』『夜の終焉』『沈黙の檻』（中央公論新社）、『虚報』（文藝春秋）、『水を打つ』（実業之日本社）、『逸脱』（角川書店）、『蒼い猟犬』（幻冬舎）などがある。

初出　STORYBOX 2010年vol.06～2011年vol.17
本書はフィクションであり、実在する個人、団体とは一切関係ありません。

異境

二〇一一年六月四日　初版第一刷発行

著者　堂場瞬一
発行者　佐藤正治
発行所　株式会社 小学館
〒一〇一-八〇〇一　東京都千代田区一ツ橋二-三-一
電話　編集〇三-三二三〇-五六一七
販売〇三-五二八一-三五五五
DTP　株式会社昭和ブライト
印刷所　大日本印刷株式会社
製本所　牧製本印刷株式会社

ISBN978-4-09-386305-6